U0112534

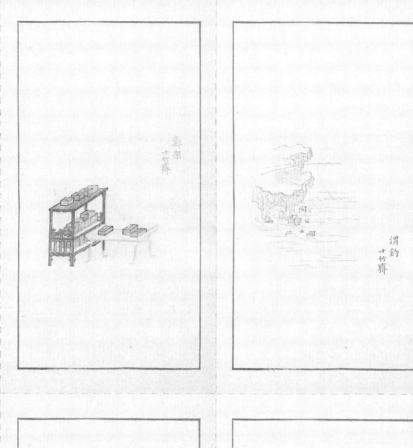

書架
十竹齋

渭釣
十竹齋

柳下
十竹齋

遠旦
十竹齋

十竹斋密码

余一鸣 著

江苏凤凰文艺出版社
JIANGSU PHOENIX LITERATURE AND
ART PUBLISHING

图书在版编目(CIP)数据

十竹斋密码 / 余一鸣著. —南京：江苏凤凰文艺
出版社，2024.5

ISBN 978 - 7 - 5594 - 8532 - 8

Ⅰ.①十… Ⅱ.①余… Ⅲ.①长篇小说-中国-当代
Ⅳ.①I247.5

中国国家版本馆 CIP 数据核字(2024)第 058854 号

十竹斋密码

余一鸣 著

出 版 人	张在健	
图书策划	李　黎	
责任编辑	孙建兵　齐　麟	
特约编辑	王晓彤	
责任印制	杨　丹	
出版发行	江苏凤凰文艺出版社	
	南京市中央路 165 号，邮编：210009	
网　　址	http://www.jswenyi.com	
印　　刷	苏州市越洋印刷有限公司	
开　　本	880 毫米×1230 毫米　1/32	
印　　张	8.75	
字　　数	195 千字	
版　　次	2024 年 5 月第 1 版	
印　　次	2024 年 5 月第 1 次印刷	
书　　号	ISBN 978 - 7 - 5594 - 8532 - 8	
定　　价	68.00 元	

江苏凤凰文艺版图书凡印刷、装订错误，可向出版社调换，联系电话 025 - 83280257

目录

引子

　　2012年7月15日的下午一点钟左右，新街口大街上显得空旷，游人都躲进商场里享受空调了，有事要办的人也穿行在地铁站的通道中，新街口地铁站以拥有二十四个进出口闻名。街面上偶尔有人走过，也绝对没有兴致抬头张望一下天空，那等于是与太阳对视。但是，新街口高楼林立，有个在德基大厦三十五楼等候电梯的女大学生，她居高临下地朝玻璃窗外扫了一眼，随即就惊呆了。她看到隔壁长得矮一点的大楼楼顶上，一个男人正坐在水泥围栏上看风景，两条长腿在高楼间的穿堂风里自由地晃悠，他能看到什么呢，从空中往下看，人是只蚂蚁，汽车是块橡皮，伟人的雕像只是一个小小的标点，站在这样的高度看世界，应该一目了然，胸襟变得豁达，但是，烈日当空，炽热的阳光也容易把人的脑袋晒出毛病，这人一旦脑子发昏，后果也极其恐怖，这么高的楼层砸下去，那注定是一个稀巴烂。这位女大学生是电视台的实习记者，她悄悄地报了警，然后贴近窗玻璃，默默看着那个看风景的男人。她怕惊动身边的人，国人都喜欢看热闹，他们热情的眼光从来不嫌事大。那男人收了长腿，在围栏上躺了下来，他闭上眼睛，并且用手挡住脸上的阳光，女大学生看不清他的脸，但他肯定是个年轻男人，动作利索，像是那些喜欢在沙滩上晒太阳的白人，不同的是他没有扒光自己。但愿他能睡上一觉。女大学生冲进电梯，出电梯后奔跑五十米，又冲进了隔壁那幢楼的电梯，电梯并不能到达顶层，她气喘吁吁地爬了十几层台阶，一个上锁的铁门把她挡住了。上楼顶肯定还有别的门，或者楼顶上那个人有这个门的钥匙。她无计可施时，楼下传来了消防车刺耳的喇叭声。她一直纳闷，如果说救护车一路鸣笛是为了赶时间抢救病人，可以理解。那警车一路鸣笛，不等于是给坏人报信？这消防车警报声大作，只会引起路人围观，当事人惊慌。她的想法只是她的想法，警察叔叔肯定有他们那样做的理由。很快，杂乱的脚步声冲上来，警察把她拎到一边，有人开了门锁，她被拦住，一位警察把她送进了下行的电梯，将她驱离。

她走出大厅时，大厅门口已经拉起了警戒线，警戒线外挤满了兴奋的看客，比抢购商场打折商品还拥挤。这楼顶太高了，连消防车的伸展臂也远远够不着，看客们的目光也远远够不着。那个年轻男人是谁呢，她突然觉得似曾相识，但又不敢确定是他，事后的感觉不敢当真。第二天，她关注媒体和微博微信上所有信息，开阳大厦发生的这件事等于没有发生过。只是一个多月后，开阳大厦开始了二次装修工程，所有的外墙面都装上了封闭式玻璃屏，楼顶成了一个封闭式半球，整幢楼使用新风系统置换空气。她判断，这个二次装修，就是为了防止那天的事件再次发生，一片苦心，但其实无脑，一个想跳楼的人，最重要的不是让他找不到跳楼的地方，而是让他知道不跳楼的理由。

　　关注这件事的人当然不会只有这位女大学生，开阳大厦是徐氏集团的总部，徐氏集团的合作盟友和竞争对手都想知道徐氏集团与那位跳楼者的关联。那个年轻男人是被警察救下来了，但有个警察说，那小子根本就不承认他想跳楼，他只是想睡一觉，很生气他的睡眠受到了打扰。

　　这个说法很艺术，有一个姓那的艺术大师记住了徐氏集团，记住了那位行为艺术人。

壹

　　徐开阳的艺术公司在新街口开阳大厦的十九楼，他的办公桌面对的是一面弧形的巨大玻璃，站在玻璃墙前俯视，今天要去的拍卖展厅就在脚下，完全没必要动车，当他越过大街，穿越两条小巷，站在十竹斋大楼前仔细打量这座环形建筑时，他才发现，两座建筑之间的距离看着近，其实远。徐开阳向门卫出示了邀请函，门卫放行，展厅在二楼。这是一个专业书画展厅，展廊曲径通幽，峰回路转。省内另外几家拍卖公司搞拍卖展，原来喜欢租用五星酒店的大厅，酒店有名，展厅无品，看客在方格子里犹如困兽。这几年，他们转向了租用十竹斋的展厅。徐开阳不是第一回来十竹斋看展，只有十竹斋的赵董知道，他是拍场的大客户。大客户往往不在拍卖会现场露面，出场举牌的是他的代理人，但拍展他一定会亲临现场，他看上了，有意了，就会有专家专程再来鉴别。徐开阳看拍展，最多也就看一两幅作品，拍展的作品都会出一本书画册，精致，封面封底一般是本次拍卖的主打拍品，不敢是赝品，也不敢用次品劣品，当然，这样的好东西在拍卖会上的价格，肯定抬得吓人。怎么说呢，徐开阳恰巧不是个被钱吓大的人。徐开阳这次要看的并不是封面拍品，既不是书也不是画，也可以说既是书也是画，它是笺谱，就是著名的清初版《十竹斋笺谱》，当然不可能是全本，只是其中的"图画志"，图画志也不全，只有十几页。所谓笺谱，指将印有图画等的华美笺纸归类整理汇编成的簿册。《十竹斋笺谱》是笺谱的巅峰，不幸的是，十竹斋的先辈把《十竹斋笺谱》弄没了，真品其实还存世，躺在北京的国家图书馆里。这残册偶尔被发现，虽只有十几页薄纸，十竹斋也志在必得。据说，藏家开出的是天价，十竹斋毕竟是国企，赵大志董事长召集专家召开了专门会议，众说纷纭，没能统一意见。最后，依藏家要求，拍卖，价高者竞得。那残册被放在玻璃柜内，两边立着 LED 高脚射灯，这灯冷光源，发热量低，不会对陈列品产生辐射。玻璃柜里还放着一只小小的白瓷杯，杯子里盛放了大半杯水，是为了保持玻璃柜内的湿度。徐开阳看那残册上的图谱，看不出有什么特殊之处，即使再怎么贵重，可惜那印刷效果与当今的印刷品相比，还是差得太远了。但它是古董，曾经是那一门技艺的里程碑，这就不是当下的东西能抗衡的。不知什么原因，这册残谱没有成为拍卖书画册的封面，在展厅也没有摆在显赫的展位，可那大师早就告诉徐开阳，这次的拍品中最有价值的就是这册残谱。

其实，关注玻璃展柜里残谱的不止一双眼睛，或者说，至少还有一双眼睛在关注徐开阳的行踪。展厅里人来人往，老百姓手里有钱了，赶拍卖会就像赶庙会一样平常，谁都想一不小心捡个漏，可懂笺谱的人毕竟不多，它平躺在玻璃柜里，很多路过的人懒得看它一眼。徐开阳的身边站着一位着正装的女子，他习惯性地朝女子胸部看了一眼，那里并没挂工牌，也就是说，她并不是十竹斋的工作人员。女子高个子，深蓝色西装套在她身上显大，把她身上的大处显小，小处掩没了。女子没有正眼看他，眼睛只盯着那残谱，说："好可惜，隐逸十种就剩韩康这一页了。"

徐开阳循着她的目光去看，笺页上那位肩头荷锄背负药篓的老人名叫"韩康"？女子说："徐先生，莫非你也对《十竹斋笺谱》有兴趣？"

徐开阳想不到女子认识自己，说："这位美女，您认识我？"

女子迎面一笑，说："咱俩是校友，你高我一届，是师兄。"

徐开阳伸出手，说："幸会幸会。"

女子却不肯伸出手，说："看样子你也在研究饾版和拱花？"

徐开阳用另一只手将伸出的手搓揉一番，说："没听懂，敬请指教。"

那女子剜了他一眼，转身走了，看背影，那西服西裤的摆幅有几分夸张。

徐开阳的父亲徐金发是省内外闻名的富豪，徐开阳在金陵城里也算排得上名次的大家公子。但金陵城认识徐开阳的人并不多。与其说徐开阳低调，不如说徐开阳有社恐症。很多人羡慕嫉妒公子公主们含着金钥匙出生，但徐公子自认为算不上。他父亲从做泥瓦工起家，最终成为省城最大的开发商之一，一路也曾经历种种磨难，包括连累到妻儿，徐开阳和母亲留守乡下时，年仅十岁的徐开阳就曾被仇家绑架，在山洞里待过一个星期，从此落下了拒绝与陌生人打交道的毛病，经过心理治疗师和医师多年的精心医治，近年才逐渐好转。正因为这个顾虑，父母一直不放他远行，比如与他同龄的大户子弟，读大学时纷纷赴欧美读名牌商学院，为做接班人而做准备，而他却选择就读于本市一家艺术学院，专业是美术史。徐金发听说过，历史上有皇帝不爱江山只爱字画，如果儿子能写一手好字画一手好画，也算有出息。徐开阳对徐董说，错了，我不写不画，只研究人家怎样成为大家，青史留名。徐开阳谦虚，其实他也写字作画，只是少点自信。研究一个艺术家，首先是研究他的作品。徐开阳说，我小时候，你回老家偶尔还去学校接我，去得少，却总能在同学群中一眼认出我，为什么，因为毕竟我们在一起生活的时间长，长相熟，气味熟，所以不可能认错。字画也一样，如果我天天与真的好的字画厮守，我也一眼能认出它们，了解它们的作者。徐董当然听懂了他的话，儿子毕业后成立了工作室，老爸每年都拿出一笔可观的款额供他搞收藏，尽管老爸一辈子也弄不清字画的真假高下，但有一点确定，儿子是真喜欢那些东西，有句大话不是说，钱能解决的问题不是问题。几年后，本城几位大户公子西方学成归来，公子张经营名牌足球俱乐部，据说亏了几十个"小目标"，一个小目标就是一个亿，这说法是北京城某公子创造。公子王投资影视公司，一不小心也亏了十几个亿。徐董回过头来看自家宝贝儿子，这几年捣腾下来，据他说还赚了快有一个"小目标"，徐董才不会信，天上不会掉金子，掉下来也不会砸呆头儿子头上。不过，自家这货相比较那几家的货，属于节约型。

徐开阳说不懂饾版和拱花，本是逗那姑娘玩，一个学美术史的能不知道这两项伟大创举？没想到那姑娘不解风情，徐开阳被她鄙视了一回。看来她是在心里把他划为纨绔子弟一类了，做人难，做富家子弟其实也难。徐家的钱不是大水漂来的，更何况，买了假货还等于买了羞辱，丢不起人，徐开阳每次出手之前，都是亲自备课，顾问专家的话不可轻信。这饾版和拱花是《十竹斋笺谱》最大特色，是当年十竹斋斋主胡正言的主打工艺，名垂史册，徐开阳为此曾读过一批相关研究文章，甚至还去过几处雕版工坊现场走访。这女子，太自以为是。

好在冤家路窄，不久，他俩就在十竹斋公司拍卖现场相遇。

拍卖会的现场就在十竹斋集团的大厅，现在的拍卖会布置讲究，会场前几排是宽大的真皮沙发椅，那是为亲临现场的大买家准备，后面则是一排排实木圈椅，供普通买家落座。两侧是一溜高台，高台上配有桌椅，那是委托代表们的专位。所谓委托，是指为某些大买家举牌，有些买家不愿出面或者不方便出面，就找委托代表出场，讲白了，委托代表们就是牵线木偶，举牌落牌听命于背后操纵者。委托代表们大多是年轻女性，情目巧笑，普通话清晰动听，但最瞩目的是讲台上的女人们，讲台上是十位着旗袍的姑娘，清一色艺术学院大一的女生，为什么只聘新生，大概是因为稚嫩有稚嫩的美好。她们负责现场为买家登记成交拍品，不过，站在讲台上，她们也只是绿叶，中心位置的红花是拍卖师。拍卖师有男性有女性，很多人原来是主持人或高校教师，形象好嗓音好，这是基本条件，但懂艺术有学识是很多人过不了的一关，能在拍卖会上举槌的人都必须通过资格考试，拿到执业资格证书。这么说吧，拍卖师都是人精，今天的拍卖师是位女性，徐开阳认识，她曾经是美术学院的青年教师。

别看拍卖品有几百甚至上千件，登记领牌的买家少说也有二百号人，但成熟的藏家往往只是为了某一作品或者某一人的作品而来，非既定目标则视若无睹，不为所动。徐开阳刚入行时，就禁不住诱惑，东西买了一堆，杂而不精，被业内人看笑话。他现在算是明白人，收藏这件事其实跟买商品房一个道理，要买就拣大牌精品买，或者只挑自己最喜欢的作品收藏。《十竹斋笺谱》残册排在拍品一百几十号，徐开阳有自己的委托代表在现场，不急。他先去十竹斋集团的董事长赵大志办公室喝茶，赵董是长辈，是他父亲的朋友，来到他的地盘拜见一下是必要的礼貌。徐开阳捧着茶杯抿了几口，赞扬了赵董办公室的盆景，又赞美赵董保养的身材，这都是徐金发教育儿子的礼仪要求，徐金发在儿子十岁生日时送给他一本书，《中国人情世故》，这一套，书上都有。赵董说，怎么，小徐总今天现场也懒得去了？不去也行，我这里可以看现场直播，办公室有投影仪。徐开阳说，我还是去会场，去那里可以感受到气氛。赵董不问他来的意向目标，徐开阳也不打听拍品的来路和底价，这是业内的规则，也是拍卖方与藏家双方的格局，算是一种互相尊重。

当初请那大师来公司当顾问，那大师给他上的第一课就是讲"十不"行规：不鉴定，不教学，不争论，不保真，不欠钱，不退货，不反悔，不问来历，不问进价，最后一条是"不打枪"。徐开阳觉得这"十不"早该淘汰了，说不教学，那大师您不正在给我上课吗。"不打枪"的意思是发现了假货不举报，这不是眼睁睁看别人被坑了，你不吭声。徐开阳做不到，但他也没必要与那大师争论，第三条就是"不争论"。

《十竹斋笺谱》的残册起拍价是两万，每次加价三千。徐开阳从后门悄悄进了会场，拍卖师正在对拍品做简介，巨大的投影屏幕上放大的册页图笺有些失真，会场人声嘈杂，很多买者显然对它不感兴趣，徐开阳觉得这就对了，看样子价位不会超过预算。他的预算是十万之内，底码也早已告诉了代理。但没想到开拍后，拍价一路攀高，很快，代理的电话就不断进来征询加不加价，徐开阳对着手机只说一个字，加。跟他竞价的只有一个人，十九号。徐开阳站着，十九号坐着，除了高举的手臂，徐开阳看到的是一个女性的背影。他有一种预感，十九号就是那天在展厅遇到的学妹。价位在十万之内时，徐开阳对委托代表不停地点头表示加价，十九号也紧追不舍，过了十万，徐开阳犹豫了，但还是一字一顿地对着手机说"加"，不过，语速明显放缓了。但此时的十九号却咄咄逼人，拍卖师报数字的话音刚落，她就迅速举起号牌。拍卖师显然看出了名堂，这就是两个人的厮杀，她的眼睛不是盯着委托代表席位，而是直接将目光射向徐开阳。在拍卖市场，有几个拍卖师不认识徐开阳呢，他们的目光，徐开阳就是挖地三尺隐藏，也未必能躲得掉。当然，从拍卖场上仰头看拍卖师，你不会发现她的目光在某一人某一物上停留，从任何角度看她，她的目光都是朝着你，这是本事，是艺术，你在她的目光里如沐春风，会不由自主跟进。今天的拍卖师穿的是黑色印花旗袍，她身材高挑，身体微微前倾，右手握槌，左手如一只飞舞的蝴蝶，与动作协调的是她的语速，她的嘴唇间语言如瀑布一般飞泻，一遍中文，一遍英文，切换自如，徐开阳不由自主跟上了她语速的节奏，加，加……而过了十八万，十九号举牌的胳膊仿佛累了，动作变得迟缓。严格来讲，徐开阳这不是一个成熟拍客的表现，理智的做法是，设定的预算线决不逾越，这并不是钱多钱少的问题，哪怕多加一块钱，也是失了限定的底线。价位过了二十万，十九号不跟了，拍卖师落槌后，徐开阳看见十九号离开了座位，她这是绝望之后想撤了。徐开阳快步迎上去，说，嗨，别急着走呀。姑娘说，你为什么专跟我作对？我不想看见你这副得意的嘴脸。声音不高，但也吸引了别人的目光，徐开阳免不了有几分尴尬。徐开阳想说，凭什么说与你竞价的就是我？但又没底气说出口，与她竞拍的后台老板确实就是徐开阳。女人很快消失在人群中，连背影也追不见，徐开阳既得意又失落，得意的是他在她面前是胜利者，失落的是小女子竟然这么跩，徐开阳连她是谁都没来得及弄清楚。徐开阳心里明白，真正让他斗志昂扬的并不是女拍卖师，而是那位十九号姑娘。

徐开阳新到手的拍品总要在办公室放几天，赏玩过后才让入库。他看那残册，纸是纸，人是人，物是物，怎么看，它也不能像放电影那样，人和物都活动起来。徐开阳喜欢关上办公室的门，长久打量一幅字一幅画，字会飞舞，人会说话，徐开阳特别享受这样的境界。可这次他却进入不了状态，人无言，花无语，鸟不飞，眼前晃动的是个姑娘的背影，背影当然是那个十九号，那位不知道姓名的学妹。徐开阳年届三十，坦率地说，他早已不是情场的雏儿，在信息量爆棚的时代，寻找一个人对他来说不算个难事。十九号姓赵，名琼波，是十竹斋集团艺术研究院的助理研究员。向他报告的人是他的助理，姓汪，人比鬼精，说是助理，其实是他父亲派来的卧底。汪助理还要继续往下说，徐开阳说，知道了。有些事只有自己亲力亲为，那才有乐趣。既然这赵琼波是十竹斋的人，徐开阳相信有缘一定能相见。十竹斋是个集团公司，下边有博物馆，有研究院，有文投公司、拍卖公司和贸易公司。拍卖公司搞拍卖会，人手不足，请求集团各部门的年轻人支持，这很正常，那天赵琼波穿的就是上班的正装。但是，她成为十九号，这是她的私人行为，这不正常。十竹斋有心收藏那残册，不会让内部一个小姑娘去举牌竞拍，这小伎俩，有失业界大佬的面子。那么，十九号只是赵琼波的个人角色，她为什么喜欢这《十竹斋笺谱》的残册呢？一般的小姑娘可以倾其所有买包包，却不会花十几万买这十几页旧纸片。

徐开阳想弄个明白，至于是弄明白《十竹斋笺谱》残册，还是弄明白赵琼波这个女子，徐开阳自己也没想明白。不过这问题不重要，重要的是徐开阳觉得这事有点意思，用中学语文老师出的作文题目说，这是一件有意义的事。

贰

　　应天府内有一鸡笼山，传说是十竹斋的发脉地。当年十竹斋的创始人胡正言，原系晚明安徽休宁县人，他随父兄来到应天府，就学于鸡笼山下的国子监。其时鸡笼山上有一鸡鸣寺，香火旺盛，山下有一条进香河，供香客们坐船来寺庙敬香。而进香河的岸边，就是名闻天下的国子监，虽说明朝首都已迁北京，但应天府国子监办学依然兴盛，学生最多时曾接近万人，一处在秦淮河畔，一处在鸡笼山下。胡正言在鸡笼山下筑一院舍，求学之余，开创了他的雕版印刷事业，后来成了他的正业。除了印刷四书五经，也印刷医典、佛经、小说传奇等，所谓靠山吃山，依托鸡鸣寺和国子监，十竹斋的印坊成为明末清初雕版印刷业的重镇之一。历史总是轮回，十竹斋在时代的变迁中湮没，一直到一九六二年，江苏文化局终于恢复十竹斋，一九六五年，十竹斋被移交南京市。正待振兴，没想到又遇"文革"，二十世纪八十年代后，十竹斋才重振旗号，继承遗产，光大发扬，终于得市政府批准，在鸡笼山下重建。

而今，鸡笼山已处南京城的城市中心，车水马龙，不闻鸡鸣，人声鼎沸，汽车喇叭声不绝于耳。十竹斋集团的总部设在最繁华的新街口，十竹斋原址一部分建为库房，一部分建为画廊。为解决这几年新入职员工的住宿问题，在院墙外建了一单身宿舍楼，赵琼波的闺房就在其中。

徐开阳掐准了十竹斋下班时间，在大门外守候赵琼波，不知是因为人多熙攘，还是他疏忽，在下班的人群中他没能发现目标，倒是赵董的小车出大门时，他朝车窗外看了一眼，吓得徐开阳脑袋扭向一侧。莫名其妙，他心里竟有挖十竹斋墙脚的慌张。十竹斋总部离鸡笼山并不远，他在路上的饭店胡乱塞了几口，决定去鸡笼山宿舍楼守候。这种追女生的方式已经十分古老，但徐开阳骨子里是乡下人，他觉得追十竹斋的女生不适合用快捷方式。

这是个闷热的黄梅天，都说南京城没有春秋，只有冬夏，这话不假。热并不可怕，现在到处都有空调，倘若有风，鸡笼山上有很多人傍晚前来乘风凉，只不过，今晚没风，没风就麻烦，树林里杂草丛生，蚊虫多，没有风，鸡笼山就是蚊虫的天下，人们就不敢上山散步了。十竹斋这爿院子，沿街是库房，依山是画廊，那单身宿舍楼坐北朝南，楼顶就快到山腰了。车无路上山，徐开阳没开车来，因为属库房重地，门卫把守很紧，徐开阳进不去，他在门前小径上被偷袭的蠓虫咬得手舞足蹈。这让他联想到多年前的那个噩梦，也是夏天，他在一个山洞里也经历了蚊虫的攻击，只不过那时恐惧感更多地来自洞顶悬挂的蝙蝠，恐惧打败了皮肉的痛痒，一直到扑进母亲的怀里，他才有了痛感。他的皮肤被叮了无数个包包，有的已经溃烂出水。汪助理提供的情报，赵琼波的宿舍是二楼第三间，那间房的窗户一直黑着，或许小赵同学有饭局或者去看电影了。徐开阳终于抵挡不了蚊虫的袭击，他沿着小径下到街道，买了一瓶风油精。这鸡笼山真是个神奇的地方，山下灯红酒绿，一脚迈进时尚街区，上得山来，树影婆娑，夏虫唧唧，完全是另一个世界。

徐开阳在露肉处都抹了风油精，蚊虫少了，人也精神了。他坐在院墙外一块石头上，眼睛盯着那个窗口，有人走到他身边让他一惊，那人穿一件无袖汗衫，下着一条衬裙，他撩起裙摆，朝着树林撒了一泡膘气的长尿。徐开阳弄不清自己是不是眼花了，既然站着尿，那就应该是个男人。徐开阳说，你这人，也不看一下有人没人，掏出来就尿。那人也是一惊，说，没想到这里现在还有人，抱歉抱歉。那人说，客官守在这里，莫非是要找我家掌柜？徐开阳说，找你家掌柜，我也不是在这地儿守候。那人说，也是，掌柜回老家有些日子了，他说走就走，说回就回，没人掌握得了他的行踪。我闻见你身上的薄荷味了，是擦了薄荷叶吧，莫非客官也是皖人，咱皖人都懂一点草药用途。上溯三代，徐开阳的祖籍地确实是在皖南，这说法没毛病。那男人自我介绍说，我叫汪小楷，也是徽州人，你可听说过徽州黄汪两家在雕刻界的名声？我就是掌柜在老家带出来的汪家人，替掌柜做刻工把头。您不找我们掌柜，那您是找谁？十竹斋工坊就二三十号人，大家都是熟人。徐开阳说，我找一个姑娘，在十竹斋上班的赵琼波。汪小楷说，我们这就三位女工，都在印坊，没有人是这个姓名。汪小楷说，要不，你进来喝口水，看看有没有你找的那姑娘。

徐开阳随汪小楷进了院子，迎面那间屋子烛光点点，看上去像是一间教室，细一看，两溜长长的工作台，原来是十竹斋的作坊。为什么说像教室？因为正前方摆着一张讲台，墙上还挂着一块方方正正的白板。正讲课的先生头戴东坡巾，身着团领衫，这么热的天也守着斯文相。他用一支碳棍做笔，在白木板上示范。汪小楷低声说，长洲启美先生，文公震亨，掌柜的好友，掌柜请先生为我等讲授画竹课。他随汪小楷落座，汪小楷的面前摆着一张画纸，纸上斜插几竿竹枝，汪小楷说，先生正教我们写竿诀：上下短，中间长，节休并，莫弯竿，浓为阴，淡为阳。徐开阳说，你等？你不是刻工吗？汪小楷显然生气了，说，客官，您也太瞧不起人了，刻工就不能学画艺？我告诉你，我家掌柜就是要让我们会写会画，他替我们找的授课先生可都是大师大家。一般人都请不动他们，只等他们与掌柜畅饮，酒兴上来，才肯屈驾给我等授课。汪小楷的声音惊动了别人，隔壁有人斥责说，小点声。是个女声。汪小楷降低声音说，那几位是印坊的女工，若没有你找的人，请你赶快离开。徐开阳扫了一眼，确实有三位女子，上着单袄，下着马面裙，迎对徐开阳的目光十分不屑。这三位神情倒与赵琼波相像，但其中绝对不可能有赵琼波。

汪小楷坚持要送他出院门，或许是出于对他这个外来人的不放心。汪小楷说，其实你不是来找什么女工，是来找我家掌柜求印吧。找他刻印章的人实在太多，他唯恐避之不及，让我们都推托，说他出远门去了，你想，今日启美先生光临，他肯定在，只是他不肯轻易见外人。徐开阳说，这么说，你家掌柜确实是治印高手，但我并无此雅好。汪小楷说，你就别装了，这朝廷内外有多少名人雅士以拥有我家掌柜的名章为荣，钱士升，袁宏道，史可法，吕大器等等，你都听说过名号吧，掌柜的篆印堪称当世无双。这几个人的名字，徐开阳确实听说过，都是史书中人物。徐开阳出了院门，回头一看，院子里突然间变样了，院子里的砖屋变成了小楼，院子的篱笆墙变成了砖墙，他寻找宿舍楼的二楼第三个窗口，那里亮灯了，灯光下的侧影瘦削，应该就是赵琼波。她什么时候回宿舍的？徐开阳看了一下腕表，已经快到十二点，他只能悻悻下山。他的身后传来一阵响亮的歌声：

前世不修呀生在徽州，

不修不修生在徽州，

十三四岁往外一丢

……

歌声激越高亢，充满一股悲凉之风。《弇州山人四部稿》中曾记载，"大抵徽俗，人十三在邑，十七在天下。""在天下"就是出门做学徒，自力更生了。徐开阳走到街道的路灯下，回头望了一下鸡笼山，鸡笼山比白天更加朦胧，徐开阳想，他刚才是不是玩了一回穿越，如今打开手机和电视，满目皆是穿越的故事，见怪不怪，这么说来他徐开阳终于也有了第一回。有病友曾悄悄告诉他，治疗忧郁症的药片帕罗西汀有特殊药效，能让人回到久远的古代，此话看来并非荒谬。他打开手机，搜索"启美"这个名词，还真有这个人，百度上显示：文震亨，字启美，明帝国长洲县人，文徵明曾孙，明末画家，著有《长物志》。徐开阳当然知道文徵明，但他的曾孙在史书上被他遮盖了。那么，那个刻工的掌柜就应该是胡正言了，从生活的时间上看，这两人有交集的可能。

　　徐开阳回家的路上，心里充满了喜悦，这是一种惊喜。今晚没有见到赵琼波，比见到了赵琼波更有意义。下次见到她，今天的经历就成了有趣的话题，她既然那么喜欢《十竹斋笺谱》，那就一定对他闯入十竹斋工坊的传奇感兴趣，这个叫汪小楷的人就是个有故事的人。

叁

　　汪小楷也是休宁人，齐云山山下汪村人，汪姓在休宁算得上大姓，大明时出过进士，大清时出过几位状元，但这与普通百姓家没什么关系。汪姓在休宁以木雕闻名，与黄氏木雕在休宁业界平分秋色，汪小楷七八岁时就被送进县城木雕工坊学徒。七八岁的小孩能学到什么呢？也就是认个师父，耳濡目染而已。学徒时吃住都在师父家，那时讲究师道尊严，小徒弟在师父家受的规矩多，一大早起来，得倒尿壶清灶膛灰，烧好早饭，晚上得洗碗刷锅，洗全家人的衣服。吃饭不准上桌，添饭只添一次。说白了就是个小用人。师父上班下班，徒弟负责替师父背工具箱，师父上工，徒弟侍候端茶倒水，三年学徒，不到最后一年，师父什么也不会教你。前两年你想学点东西，那就得看你有没有灵性。师父干活的时候你的眼睛不敢走神，你的脑子不敢卡壳，心里眼里有了，你可以捡废料、边角料去实践体验，师父满意还是嫌弃，你只能从他的眼神和嘴角去做判断。满师了，三年的媳妇熬成了婆，等你的活儿有了好名声，就有人将儿子送到你门下，轮到你作威作福扬眉吐气。汪小楷生下来时父母请人给他相命，先生说这孩子五行缺木，名字中必须补上"木"，故名"楷"。送他去木雕坊学徒，一辈子与木头打交道，汪小楷算是入对了行，走上的是一条康庄大道。

汪小楷做学徒做到一年半时，师父和师母对这个小徒弟比较满意，人小鬼大，眼到心到手到，将来能成为这个行业的人尖子。想不到有一天，正是午饭后小歇期间，汪小楷在给师父敲背，忽然有人找上门来，说要找汪小楷算账，汪小楷顿时吓白了脸，手也僵了。师父不认识来者，汪小楷认识，她是另一条街道上开杂货铺的女店主。杂货铺卖杂货，与小学徒汪小楷有什么相干？这女店主不光经营人间生活用品，还经营冥器冥币，包括陪葬用的雕刻木俑和雕版印的纸马纸钱等等。近来女店主的冥界生意明显不景气，阳界人民一如既往平安顺丰，不应该对冥界亲人小气刻薄，侦察过后，女店主发现，原来是她遇到了竞争对手，对手兜售的木俑更加传神，纸马纸钱更加清晰，进一步追查，始作俑者居然是这家工坊的小学徒汪小楷。女店主找上门来理直气壮，行业有行业的规矩。你堂堂一个汪家工坊，接的活都是高屋上的雕梁画栋，或者嫁妆上的龙飞凤舞，居然跟我一个杂货店抢起了生意。不说你汪家大小通吃，吃相难看，你汪家工坊作为一个专事喜庆吉祥业务的大户，染指冥器冥纸，这事传出去也能绝你汪家的财路。女店主的喧哗惊动了汪掌柜，他赶紧请她进来，好言相哄，好茶相敬。师父知道这事难收拾了，嘱咐他，打死也不能承认是你干的。但掌柜根本不给汪小楷否认的机会，当着女店主的面，他唤来汪小楷，说，不管这事是真是假，我都依了你，这学徒我马上让他卷铺盖回家。你若满意，咱就翻过这一页。

汪小楷不讲二话，转身就出了工坊。师母说，你这孩子，你就不能服个软，哪怕给人家磕个头，掌柜说不定就饶了你。汪小楷说，我看出来了，磕头也没用，掌柜要留清名要留财路，就不能留我这个小学徒。说到底，掌柜眼里钱最重要，若是我做掌柜，也一样。

汪小楷回到汪村，山村林多田少，没那么多农田可种，汪小楷待在家里，好吃懒做，父母觉得，这样下去，他就成了一节朽竹，打不得桐油灌不得醋，将来长大了也是个废人。汪小楷上面有两个哥哥两个姐姐，老两口最担心这个最小的儿子，他俩年过半百，说不定哪天双腿一蹬，留下的这小子别说娶妻生子，饭都混不到嘴。老两口一咬牙，把他送进了砖雕坊学徒。徽州这一带，以木雕砖雕石雕闻名，三雕之间孰高孰下，谁都不服气谁。但老百姓心里还是有等级观念，从地域来说，木雕坊大多在城中，设有店面。砖雕坊大多在郊区，近砖窑。而石雕坊大多在山里，取石方便。但从业的师傅们干一行爱一行，都认为自己干的这一行最厉害。砖雕处在木雕与石雕中间，说硬功夫，它比不过石雕，但比得过木雕，说细功夫，它既讲究线条也强调镂空，既有石雕的刚毅质感，又有木雕的精致柔润与平滑。当然，倘若上升到艺术境界，文人雅士眼中，行行都能出状元，"三雕"都有绝品存世。在汪小楷父母的眼中，这砖雕工比木雕工降了一格，儿子不争气，只能退而求其次，一个行业有一个行业的尊严，汪小楷拜师的礼金和礼节又再来了一遍，确实让老两口感到吃不消，唉，也不知道汪小楷这次能不能懂事了。徽州的砖雕业发达，首先得感谢太祖朱元璋，当年修筑南京城墙，徽州是朝廷征收城墙砖的主要产地之一，一时间徽州大地砖窑遍布，制砖业发达带来了砖雕业兴旺。另一方面，砖雕可以说是模仿石雕而来，它比石雕经济，也省工。在徽州的民间建筑中，大门门楼、山墙墀头、照壁等处都离不开砖雕雕饰。汪小楷这回拜的师父比上次的师父夹生得多，他眼睛总盯着砖，从来不看汪小楷一眼。不过，也有汪小楷高兴的地方，师父没有家眷，他就住在工坊，汪小楷也住工坊，但师傅们住单间，汪小楷住在学徒通铺，不在一个屋檐下，汪小楷洗衣做饭的活儿明显比以前减轻。父母叮嘱过，不能提起他在木雕坊学徒的事，汪小楷当然不会提，那于他也是件窝心的倒霉事。不过，汪小楷毕竟学过一年半木雕，都是雕刻，总有些相通之处，师父偶尔让他打下手，做点粗活，他干得还挺像回事，让师父忍不住多看他一眼。砖雕难的是透雕和多层雕，用刀把握不准，易折易碎，前功尽弃。砖雕使用的是专门烧制的青砖，徽州青砖原料只取新安江北岸的优质黏土，烧出的青砖质地匀净、软硬适中，而且不含气孔。师父有时带他去砖窑选砖，去过几次后，汪小楷和窑上的师傅也成了熟人。有一回汪小楷在窑边的土堆中捡到了一块长方形大砖，抹去泥土，上面密密地排列着一行字，汪小楷不认识字，不过，汪小楷有办法，他摘了几片草叶，挤出汁水涂抹在那行字上，然后撸起衣袖，将那行字印在了胳膊上。他央求砖雕坊的账房替他读胳膊上的字，账房先生认了半天，说那砖就是朱皇帝筑城墙时期烧的砖，那行字写的是徽州府某官监制某窑工于某窑制，目的是城砖一旦质量不合格，就可据此问责。汪小楷就是这次体会到了认字的重要性，不识字就是个睁眼瞎，自此以后他开始学认字学写字，随时随地向遇到的书生讨教，这是后话。汪小楷问账房先生，这些字是进窑之前就在泥坯上，还是出窑后刻在砖面上？账房先生说，这字迹都是在进窑膛之前就有了，这长度宽度厚度都同一个模子，这字也应该是一个模子出的。汪小楷点头说，这下子我明白了。

汪小楷与砖窑上的师父走得近了，有事没事都往窑上跑，有砖雕坊的伙计跟他开玩笑说，汪小楷，你八成是来学烧窑的吧。汪小楷也不辩解，条条大路通罗马，谁说砖雕就只有一条道呢。汪小楷从窑上弄到了一些泥巴，制成泥坯放在草丛里阴干，等到砖泥不软不硬时，他才开始下刀，隐雕，浮雕，透雕，圆雕，阴刻阳刻，在泥坯上用刀顺滑轻快，如同行云流水，比在砖块上用刀轻快多了，简直是随心所欲，肆无忌惮。他央求窑工把他的作品放进窑膛，等到出窑时，他的砖雕有的变形扭曲，有的断裂板结，汪小楷面对自己的心血欲哭无泪。窑工说，这与泥土的成色，与窑膛中的摆位，与火候的强弱以及时间的长短都有关系。汪小楷不死心，他孜孜不倦地纠缠窑工们，替他们洗衣服，替他们敲背挠痒痒，一次次失败后，一次次重来。汪小楷终于有了自己成功的作品，那是一幅题为《郭子仪祝寿》的砖雕，砖面上庭院房舍与山石花草繁复精致，人物和鞍马线条流畅形象逼真。汪小楷小心翼翼地将它捧到工坊，打算猛然给师父一个惊喜。

师父先是看了一眼，点点头。汪小楷说，师父，请指点我一二。师父有点惊讶，平时这小子没提过要求。他认真端详了一番，东西是好东西，上品，却觉得有什么地方不对头。师父检查刀功，奇怪的是几乎没留下什么痕迹，他伸手用指尖轻抚，指尖上又留有细小的砖屑，汪小楷确实用过刀，不过，那只是在作品出窑后的润色加工上。师父说，这怎么回事？汪小楷得意地讲述了制作的过程，他发现师父的眉头越锁越紧，但师父本来就喜欢紧锁眉头，那是他认真时候的模样。汪小楷说完了，师父说，把这东西拿走。我做不了你的师父，你走吧。汪小楷说，为什么呀，师父，就是死你也得让我死个明白。师父说，你这是要欺师灭祖，如果都像你这种玩法，还要我们砖雕坊做什么，在窑坊玩玩泥塑得了。

汪小楷背着他的铺盖又一次走上了回家的路，他的怀中抱着那块砖雕《郭子仪祝寿》，这是他的心血，他不想它被师父砸烂。他站在登封桥上，抬头是高高耸立的齐云山，桥下是横江，它是新安江、钱塘江、富春江的源头，江水滚滚向前，汪小楷不关心它从哪里来，只关心它将往哪里去。也许他要找的饭碗，只在那江水远去的地方，他第一次萌生了离开家乡的念头，但是徽州古风淳厚，他又怕背上悖逆不孝的罪名。那就先回家再说，任父母打骂过后，他再做打算。

汪小楷走到家门口，正犹豫着该怎么进门。他的鼻子嗅到了辣子炒鸡的香味。他抬头看，家里的烟囱炊烟袅袅。宰了鸡，这是家里来客人了。这是个千载难逢的机会，父母讲礼节，不会当客人的面打骂儿子。来客是个三四十岁的男人，头上扎着唐巾，身上穿交领直袍，看上去像是有钱人，但此刻他坐在方桌边上，左腿架着右腿，鞋底上沾满了山泥，分明既没骑马，又没坐轿，是自己一步一步走上来的。汪小楷趔进门，不想与此人啰唆，那人却主动招呼他，说，不认识我了？小老五。汪小楷想起来了，这人叫胡正言，是休宁城里的郎中，后来去应天府开店做了掌柜。这人几乎每年都来汪村找他爹收购木料，他只收购枣木和梨木。干过木雕的人都知道，这两种木料用于木雕是首选上品，但是这两种木料都是果树，一般情形下主人都舍不得卖，那等于杀鸡取卵，除非果树自然死亡或者果园另有他用。姓胡的掌柜是明白人，在每个村都安排一个收料人，他每年过来收集一次，当然，他也会付一点工钱。汪小楷家就是他在汪村的点。这位胡掌柜显然对他带回的砖雕感兴趣，他问："汪小楷，这是在哪里捡来的？"

汪小楷没好气地说："你去捡一个给我看看。"

胡掌柜不生气，说："莫非是你自己雕的？"

汪小楷已经没了炫耀的兴致，他再怎么得意这个砖雕，也不得不承认，这又是一个给他带来灾难的东西。

胡掌柜说："我看过你放在家里的木雕小件，你细活好，怎么又想到去学砖雕了？"

真是哪壶不开提哪壶，汪小楷给了他一个白眼，进自己屋里去了。

爹爹扛回几根梨木料进了院子，见到老五，很是意外。这个末老五，你担心什么他就给你来什么。他把汪小楷拽到一边，问了个大概缘由，脸色就青了。不过，客人在，他得忍着。直到他和胡掌柜几杯酒下肚，他满腔的愤怒才喷涌而出。胡掌柜默默地听他絮叨，听完了，他说，这样，我觉得小老五是块好材料，让他随我去应天府吧。我在应天府有爿工坊，刻印书籍，也要招收雕刻徒工。汪小楷爹爹想不到有这种好事，喜从天降，赶紧唤汪小楷过来磕头，说，五儿，胡掌柜就是你的命中贵人。从后来的事实看，汪小楷爹爹的话预测得相当准确。胡掌柜说："汪小楷，你告诉我和你爹，你愿不愿意去应天府？"

汪小楷说："愿意，我一百个愿意。"

肆

汪小楷说完自己的这段往事，见徐开阳听得认真，觉得这人值得做朋友。汪小楷说，实话告诉你，今天我家掌柜其实就在鸡笼山，只不过，他今天情绪不佳，你一不小心撞到枪口上，反而会坏了你的事情。

汪小楷此言不虚，徐开阳来得不是时候。

胡正言定居金陵后，结识了一帮文人雅士，他们中间有诗人骚客，也有书画大家。既是相互欣赏也是彼此需要，尽管当时应天府已有一百多家刻印社，但十竹斋专业水平远在同行之上，声名独步四海。这么说吧，当时的书画家倘若没有和十竹斋合作过，那就是没进入大明书画界的第一方阵。文震亨字启美，胡正言和文震亨相识时，文震亨还居住在长洲，两人一见如故，胡正言素来敬仰文徵明，曾经数次刻印大师的画作，专研大师的美学风格，能与大师的后人相见，他当然欣喜。而且这启美先生一表人才，一派名士风度，一手小楷清劲挺秀，刚健质朴，腹有诗书，指点江山不拘一格，胡正言认他为知己。每次文震亨来南都，作为名门之后，朝廷命官，他自有富贵豪门迎来送往，但他却每每选择寓居十竹斋，为的是能与胡正言添灯夜谈。文震亨在崇祯年间被封为中书舍人，武英殿给事，他常在吕大器、史可法等同朝官员面前推介胡正言的篆刻，吕史两位就曾托他向胡正言求印章，并介绍相识。吕大器乃崇祯元年进士，历官大明河北、江西、湖广、应天总督，史可法是留都南京兵部尚书，这两人是当朝重臣，后来两位为南明朝廷浴血奋战，堪称南明永历朝的铁血将军，青史留名，此乃后话。吕大人得到胡正言刻的篆章，惊为天选之人，向崇祯帝推荐，胡正言受命为礼部橄令纂辑《诏制全书》，校刊《钦颁小学》《表忠记》诸书，胡正言当然珍惜这个为朝廷服务的机会，兢兢业业，尽己所能。书成，崇祯帝阅后龙颜喜悦，点头称赞，见《诏制全书》后面署名是"儒士胡正言督刻"，对左右说，此人应授翰林院职。消息由文震亨先生先行传到十竹斋，后由京师吏部正式发文，胡氏兄弟欣喜若狂。胡家原籍安徽休宁人，休宁县历朝历代以状元县闻名天下，可惜的是胡氏三兄弟虽说从小就被父亲送进书院，却屡第不中，既无功名，自然也无缘官职。想不到现在老二正言一个书坊主，却有幸进翰林院为官，用土话说，这是胡家祖坟上冒青烟了。

胡氏兄弟三人中，老大胡正心老三胡正行继承家传，迁居南京后继续以行医为业，胡正言虽然也擅医，但在南京经营十竹斋多年，当医生已非他的主业。胡正言难得去胡家在夫子庙沿河街的医馆，甚至连十竹斋在江南贡院学宫东侧的古玩店和书铺也很少去。倒是老大和老三常来鸡笼山，他俩热衷于辑录医书，仅胡正心辑录的就有《订补简易备验方》《十竹斋刊袖珍本医书十三种》《伤寒三种》等刻印本。正言赴京任职，十竹斋只能交给两兄弟打理，好在这两位本来有此爱好。只是刻坊和印坊的工人们依依不舍，这些年来，掌柜其实不像掌柜，更像大家的师父。应天府少说也有一百多家书坊，但整天和工人守在工作坊的书坊主找不出几个。他与大家同一口锅里扒饭，给他自己在工舍里也留有一个床铺，遇到难关，他与工友们没日没夜切磋。他这一走，十竹斋就失了主心骨。不过，理智毕竟大过情感，明白人都清楚，倘若没有官府背景，从商终究成不了气候，胡家要兴旺发达，没有人在官府，医馆和古玩店、书坊的发展都如履薄冰。从家国出发，胡正言都没有理由放弃去京师赴任。

自从朱棣皇帝正式迁都北京后，应天府作为留都就成了南京。两京制度不是明朝原创，东汉的京都洛阳和西京长安，唐朝的长安和东都洛阳，还有宋朝的开封和洛阳，都是两京并存。明朝的奇异之处是，不但有两京，且两京分设了几乎一模一样的官僚机构。南京除了人们熟悉的六部之外，还有都察院、通政司、五军都督府、翰林院，以及前面说过的国子监。胡正言赴翰林院任职的文书来自北京的吏部，皇帝毕竟在北京坐龙廷，同样的差使当然在北京进步的机会更多，皇帝近在咫尺。但胡正言的打算，将来还得找机会调回南京，他放不下他的十竹斋。

那天，胡正言午餐后正在鸡笼山沿山间小径散步，鸡笼山曾名"北极阁"，南朝宋时，曾在此山设立了中国历史上第一个"文学馆"，因此北极阁被视为中国文学的发祥地。明朝时期，皇家于山巅设观象台，更名钦天山。但应天府百姓习惯了称鸡笼山，这山，长得就像是只鸡笼。鸡笼山上有鸡鸣寺，临玄武湖，与十竹斋正好在鸡笼山的两侧相对，彼此虽不相见，鸡鸣寺却以晨钟暮鼓经声佛号相闻于十竹斋。春光明媚，草正绿，花开正盛，胡正言就坐于路边一山石上，气定神闲，他与这鸡笼山上的一草一木就此别过，北京城里想必也有花草锦绣在为他守候。身后树梢忽然惊起一群鸟儿，灌木丛中，看不见人影，却听到脚步声急促靠近，是笋衣，这孩子，慌张什么，是遇见了长虫还是遇见了小兽？笋衣气喘吁吁地说，掌柜，文震亨先生到了，着急见您。笋衣是十竹斋印坊里的女工，是他在徽州山区带出来的姑娘，当初跟他来应天府，也就十二三岁，瘦得像笋衣，大家就给她起了个"笋衣"的绰号，十几年过去，她还是瘦得像一瓣笋衣，埋头干活，不肯嫁人，大伙都说她心思重，心思重的人不载肉，胡掌柜当然为此事替她着急，女大当嫁。可是笋衣不急，宣称她就嫁给印坊了。心思重的人有长处，肯钻研，有拗劲，在印坊，笋衣的手艺是第一块招牌。

文震亨在朝廷拿一份俸禄，却是坐不住的人，都说他的小楷刚健质朴，一如其人，居长洲时，他就参与五人事件，营救被魏忠贤迫害的周顺昌，赢得天下百姓赞誉。十几天前，他曾告诉胡正言，他将去济南府，与山东的书画朋友切磋。这才几天，怎么又匆匆忙忙回来，急着要见胡正言？胡正言进了院门，见拴马柱上正系着文震亨的枣红马，启美作为朝廷命官，远行当是乘坐马车，这家伙莫非一时兴至，直接跃上马背，文官过把当武将的瘾？文震亨在会客厅见了胡正言，猛然站立，涕泪纵横，说："曰从兄，完了，大明完了。"胡正言一惊，赶紧将他拽到厢房，关上门，才让他开口。文震亨说："闯匪李自成攻陷北京城，崇祯帝在煤山自尽了。"胡正言捂住他嘴巴，说："启美兄，这种昏话，你也敢胡说？"文震亨说："我闻言之初，也以为是谣言，直到遇见从京师南逃到济南府的故友，才不得不信。我匆忙赶回应天府，一路上遇见不少从京师逃亡的官宦和商贾，沿途兵荒马乱，人心惶惶，我坐的马车途中被歹人截下，好在歹人中有人知道我的名号，给我留了一人一马，我才能再见到你曰从兄。"

胡正言真的难以相信，北京失陷，皇帝驾崩，这南京城内却是风平浪静，六部衙署一切如常，街市不见一点动荡。胡正言原先在夫子庙旁的晚晴楼订了一桌晚餐，约了文友们喝酒。启美带来的消息让他改变了主意，他唤来汪小楷和笋衣，通知晚晴楼把酒菜送来十竹斋，笋衣就留在晚晴楼，通知来客晚宴转移到十竹斋。汪小楷说，掌柜，那预订的琵琶歌女是否也请过来？胡掌柜说，不了，但钱还是付给她。笋衣白了汪小楷一眼，胡正言说，笋衣，今天约的几位你都不会认错吧？笋衣说，掌柜尽管放心。应天府的文人墨客大多是十竹斋的常客，他们既是十竹斋的客户，也是十竹斋工人们的老师，掌柜常请这些名家过来给工人讲课。掌柜反复强调，不懂文学艺术，你永远只是匠，成不了师。老师认不出学生常见，学生认不出老师少见，笋衣是上课最认真的学生之一，当然不会认不出老师。

十竹斋食堂待客的餐桌就是两张长方形的工作台拼在一起，掌柜请客，工人们就转移到工坊间用餐。来客对十竹斋的食堂都不陌生，陆续来了几位，见了面，都不打听为什么饭局换场地。胡正言想，看来他们都听到传言了，揣着明白装糊涂。有些话，在饭馆不能说，公共场合耳朵多，传出去惹祸。十竹斋的食堂安静，若说隔墙有耳，能听见说话的也就草木虫鸟明月清风。最后来的是"周半尺"，"周半尺"在应天府以鉴赏书画闻名，所谓半尺，是说一幅画，手握画轴，只需打开半尺，周大师就能告诉你此画的真假，这对市民百姓来说，是件神奇的事情，拜倒在他脚下的大有人在，他也因此过上了锦衣玉食的生活。他在应天府的日子如鱼得水，当时江南的文人雅士，大多数集中在南京，他与书画家多有交集。但是"周半尺"在书画家圈子里低调得很，一幅画打开半尺，右上角的题跋就基本展现，凭题跋的字迹和内容，判断出画的作者并非难事，所以"周半尺"的英名在书画圈里也就是个笑料。周半尺进了屋，见了各位一一拱揖，说，来迟了，来迟了，武定门外涌进不少人和马车，马路上水泄不通。胡正言和文震亨相互看了一眼，那些人该是北方南下的第一批难民。

酒是安徽徽州产洞藏贡酒，十竹斋待客都是它，并不是因为它是贡酒，而是由于十竹斋的工匠大多是徽州人，对口味，来十竹斋的客人至少有一半是徽州人。几百年后南京被人戏称为"徽京"，但明朝时安徽确实隶属"南直隶"，也就是南京。追根溯源，这话可以说没毛病。胡正言每次去徽州，都在车船上装上十坛八坛洞藏贡酒。这天的酒开头喝得有几分沉闷，但酒到酣处，嘴巴就纷纷忘了把关。先是一浙江籍画家突然号哭，说汝玉先生没了。汝玉即倪元璐，天启二年中进士，官至户部尚书兼摄吏部，兼翰林院学士，北京失陷时，倪元璐自缢以殉节。大家各自喝尽杯中酒，无人劝他。正无语，又有客人大放悲声，说，梦章先生也没了。梦章即范景文，万历四十一年进士，官至兵部尚书兼东阁大学士，李自成起义军攻陷北京，范景文跳入双塔寺旁的古井而死。酒再怎么多，也没人敢说崇祯帝自缢的事。周半尺说，这是怎么了，这两人皆是位高权重的朝廷命官，怎么一个个都不肯活了？没人回答他。胡正言心中凄然，这两人他都曾在北京登门拜见，他俩仰慕胡正言在篆印界的大名，先后向他求过印章，尽管他们在政治舞台上都算得上显赫人物，但都放不下文人情结。胡正言刊印的印谱中，就留有他为这两位所刻印章的印存。胡正言举杯，将杯中酒洒落于地，在座者依次一一效仿。

"文人风骨，我辈楷模。"启美先生说。

有人说，为何南京六部没有任何作为？我们未见过一兵一卒北上。胡正言说："这种事不在我辈知晓的范围，南京六部总不能眼睁睁看着大厦将倾。"

文震亨说："曰从，这些日子你可见过宪之？"

宪之，是史可法的字，史可法乃南京兵部尚书，曾经亲自上过胡宅，为得到胡氏一枚印章专程致谢。此事传出后，应天府官府上下皆以拥有一枚胡正言所刻印章为荣。胡正言说："我与宪之也难得一见，现在国难当头，倘若他还与我等闲人厮守一起，那绝非好事。"大家纷纷点头赞同，胡正言又说："我相信，宪之先生忠臣热血，一定会为保卫大明江山奋不顾身。"

酒毕，按惯例是大家茶谈和笔会，也就是一起吟诗和书画。以往，诗题既命，大家纷纷以作新诗为傲，一时作不出新诗的人才以吟古人诗蒙混过关。胡正言说，今日无题，请诸位这一场不作诗只书诗。众人稍作思考，便明白了曰从的谨慎。明明说是无题，但大家所吟之诗不约而同选择了金陵怀古的名篇。一时间，鸡笼山下夜幕沉闷，月隐风急，在场主客无不涕泪满面。

这样的笔会十竹斋不定期举办。这种笔会应天府至少有十几家书坊经常组织，参加笔会的人都是文人墨客，得到邀请的人在书画圈内有一定的知名度，如果能得到十竹斋的邀请，算得上是一份荣耀了。笔会的举办者和诗人、书画家其实是各取所需。诗人和书画家来，当然不仅是为了美食美酒，更重要的是为了江湖地位，再厉害的大师，也不想在民间的艺术殿堂里失去自己的一把座椅。对举办者而言，书坊需要与诗人和书画家联络感情，感情的基础再加上报酬，书坊才能拿到他们的佳作，财源滚滚。一场笔会，在现场可以拿到诗人和书画家的新作，这样的即兴作品，也许就像考试作文一样，命题作文仓促之间难有精品，但是出自盛名艺术家的笔下，这些作品还是有一定的收藏和刊印价值。这种古风一直传承到现当代，某些美术出版社，声称要出版名人名作，就有一批书画家纷纷投稿，书出版，书画家获名，出版方得利，得到了一批书画家原稿。更有某些官方和民间艺术机构，组织全国性艺术年赛、双年赛，书画家们捧一幅作品来，带一张获奖证书回，参赛作品一去不回。现在的艺术品拍卖会，很多拍品都是当年出版过和获过奖的原作，因为有书籍和获奖证书证明，它们往往成为拍卖会上的热门拍品。后来这类活动泛滥了，有关管理部门下文规范，一些成名的书画家也觉得自己吃亏上当了，这样的活动才渐渐减少。这话扯远了，我们还是回到十竹斋这场笔会。

　　待到客人散尽，胡正言一一打量他们留下的墨宝，心情愈发沉重。所有人都没有作画，只是默写了古人的一首首抒怀诗词。

登金陵凤凰台

〔唐〕李　白

凤凰台上凤凰游，
凤去台空江自流。
吴宫花草埋幽径，
晋代衣冠成古丘。
三山半落青天外，
二水中分白鹭洲。
总为浮云能蔽日，
长安不见使人愁。

浪淘沙令·帘外雨潺潺

〔五代〕李　煜

帘外雨潺潺，春意阑珊。罗衾不耐五更寒。梦里不知身是客，一晌贪欢。

独自莫凭栏，无限江山。别时容易见时难。流水落花春去也，天上人间。

满江红·金陵怀古

〔元〕萨都剌

六代豪华，春去也、更无消息。空怅望，山川形胜，已非畴昔。王谢堂前双燕子，乌衣巷口曾相识。听夜深、寂寞打孤城，春潮急。

思往事，愁如织。怀故国，空陈迹。但荒烟衰草，乱鸦斜日。玉树歌残秋露冷，胭脂井坏寒螀泣。到如今、只有蒋山青，秦淮碧！

胡正言读了这三首，悲意更浓，这南京城的历史就是一部悲情史，难怪历代诗人写到这座城市，字字衔恨。都是老朋友，胡正言用不着看他们的印章，就知道宣纸上的笔迹属于谁，这帮自以为是的家伙，到了一起从来是吵吵闹闹，针锋相对，这次却难得腔调一致了，可能是兔死狐悲的共情吧。房间里只剩胡正言一人，杯倾椅歪，墨飞笔斜，窗外竹叶簌簌，春寒料峭，进香河上依稀传来孤独的桨声。胡正言重新磨墨铺纸，沉吟许久，写下了刘禹锡的《金陵怀古·生公讲堂》。

生公说法鬼神听，身后空堂夜不扃。
高坐寂寥尘漠漠，一方明月可中庭。

这位名为刘禹锡的诗人，据说写《金陵怀古》五首诗时，还没来过金陵城，却写出了金陵城亘古不变的苍凉和落寞。胡正言扔下笔，忍不住趴在桌面发出几声哽咽。有人蹑手蹑脚进来，站在他身侧，等他收身，赶忙将桌上的字纸拂平折齐。这是十竹斋的规矩，敬重字纸，打扫整理任何屋子，先将字纸收拾归纳。来者是印坊把头张笋衣，那位他从大山里带出来的姑娘，她总能掌握掌柜的行踪，在掌柜最需要身边有人的时候及时出现。

笋衣说："掌柜，您是不是因为去不了北京城做官难受？"

胡正言先是摇头，又再点头。

笋衣一边抹桌子，一边说："掌柜，您最喜欢的是这十竹斋，您离开了这工坊，我们心里都不踏实。您留下来，和我们一起守在工坊，潜心刻印，还是能像以前一样过得开心。"

胡正言点头，他不想把自己败坏的情绪传染给别人，尤其是他工坊的员工们。

伍

汪晓阳本来是徐开阳他爸的秘书室人员，你别小看秘书，有的秘书比二把手三把手说话还管用。汪晓阳硕士毕业，人高马大，一双灵活的眼睛能看到别人看不到的内容，眼到口到手到，一丝一毫都不怠慢，很讨徐董喜欢。可是还没等到受重用，老板就把他调离了，派他去给自己的儿子做助理。徐董说，徐开阳的成长就是集团的成长，做他的助理比做我的秘书重要。汪晓阳本科的专业是历史学，历史上确实有不少太子太傅在太子登基后，官居一人之下万人之上，可是这徐开阳怎么看也不是能够把舵徐氏集团这艘大船的料，他从来不为自己设"大目标""小目标"，倒是痴迷于字画古玩。汪助理弃文从商，没想到现在还得掉转头研究古人字画，徐公子的爱好必然是汪助理的爱好，否则"助"不成也"理"不了，汪晓阳没别的选择。好在徐开阳喜欢独来独往，他有一个贴身丫鬟，智能机器人，徐开阳唤她"圣女一号"，购买这"圣女一号"的目的，本来是为了让她每天提醒徐少爷按时服药，她同时也有会话功能。徐少爷宁愿在办公室与圣女一号聊天，也不愿与公司的员工啰唆，但他天生没有少爷脾气，有事布置下属，从来不颐指气使，待汪晓阳就如同待同学朋友一般。

《十竹斋笺谱》残册进入汪助理和徐开阳的视线范围，那先生是第一个推荐残册的人。那先生是美术学院的教授，也是收藏界有名的鉴定大师。鉴定古董，这种校园里的大师在圈内地位并不高，排名最前面的是专造赝品的人，要使假货逼真，那必须把真货琢磨透。其次是资深收藏者，这种人吃的亏多，学费交足了，最终还是能学到点真东西，付出的代价终有心得。最活跃的是教授专家们，理论上有一套，但他们在博物馆里见到的都是真东西，见不到假货，按图索骥，一不小心就看走了眼。但他们有话语权，媒体上都是他们的光辉形象，蓄须，穿中式褂袄，说一不二，关键是只他们敢在阳光下肆无忌惮。这类大师的致富途径，一种是低买高卖，把真货说成假货，压价买进，高价抛出，这样的官司每年都有几起，当然，这种人毕竟少数。另一种则是被财阀高薪聘请，成为财阀的收藏顾问，这是教授专家们梦寐以求的美差。一边拿高薪，一边拿佣金，有的财团因此购进了几亿几十亿的伪劣作品，还不敢声张，声张了就永远出不了手。那先生是通过汪助理的引荐，成了小徐总的艺术顾问。但那先生似乎不属于第二种人，他从不指名炒作某位书画家，做长线，也不怂恿小徐总购买大作品，他只做分析，主意让小徐总自己拿。那先生说，从唐代的薛涛笺、五代的砑光笺、宋代的团花金花暗纹笺，到明代的《十竹斋笺谱》，再到清代的《百花诗笺谱》，以及民国时期鲁迅和郑振铎合作编选的《北平笺谱》，笺纸反映的就是一部雕版印刷技术的发展史。如果把它看成一个抛物线，那么这条弧线的最高点就是《十竹斋笺谱》的饾版和拱花技艺。徐开阳毕竟也是科班出身，也知道十竹斋的创始人胡正言，他青史留名凭的就是《十竹斋画谱》和《十竹斋笺谱》。那先生接着说，现在的十竹斋集团崛起，收藏和学术研究在传承中壮大，但经济支撑靠的是拍卖公司和文投公司。十竹斋当年是靠雕版印刷以技养艺，如今已进入电子媒体时代，雕版印刷品只有收藏价值，转向拍卖和开发是与时俱进的明智之举，北京、上海、杭州的同业都不约而同搞起了拍卖经营，十竹斋可以说是领风气之先。论资历，十竹斋在业内历史最悠久，论成就，两谱是世界印刷史的里程碑。可是，如今，国内硕果仅存的一套完整版《十竹斋画谱》和《十竹斋笺谱》都保存在北京，十竹斋集团院藏中并没有，数典忘祖是有典可数，有典在才有祖，这是十竹斋的痛处。虽然这次出现的只是笺谱中的残册，有总比没强吧，若这次不惜代价拍下，将来十竹斋终会有想回购的一天。那先生又给徐开阳认真上了一课，徐开阳还是不敢轻信，回来后认真查阅了相关书籍，历史书上记载的确实如那先生所言，汪助理没闲着，他拿着几本折了页角的书向小徐总推荐。汪助理不愧为学历史的，他从四大发明之一的毕昇泥活字印刷术的发明和退出说起，一直说到十竹斋与荣宝斋、朵云轩的脉络关系，在介绍饾版和拱花时，徐开阳听得不耐烦了，说，我了解一点，饾版就是雕版的板子更多，色系更丰富。拱花呢，就是相当于盖钢印，凸凹立体感更强。我小时候，曾经用铁钉在石壁上刻过字。徐开阳说，汪助，我们要确定的是这残册的真假。我这样想，如果有人敢往高处抬，我们定一个价格，五百万内。如果没什么人竞拍，那就举牌在十五万内，拍回来再说。如果是十五万之内，残册无疑是有问题，但不影响我对它感兴趣。

汪助理说，五百万，怕是拿不下。上个世纪初，宋版《玄都宝藏·云笈七笺》的一页残张，就拍到了四万九千五百元的天价，当时相当于黄金十六两。虽说这次只是明末清初残册，历史短一些，但拍卖会上一旦人气上升，水涨船高，那就没我们什么事。

徐开阳向"圣女一号"咨询过古籍拍卖行情，汪助说的那页宋版纸拍价她头脑中也有输录。徐开阳说，到时候看行情我再定夺。

汪助理没想到，残册在拍卖会上受到如此冷落，很显然它的出处值得怀疑。那先生说，或许，它不是十竹斋的刻印本，只是仿本。两谱面世后，坊间仿本如雨后春笋，那年代反正也不讲什么产权版权，市场好，一窝蜂都上。残册有可能是仿品，说不定十竹斋的专家们早就看出了破绽，只是不肯点破。拍卖行业的规则是不保证拍卖品的真假，买方买错了，只有自认倒霉的份，拍卖公司坐收双方佣金。业内有个段子，拍卖结束后，卖方说，罪过，我把假货卖给你了。买方说，别胡说，我买的是真货。卖方急了，说，我真的卖了假货。买方更急，说，你诽谤，你再诽谤我要你好看。这残册的藏主始终没露面，如果是仿品，拍到这个价也算可以了。

徐开阳说，我们分析一下，那个叫赵琼波的姑娘为什么想拍下这个残谱？

汪助理说，也许她认定是十竹斋真版，奇货可居。

徐开阳说，她一个入职不久的小姑娘能有几个钱？不可能存那么大的野心。

汪助理说，这个我说不准，你只有自己去问她。

汪晓阳心里说，现在小姑娘的心思谁能猜得到？说不定这女子就是找个机会接触你徐少爷，张着一张网等着你往下跳呢？

徐开阳觉得汪助这次说得准确，他去找赵琼波这是个用得上的理由。他忘记了，他上次去鸡笼山找赵琼波，自己想好的理由就是这个。一个胆怯的人，必须依赖别人嘴里说出的话为自己壮胆。

徐开阳其实是个自律的小伙子，每天下午，他都要去健身房锻炼两小时。健身房在开阳大厦的三楼，除了提供对集团员工的免费服务，也对外营业。欧美电影中的肌肉男看多了，现在的年轻人中也兴起一股健身热，想不到的是，连女生也加入了健身大军，她们要那么多肌肉做什么？后来弄明白了，女生不是为了长肌肉而来，而是来塑身，让身体凹是凹凸是凸，她们确实为健身房增加了美丽风景。徐开阳有专门的锻炼区，有专职的教练，他穿过开阔的大厅时常常忍不住欣赏沿途的倩影，有一回他被一个肩上扛着杠铃的背影吸引了，那女子转身，看面孔竟是一位四五十岁的大妈，他难以掩饰自己的尴尬相，慌忙中狼狈逃走。但是，眼睛是心灵的窗户，窗外的风景美妙，想把两扇窗关上也是件难事。徐开阳看见赵琼波的侧影时差点惊讶出声，她双手握在套环上拉伸，可能是用尽了力气，却又不甘心退下，长长的两臂将她悬挂在那里。阳光从玻璃窗格斜刺里照进来，她的侧影如一缕阳光般瘦削，她确实应该来锻炼，穿着运动背心和短裤，说她是一张纸片也不算夸张，她的胳膊她的腿需要增加肌肉，她的胸和屁股也需要增加，增加一点肉感。徐开阳等她又拉伸了几下，终于放手后，才喊了一声她的名字，赵琼波。赵琼波的第一反应竟然是用双手护住了自己的胸，这让徐开阳的眼光无处安放。赵琼波说，徐开阳，你也在这里，哦，我说错了，这本来就是你家的，开阳大厦嘛。徐开阳说，我，我也只是享受员工福利。赵琼波的两只手自在地放下了，她的胸就那么小小的一坨，真没必要遮挡。赵琼波说，别紧张呀小徐总，我又没想让你给我免费办健身卡。徐开阳不喜欢在外人面前暴露自己的身份，小的时候，他和许多农村孩子一样做留守儿童，他母亲也只是一位普通留守农妇，有一天放学后他却被人用麻袋罩住脑袋，扔进了一个山洞，获得公安解救后，他才知道，他被绑是因为他是他爸的儿子，他爸那时是南京城里建筑公司的老板。那次事件之后，他和妈妈被接到了南京城，他转学进了城里的小学读书。有很长一段时间，他不愿承认他是他爸的儿子，老爸的事业越做越大，涉及钢铁、房地产、软件开发等多个领域，徐开阳在外面，从来都将自己与徐氏集团的关系撇开。可是，有些关系想撇也撇不开，就像有些关系想攀附也攀附不上，老爸把新街口的办公大楼命名为"开阳大厦"，每个字都占据几十个平方的面积，屹立在南京城最繁华的中心，这等于昭示天下，徐开阳就是徐氏集团的少当家，只有他坚持做那只把脑袋钻在沙堆里的鸵鸟，以为没有多少人知道他是谁。徐开阳说，没问题，我可以自费帮你办。赵琼波笑了，说，你还当真了。徐开阳说，你可以进我的专区来锻炼，可以让教练为你定制锻炼计划。赵琼波说，不需要，我只想训练我的握力和腕力，有外面这几样器械就行了。徐开阳说，那我们晚上能一起吃个饭吗？赵琼波说，哟，莫非徐大少对本姑娘也有什么想法，可是不巧，今天我答应了和父母一起吃饭。徐开阳想不到赵琼波这样说话，她这是把他划入游戏人生的纨绔子弟一类了。他顿了一下，转身进了自己的健身室，可是从更衣室出来，他心神不定，在器械上活动了几下，又冲到赵琼波面前，说，那，我能不能留个你的电话号码？赵琼波没停止手上的握力弹簧器，说，好，有了我的号码，今天欠我的这顿饭就跑不掉了。徐开阳这才发现手机没带，它在更衣室的衣柜里。徐开阳说，你报号码，我能记住。赵琼波说，厉害呀，我自己的号码都会记错。徐开阳想开句玩笑，有的号码读千遍也记不住，有的号码听一遍能记一生一世，得看这号码是谁的。但徐开阳不敢这么说，真要说出来，赵琼波真会把他当成轻佻的花花公子了。赵琼波报了手机号码，徐开阳记住了，不过，他回到健身室，第一时间把号码输进了手机，他其实是一个对数字不敏感的人。

在淋浴房冲澡的时候，他又一次发现，他准备做借口搭讪的那个话题，今天还是没用上。

陆

　　赵琼波答应了星期六一起吃晚餐，徐开阳说，那周六下午我去接你。赵琼波说，你知道我的住址吗？徐开阳说，你们集团的单身公寓不是就在鸡笼山？他差一点说，我还知道你住203呢。星期六下午，徐开阳先去健身房，可是心不在焉，眼睛老瞄着上次赵琼波锻炼的场地，那里没有赵琼波，只有一个壮汉在做拉伸动作。壮汉认为他在挑衅，示威性地朝他挥了挥拳头，徐开阳收回目光，失了继续锻炼的兴致。一个小时后，他站在单身公寓203的门前，他试探性地敲了两下，屋里没有声音，他加重力量敲了两下，还是没有动静，他失落地转身走向楼梯口时，身后的门却打开了，是赵琼波。赵琼波看上去有几分陌生，她戴着一副眼镜，这眼镜没有让她白皙的脸上增添书生气，倒显出一股匠气，她的眼镜片上明显有些细小的木屑，而她的身上穿的是主妇下厨才穿的围裙，不过，围裙上黏附的也是一些细屑，这使她闻上去没有烟火气，倒有一股树木的清香味。赵琼波从眼镜框上面看了一眼徐开阳，说，你来得这么早，我还有活没干完，你进来先坐一会儿，要喝水自己倒。赵琼波坐在房间里唯一的办公桌前，那桌子上左边有一立式台灯，右边有一臂式支架台灯，桌上没有一本书，赵琼波对付的是一块木板，右手摆着一溜大小长短不一的刻刀。大白天，她居然拉上了窗帘，而且那窗帘厚厚实实，宛如冬天商场门口挂的棉胎保暖帘，徐开阳明白了，那个夜晚他看不到203的灯光，未必是赵琼波不在，很可能她拉了窗帘在干活儿。这大白天的，她拒绝天光而用灯光，可能是雕刻时采光角度的需要。这种单身公寓，其实是宾馆商务间的设计，一床一桌一椅，盥洗间在外，桌椅依窗，本来放美人靠沙发的地方，赵琼波摆了一排书架。徐开阳要坐，只能坐在床上，床上应该是沙发床垫，徐开阳坐上去很软乎，他的呼吸莫名地变得急促。他知道是这环境的原因，拉上的窗帘，台灯的灯光，场景太适合发生某个故事。徐开阳站起来，理顺呼吸，他走到书架面前，随手抽出一本书，其实灯光昏暗，他想看也未必看得清字迹。但抽出的却不是书，是一块木板，徐开阳用指腹轻轻掠过，是一块刻板。他凑近书架一看，这哪里是书架，原来上上下下摆满的都是刻板。

用不着问她为什么喜欢《十竹斋笺谱》残册了，赵琼波是一个雕版艺术爱好者。这世界上有一种人，为了热爱的艺术，可以赴汤蹈火，可以粉身碎骨。赵琼波这样一个工作不久的小姑娘，倾其所有与徐开阳竞拍残册，是出于热爱，从这个角度去看，这事是在情理之中。

这一顿晚饭的话题就全是雕版。赵琼波说她爷爷是个木匠。乡下的木匠分好多种，第一种是盖房木匠，他们的本事是立柱架梁，五柱落地或者七柱落地，大梁小梁和排椽，每个盖房木匠都是一位设计师。第二种是器具木匠，他们的长项是走街串巷打家具、箍桶等，打家具对木匠而言属家常便饭，不稀罕，但箍桶是见真功夫的技术，水桶粪桶马桶，哪种桶漏了都把名声败了，名声败了这位木匠就做到头了。第三种是雕刻木匠，他们干的是细活，但不能说是小活，因为雕刻木匠干的活含金量最高，他们从事的工作不是技术而是艺术。一般人家请不起雕刻木匠，或者说没必要请他们，雕梁画栋，木器镂花镌刻，只有大户人家才讲究这些。况且他们都是慢工细活，刻一朵花能费几天时间，主家付刻那朵花的工钱，说不定都能开间鲜花铺子了。赵琼波的爷爷属于盖房木匠，赵琼波打小在爷爷家长大，父母年轻时一个在机关做公务员，一个在大学教书，他俩以工作忙为理由，把她扔给了在乡下的爷爷奶奶，一直到她快上小学了，才把她接进了南京城的家。爷爷在院子里有个工作间，小时候的赵琼波就喜欢待在爷爷的工作间里，爷爷不是雕刻木匠，却喜欢雕刻，他用刻刀给小琼波刻各种玩具，小鸡小鸭小猴，还有小汽车小飞机，但小琼波很快就玩厌了，她趁爷爷不在的时候，自己藏起了一把刻刀。她要自己去雕刻。徐开阳插话说，这就像在我们那个依山傍水的村庄，吃鱼肉没有捉鱼鲜，吃兔肉没有猎兔欢。赵琼波继续说下去：她奶奶先是发现，家中的桌腿上床头上，豁出了一道道新鲜的口子，像一张张孩子咧开的嘴巴，接着，奶奶发现了小琼波手指上的各种伤痕，奶奶揍了她一巴掌，把责任推给了爷爷，你为什么不放好你的刻刀，自己的刻刀丢了都不晓得。爷爷不辩解，替孙女擦干了眼泪，对孙女说，你要是喜欢玩刻刀，爷爷教你。爷爷教她怎样选刀用刀，怎样选木料。木头有软有硬，小琼波练刀从软木上手，村庄里有的是杨树泡桐树。赵琼波完成第一个作品是在她七岁的时候，那是一只做年糕的模具，从开槽到旋花全都是她独立完成。没到春节，爷爷奶奶特意用这模具做了一次年糕，尽管那次年糕的形状有点怪异，但那是赵琼波记忆中最美丽的年糕。徐开阳说，所以上大学的时候，你就选择了版画专业。赵琼波说，我哪里有选择的权利。我读高中时不是学习尖子，父母估计我考不上大学，就替我动了别的心思，艺考。那时的艺考，文化成绩分较低，我是歪打正着考上了我喜欢的专业。徐开阳当初选择艺考，其实也是有高人向徐老爷推荐。徐老爷说，要不，你可以出国留学，外国大学宽进严出，申请入学比艺考还容易。徐开阳拒绝，他对留学有种莫名的恐惧，就像当初他不得不进城读书时，总对新的学校新的同学有抵触，很长一个时期他在学校都是一个人形影相吊。

都有乡村童年的记忆，都不是老师和家长喜欢的那种学霸级人物，徐开阳觉得他俩就是同一类人。徐开阳提出，我对雕刻也有兴趣，你能不能收我这个徒弟？赵琼波放下筷子，说，你开什么玩笑，别看我学了七年版画，但动手能力我还是学徒级。徐开阳不肯放弃，那总比我这个菜鸟级强许多。

徐开阳说："作为学费，我将《十竹斋笺谱》残册送给师父，行不行？"

赵琼波说："它对我的吸引力当然巨大，我知道它的成交价，加上拍卖公司的佣金，得有二十几万。尽管对你徐公子来说这只是毛毛雨，但我真要收下了也不踏实。这样，你把残册放我那里，供我琢磨研究一阵子，你若想取走随时可取走。"

徐开阳端起酒杯，说："那你就是答应收我为徒了，我敬师父一杯。"

赵琼波笑着说："你别这么着急，真要想拜师父，我的师父在扬州，下回我带你去拜师。"

徐开阳心里高兴，说："我只认你为师父，你的师父我只能喊师爷爷。"

这一顿晚餐徐开阳收获颇丰。

柒

徐开阳回到办公室，因为喝了几杯红酒，比平时兴奋。徐氏山庄在江北的老山，里面有一幢别墅属于徐开阳，但除了过年过节，徐开阳都不去那里住，徐氏山庄里有一堆用人和保安，见了徐开阳都毕恭毕敬，异口同声称他"少爷"，这是他爸徐金发立下的规矩。徐董喜欢看民国题材的电影，他看过《金粉世家》后，回家宣布，以后在家里不能喊他"徐董""徐总"，只能喊"老爷"，以此类推，喊徐开阳妈妈就称"太太"，喊徐开阳就称"少爷"。上上下下都以为徐董是在开玩笑，新规发布第二天，有位阿姨没改口，老爷立即就让她结了工资走人。在徐家做了十几年工的老阿姨，几乎就是半个徐家人了，说开就开，大家这才知道老爷的规矩厉害，时间一长，称呼"老爷""太太"成了习惯，连太太听顺了也渐渐不觉得有违和感，只有徐开阳，在山庄里见人就躲，他实在不愿当这个所谓的"少爷"，甚至连有人称他"徐少"，他也板着脸。他大多数时间睡在办公室，办公室其实是个套房，卫生间厨房间一应俱全，关键是这里有"圣女一号"，既是秘书又是聊友，比跟人类打交道安全自在。

徐开阳说："嗨，我遇见了我喜欢的姑娘，我怕是要恋爱了。"

圣女一号说："恭喜主人，恋爱能分泌多巴胺四个月，这四个月是你的快乐时光。"

徐开阳说："我要的不是四个月，是一生一世。"

圣女一号说："那是不可能的事，违反生物科学。"

徐开阳说："你懂个屁，你又没有谈过恋爱。"

圣女一号说："我确实没谈过恋爱，但我懂屁，屁的成分包括氮气、氢气、二氧化碳等，这些成分无味，但屁中还有少量氨气、硫化氢、粪臭素等，所以屁发臭。"

这是扯到哪里去了，徐开阳伸手关了它的电源。

徐开阳给汪助布置了任务，购买一套完整的刻刀刀具，反正挑价格昂贵的买。徐开阳掐准了赵琼波下班的时间，几乎每天去十竹斋总部接"师父"下班，两人晚饭吃得简单，或者啃面包，或者叫外卖。赵琼波的办公桌明显小了，现在做两个人的工作台太挤，徐开阳自作主张网购了一张办公桌，房间一下子就被填满了。赵琼波仔细打量了徐开阳的刀具，刀把做工考究，刀锋蓝光闪烁，赵琼波说，留着吧，学徒不用生刀，先用我的熟刀入手。这规矩徐开阳听说过，徐老爷有个专职的扬州修脚师傅，手勤快嘴也勤快，他说过类似的话，徒弟只用熟刀，师父哪天送徒弟一套新刀具了，那就是说这徒弟满师了。刻刀和修脚刀，行业不分贵贱，技艺各有高下，传承却有同样的讲究。徐开阳喜欢用师父的熟刀，师父的刀在刀柄上缠着布条，那布条上有师父的味道。

门卫大爷现在也和徐开阳熟悉了，徐开阳有时捎包香烟送给大爷，大爷也笑吟吟收了。一个小伙子，一个大姑娘，同进不同出，大伙也认定是一对恋人了。而且这是讲传统的一对人，小伙子从来没在203留宿过，这样的年轻人现在难得遇见。

　　徐开阳的学习态度端正，仅仅是晚上的时间过来他不满足了，他向师父说，我能不能白天也在这里练习刀法，赵琼波说，那么大的开阳大厦，摆不下公子的一张工作台？徐开阳说，没有师父在，再大的工作台我也开展不了工作。这拍马屁的话当师父的爱听，他顺利拿到了203房间的钥匙。从此，小徐总又多了一个去处，汪助觉得小徐总的行踪越来越难以捉摸，圣女一号也提醒他，主人和我交流的计时越来越短，难道还有谁能督促您准时服药？徐开阳一个星期总有两三个下午在203度过，他习惯了拉上窗帘的狭窄的工作环境，当然，徐开阳在这里还谈不上工作，他只是工作间的学徒工。赵琼波让他从发刀练习起，让他刻鱼虫之类，徐开阳说，师父，你这是把我当小孩哄呢。但事实上刻一条鱼刻一只爬虫也并非易事，他刻出的线条如同一个口吃者的发声，断断续续。有时，他一不小心还会跳刀。有一回跳刀发生时，赵琼波就坐在一侧，刀尖准确地在他指肚上划了一条，血涌出来，师父一把抓住了他那只手指，徐开阳顿时幸福满满。他期待着赵琼波撮起嘴唇，轻轻地吮吸一口，然后替他包扎，这是影视剧里恋爱戏的前奏。但是，赵琼波把脚本改了，她从抽屉里摸出药棉和创可贴，说，别动。她用药棉擦干了血，麻利地在伤口贴上创可贴，见徐开阳龇牙咧嘴，还不忘嘲笑他一句，世上竟然有你这样的男人。徐开阳心里委屈，我这不就是想求个温柔吗，但想到师父当年入行，她的手上一定也有过伤痕，他便也嘲笑自己，想多了，人家见怪不怪，对这种小伤已经习以为常。

这天下午，徐开阳有点困，师父不在的时候，他一旦离开了台灯灯光的范围，在昏暗的环境中，容易被睡眠诱惑。他站起来，走到模板架前，随手抽出一块轻轻触摸，拿过刻刀的手指对模板有着特殊的体验，他沉浸在享受中，却见模板架中一个小人儿跳出来，一个似曾相识的姑娘瞬间站到了他面前。他听说过田螺姑娘的传说，她是从画中走下来的女子，想不到模板上也能走下仙女。女子说："怎么，公子不认识我了？"

徐开阳看她一眼说："我好像在什么地方见过姑娘。"

女子说："哪里有别的地方，我在应天府没任何亲朋，天天待在这鸡笼山下的印坊内。"

女子说："我是张笋衣，敢问先生大名字号？你这么一身打扮，走在街上要笑死人哩。"

徐开阳说："我姓徐名开阳，无字也无号，我来自三百多年后的南京城，三百年后这南京城内的青年男子都是我这种穿着。"

笋衣说："你就编吧，你不就是想求我家掌柜刻印章吗，用得着装神弄鬼吓唬人？"

徐开阳说："美女，你爱信不信。"

笋衣不好意思地红了脸，低声说："徐公子，你当面称我为美女，羞死个人了。"

徐开阳想解释，满大街的女人，上到八十下到八岁，都可称呼美女。笋衣没等他开口，说："你这次来得不是时候，我家掌柜最近心情不好，他没心情，就谢绝刻印，多少白花花的银子都被他挡在门外。"

又说来的不是时候，徐开阳说："他当年凭的是篆刻名满天下，这样做岂不是白白断了财路？"

笋衣说："这个你就不懂了，我家掌柜篆刻当然天下无二，但他志不在此，徽州以砖雕木雕石雕闻名，他练习三雕技艺，却是为了有朝一日能实现他的愿景，刊印出十竹斋的画谱和笺谱，这才是他的终极目标。"

恍惚间，笋衣带他走进了印坊。

十竹斋院内的结构分为两部分，靠进香河码头的是一幢徽派木质建筑，外面看上去黑瓦白墙，高高的马头墙立于翠绿丛中，船上的香客远远瞧见它，就明白鸡笼山快到了。楼实际上只有两层，楼板是掌柜雇船从水阳江经胥河到秦淮河运来的松树板，踩上去小儿哼唧一般吱吱作响，噪音，掌柜却不让木工维修，说这也是一种热闹，鸡笼山的夜晚太寂静了。汪小楷背后给大家解释，木质楼板的妙处就在于它有声音，掌柜家祖上也算殷实人家，徽州财主凡是筑楼，皆用木楼板，除了皖南山多树多，最重要的是防贼。贼若进了木楼，楼板就会随他的脚步奏乐，这乐声等于给主人报警。笋衣说："汪小楷说话喜欢添油加醋，我才不信他。"

徐开阳说："他说的并不离谱，《水浒传》中的鼓上蚤时迁、《宋史》里入室偷窃的'翻高头'，书上都只说他们有身轻如燕飞檐走壁的功夫，并没说他们有别的特长，可见，轻功就是为了不踩响楼板，汪小楷此话不虚。"

笋衣说："难怪你喜欢往我们十竹斋凑，原来是个书生。我就佩服读书人，我本来不信汪小楷的话，但书上写的话，我不敢不信。徐公子，我信你了。"

木楼的正门是一片竹林，当年胡正言种植时就只有十几棵修竹，如今，早已经是一片竹林，穿过竹林，那就是十竹斋的工坊，很多年后被人们称为"车间"。工坊对比之下较为简陋，土坯墙，茅草屋顶，但看上去空旷。笋衣说，工坊从前分为造纸坊、制墨坊、雕刻坊和印坊。后来掌柜与泾县曹家造纸作坊和徽州胡家制墨作坊商定，纸与墨由这两家为十竹斋定制，连续四五年，纸和墨都通过了掌柜苛刻的验收标准，工坊才撤了纸坊和墨坊，鸡笼山山脚的十竹斋仅留下雕刻坊和印坊。印坊里有十几位印工正在作业，男的着交领长衫，女的穿窄袖褙子襦裙，共同之处在于男女正面都披挂一件褐色工服，那工服上点染着斑斑点点的印泥。有女工见笋衣领了徐开阳进来，上下看了他一眼，说，师父，你在街上捡了个叫花子？不过，看样子拾掇拾掇还能对付。徐开阳着一身牛仔服，上衣毛边，裤子在膝盖处上下有几个破洞，站在三百年前说他是叫花子不算冤枉。笋衣说，你把你那点心思摆到正经事上行不？女工伸了伸舌头，埋头工作了。印工的工作台大得像徐开阳办公室的大班桌，每张桌上摆着纸、模板和盛放各种颜料的瓷碟。笋衣指着台面上的东西做介绍，咱们十竹斋的宣纸不是一般的宣纸，咱们十竹斋的印墨也不是一般的印墨，我家祖祖辈辈本来就是以制墨为生。徐开阳说，咱们十竹斋的人也不是一般人。笋衣惊讶地说，听你这口气，你对十竹斋还真的了解不少，你不应该在掌柜那里求不到印章。徐开阳说，求不到是因为机缘未到，既然来了，你就让我见识一下你的印染手艺，我也算开了一次眼界。笋衣说，弄了半天，你是来偷艺的，行，看你这细皮嫩肉的样子，也不像能吃我们这碗饭的人。笋衣套上工作服，先拿起台板上的模板，说，看清楚没有，这是一张兰花模板，如果都是用绿色，那就只要一次套色，一块模板。如果分色，层次分得越细，色彩越丰富，就得用越多的模板，一张画最多的有几十种甚至上百种模板，那样刊印的画纸与原作摆在一起，连作者也难以分辨。笋衣拿起另一块模板，说，这是刻字模板，印在纸上就是一排排字。印字也有讲究，我们十竹斋出的书籍版式疏朗，墨色幽光闪亮，在市面上十分抢手，但比起印画，印字还是相对简单。印字的手段是刷印，模板在上，印画的手段是捺印，模板在下。捺印其实就等于作画，色彩浓淡与线条抑扬顿挫，就在于印工的指尖功夫。这就是掌柜逼我们印工读画和作画的缘由。她拿出一张印好的兰花画纸，说，徐公子，你仔细看左下角，看上面的根茎处。徐开阳没能看出什么。笋衣说，我的食指纹印，你看你看，我的食指是个笋纹，这上面是不是隐藏着笋纹印迹，你想想，这张画不论流传到天下哪个角落，不管流传到百年千年之后，我的笋纹就是我的印记，让人们情不自禁地猜测，这是谁的指纹印呢？这人是谁呢？徐开阳说，我说过我是从三百多年后来的人，那你就告诉我，你是谁。

其他几位印工都抬起头，他们也想听听印坊把头的身世。笋衣说，不管你是编鬼话还是编神话，都别想蒙我。你要闲得慌，我给你哼支我老家的小曲。

不修不修呀生在徽州，

十三四岁往外一丢。

来了以后又不愿回头，

江里的小船在打转，

水里的鱼儿在撒欢，

从这座老桥往那看，

······

先是笋衣一个人在唱，渐渐地，印坊里所有印工都加入了。歌声时而低沉，时而高亢，唱歌的人敢情都来自徽州，听歌的人眼眶也湿润了。

捌

　　笋衣的家居住在黄山深处，黄山的皱褶里有许多三五人家的小村庄，笋衣家住在山腰，独户。笋衣懂事起，就没见过母亲，她向父亲打听，父亲说，她下山送墨的时候在云雾山走失了，有时父亲也会换一种说法，说你娘被狼害了，她在林子里找蘑菇，有人拍她的肩膀，她一回头，是狼，脖子就让狼咬住了。笋衣吓得钻进父亲怀中，父亲说，以后不能一个人往树林里钻。笋衣的爹爹是山一般魁梧的壮汉，没有一副好身板的人，不敢单门独户驻扎在这深山老林。爹爹以制墨为业，兼以狩猎补贴家用。父女两人，住着一溜六间土坯屋，其中五间是用于制墨。制墨在徽州当不晚于唐，明代时徽州制墨名坊已达一百余家，制墨工序多，分造窑、发火、取煤、和剂、成型、入灰、出灰、试磨共八道工序，整个工序笋衣父亲都是独立完成。笋衣七八岁时，爹爹开始让她做下手，有意识地把制墨的手艺传给女儿。

　　童年的笋衣是个孤独的孩子，她没有同龄的玩伴，除了爹爹，一年也见不到几个山外的来客。这些客人，有的是猎户。他扛着长筒火药枪，背着很大的竹篓，竹篓里装着飞鸟走兽的尸体。他放下竹篓，拿出一只山鸡，或者一只肉獾，和爹爹拔毛的拔毛，剥皮的剥皮，不一会儿，香喷喷的红烧肉就端上板桌，他俩开始喝酒，当然，最好的肉块都夹给了笋衣。如果来者是采药人，他腰上缠满了麻绳，麻绳的尽头还长出了钩子，他的背上也背一个大竹篓，竹篓里背着草木的根茎和枝叶。他是笋衣不喜欢的客人。他会拿出一截树根，有时从布兜里捉出一条活蛇，扔进爹爹的酒坛里，说浸泡出的酒能治百病。爹爹真诚地道谢，然后从梁上悬挂的铁钩子上取下一块腊肉，从竹篓里掏出笋干，一碗干辣椒笋干炒肉就炒成了，当然还有新鲜的野菜，没有野菜也有嫩树叶，这是分配给笋衣干的活。笋衣生气的时候，就专门挑老叶子硬梗子摘，让他俩一边吃一边磨牙。当然，有客人来毕竟比没客人来好，他们喝酒的时候喜欢扯山下村庄里发生的事，笋衣在边上听得津津有味。爹爹在她四五岁时带她去过一次山下的庙会，那里的村庄很大，有砖墙瓦屋，连地上的路都铺着平整的青石板，那里有很多的吃食，很多东西她是第一次吃，她骑在爹爹的肩上，她点什么，爹爹给她买什么。上山的时候她担心自己的肚子会撑破，还好，到家时肚皮还圆鼓鼓，囫囵。当然，让她最惊奇的是山下有那么多人，人山人海，一抬头就能见到一个陌生的面孔，就像她一抬头就能见到一棵树一棵毛竹那样稀松平常。

笋衣的童年也不是没有玩伴，爹爹有一条猎犬黑皮。除了黑皮，竹林里有竹鼠，松树林里有松鼠，再大一点的动物，还有狐狸野兔。它们认识笋衣，笋衣也认识它们，但它们疑心病太重，它们可以贪婪地吃笋衣扔过去的果子，却不让笋衣靠近，笋衣想把它们中的一只带回家做宠物的想法一次次落空。也有想靠近笋衣的动物，狼、野猪和黑熊，但爹爹对她和黑皮都反复嘱咐过，不准靠近大兽。那个雪后的冬天，黄山所有的树枝竹枝上都挂上了雪凇，笋衣带着黑皮在林子里摇晃树干，任那雪凇掉落在脸上颈脖里，冰冰凉，玩累了，她才开始去竹林里挖冬笋。冬笋整个身子藏在泥土里，不像春笋急着钻出地面，恨不得急吼吼再喊上几声，满世界招摇。所以冬笋皮嫩，春笋皮厚，山里人喜欢吃冬笋。地还冻着，她的小锄头啃劲儿不足，累得笋衣出汗，黑皮突然叫起来，笋衣立起身，黑皮肯定发现了什么动静。冬天，灌木掉光了叶子，草叶都倒伏在地上，穿上了雪衣裳，小笋衣的视线没被遮挡，她看见一个人影正朝她这边移动。她正要喝问是谁，黑皮停止了吠叫，摇着尾巴跑过去了。狗的嗅觉最灵，哪怕只来过笋衣家一次的客人，黑皮也记得这人身上的味道。来人深一脚浅一脚走过来，远远地喊她的名字，笋衣，你爹爹在屋里吗？笋衣说，我不认识你，你是谁？这人的打扮不像山里人，但那服装她也似乎见过。他头上戴四方巾，身着直裰，不像笋衣在家里见到的那些药工和猎户，裹头巾，穿短衣。笋衣想起来，这样的穿着她跟爹爹赶庙会时见过，爹爹说，那些人都是能识文断字的书生。这书生到山里来做什么？书生说，你不认识我，但黑皮认识我，你爹爹认识我，而且，我认识你。他替笋衣拎起竹篮，说，挖了这么多，已经够我们晚上的下饭菜了。笋衣心里说，真不要脸，谁说要留你在我家吃晚饭了。

爹爹果然跟他熟，见了他喜出望外，爹爹说，这是胡先生，他家一门都是郎中，在咱徽州一带赫赫有名。上次你发高烧昏睡了两天两夜，把爹吓坏了，幸亏胡先生恰巧来我们家，他在山里摘了几种药草，我煎熬过后喂你服下，他离开不久你就醒了。

笋衣明白了，这人真的见过她，还救过她的命。他见她时她闭着眼，她睁开眼他下山了。胡先生带来了一包盐巴，还有一小袋银元。爹爹接银元时掏出两枚，说，多了，多给了。胡先生说，不多，我要的墨费材料费工时，应该比市面上价格高一成。胡先生说，你知道你制的这种墨叫什么墨吗？爹爹摇头，说，从小我就看我爷爷和爹爹制墨，我上山后照葫芦画瓢，时常琢磨，虽知道墨好墨坏，却不知道这墨还讲究什么名号。胡先生笑了，说，那你听我细说一下。咱徽州一带制的墨主要有三种，松烟、油烟和漆烟，我购买你的主要是漆烟，你这种烟是用黄山松熏烧，用松枝蘸漆渣炼出来，这烟墨，也只有黄山松烧出的最好，制出的墨品才能丰肌腻理光泽如漆。爹爹也未必听得懂他的咬文嚼字，却一个劲儿点头。胡先生说，墨被称为"松滋侯"，传说是宋朝年间一个叫易元光的人，号青松子，深隐山谷不仕，以吟啸烟月自娱，他曾探讨砚、笔、纸的制造方法，称砚为石虚中，称笔为毛元锐，称纸为楮知白，而他最喜欢用松烟制墨，被戏称为"松滋侯"，后来人们就把墨称为"松滋侯"，而你这一套制墨的工序，应该就是"松滋侯"最典型的传承，遇上黄山松，就如良厨遇上上等食材，更是好上加好，所以我多加你一成货款，并不吃亏。笋衣说，你说的那猴是松树上的猴子吗？胡先生说，王侯将相的"侯"，不过，说是松树上的猴也没错。爹爹说，胡先生真是有大学问的人，杏林世家，饱读诗书，还精通纸砚笔墨制作，是我遇见的奇人。那胡先生居然经不得表扬，脸瞬间红了，说，不敢当，不敢当。很多年后，胡掌柜解释说，那一年去你家时，正是我参加乡试落第，被我父亲批得一文不值。你爹那番夸奖，让我羞愧难当，恨不得当即钻进你家地缝里。

胡先生每次来，都不肯陪爹爹喝酒，他狼吞虎咽扒几口饭菜，放下碗就进了爹爹的工坊。胡先生说，他也曾在家中柴屋烧烟墨，差点把柴房烧了，柴房发火，主屋难逃，宅院都是木结构，自那以后父兄就断了他制墨的念头。别人买墨，都是让爹爹将墨送下山，只有这胡先生，亲自进山来取。爹爹说，他的喜欢不在墨，而在制墨。不管爹爹在做哪一道工序，他都能加入进去，得心应手，笋衣眼巴巴地等他饭后讲山下的人和事，他往往顾不上。很多年后，十竹斋在鸡笼山下办墨坊，笋衣做墨坊的把头，胡掌柜在细节上的把握甚至比她还精准，可见当年他与爹爹一起制墨时就是有心人。

笋衣十三岁那年初春，爹爹进山砍松枝。黄山松一年四季常青，但生命最丰沛的季节在春天，松针努张，翠绿欲滴，松树枝里储满了油脂，这个时候的松枝烟泥油性最好，杵捣时你觉得那不是烟泥，简直是一块麻油糯米糕。爹爹把一垛松枝背回来，在屋前垒好，笋衣早做好午饭，唤爹爹吃饭，爹爹说，我累了，睡一觉再起来吃。笋衣没当回事，爹爹平时乏了，睡一觉起来就生龙活虎。可到笋衣烧晚饭时，爹爹还没睡醒，唤他，他不应，笋衣伸手摸一摸他的额头，烫手。爹爹病了，病得不轻，昏迷了。夕阳西斜，叫爹爹不应，笋衣没有娘叫，她捆了几根松树枝，缠上浸过桐油的布条，带上爹爹的火镰，下山时或者用不到，上山时肯定天黑了。她一口气往休宁城里奔跑，她认得文昌巷的胡家医馆，爹爹曾带她在那里歇过脚，胡先生还招待他父女吃过饭。到了文昌巷已是半夜，胡家医馆的门板都上得严严实实，侧边留有一个小窗口，她带着哭声敲打窗子，窗子打开了，今天驻店轮值的正是她认识的胡先生。胡家父子四人行医，胡先生排行老二，兄弟三人夜班轮值。笋衣这天的运气不错，应该说笋衣她爹的运气不错。笋衣没吃晚饭，胡先生用开水给她冲了一碗锅巴，笋衣这才觉得饿了，她狼吞虎咽时，胡先生问了笋衣她爹的病况。他打开一个个药屉，往药袋里扔了七八种药料，决定连夜与笋衣进山。二十几里山路，一路坎坷不说，山里的夜色里还有野兽出没。胡先生和笋衣一手一支火把，相依相随，夜色中春寒料峭，大大小小的动物春情萌动，各种吼叫声如影随形，胡先生牵着笋衣的手，说，别怕，有火把，它们不敢靠近，我身上有各种草药熏香，它们闻到了也会躲开。那个漫长的夜晚一直留在笋衣的记忆中，除了爹爹，这是第一个她靠得近的男人，他的身上确实有别的男人没有的香味，有草药味，还有墨香纸香木头香，有些香味是她后来在他身上逐步发现捕捉到的。

等到他俩赶到笋衣家，天已麻麻亮，林间有无数的鸟雀在枝头喧闹。胡先生先是给笋衣爹扎银针，在他的头顶和脑门上扎了十几根，爹的脑袋看上去像是一只刺猬，笋衣心疼得眼泪直往下流。但只一会儿，爹爹醒了，他看见胡先生，嘴巴动了动，没能发出声，眼角挂上了泪花。胡先生说，没事，放心吧，再吃三天我配的草药就能起身了。爹点头，笋衣也点头，父女都信胡先生。胡先生教笋衣熬药，旺火煮沸，文火慢熬，盛过汤后，让笋衣把药渣倒在屋前的山路上。胡先生说，药渣倒在路面上，千人踏，万人踩，人的元气就把病势镇压了。笋衣说，我家门前的路兽走得多，人走得少。胡先生说，一样，万物都有性命，有性命就有元气，有元气就能祛邪驱病。笋衣乖乖地照他说的做了。太阳从山后升起来，爹爹的气色有了好转，胡先生说，你这两天把这几服药熬好汤后，掐好时辰喂给你爹喝，我先回去，三天后我要给你爹换新的药方，我配上药再来一趟。笋衣不会说感恩的话，噙着泪水点头，连该付的诊费和药费都不知道要付给人家。

爹爹的病情并没有明显好转，白天黑夜都处在昏睡中，第四天早晨，笋衣给爹爹喂汤药时，爹爹的嘴巴半张半合，笋衣喂一半，洒一半，她在心中祈祷，爹你得撑住，等胡先生来了就有救。爹爹您说过，胡先生是神医。太阳越过了东边的山头，胡先生还没有到，到的是一群黑鸟，它们在屋前屋后的树枝上发出一声声夜猫子的怪叫，听得笋衣心头打战。笋衣捡起土疙瘩去砸，它们就是不肯飞走。终于等到了胡先生，他直奔爹爹的床头，连喊了几声爹的名字，爹爹没有应。他掏出一个布包，在爹爹的脑门和鼻下连插了几根针，爹爹这一回没有睁开眼睛。胡先生搭住爹爹的手腕，良久，眼泪流下来了。笋衣知道大事不好，"哇"的一声哭出来，扑到爹爹的身上，爹爹再也听不见笋衣的哭声。

胡先生任由笋衣痛哭，他朝着屋梁喃喃自语，不应该，不应该死呀。

胡先生走进了爹爹的墨坊，他找出一把斧子一排铁钉，用四块松板麻利地做成了一口棺材。然后他又找出一把铁锹，在屋后山坡开始挖坑。太阳当空，他把直袍脱了，穿着的内衣很快也湿透了。笋衣哭累了，抬起头，在窗口看到了一堆小山似的新土。山里的野物多，山地的棺材都埋得深。笋衣帮着胡先生把爹爹埋葬，胡先生回屋拿来一块木板，木板上从上往下写着一排墨字，没笔，胡先生用手指蘸墨写下的。那上面笋衣只认识一个字，张，是爹和笋衣的姓氏，是胡先生以前教过她，她才认识。

回到屋里，胡先生说："笋衣，你把你的东西打个包袱，随我下山吧。"

笋衣站着不动。胡先生说："你一个小姑娘，没办法在这深山里活人。"

胡先生满头满脸都沾了黄泥巴，他双臂上的袖子卷到了肘弯，手上有渗出的血和泥巴拌在一起，结成了疙瘩块。他看上去活脱脱是一个干苦力的山民，笋衣说："胡先生，你是个骗子，你根本不是什么郎中，你说过我爹爹会好起来，可我爹爹却死了，你算什么神医？"

胡先生说："你说得对，也许我生来就不该当郎中。"

胡先生把爹爹墨坊里的成墨收进了一个布袋，当着笋衣的面点了数，说下山后他会按数字付钱给笋衣。他将布袋口打上结，想了一想，又从中取出一块成墨递给笋衣，说，这块墨你留着吧，也是你爹留给你的一点念想，这世上，没有几人能做出这么好的墨了。这是一个笋形墨，左边是两节竹鞭，竹鞭上长出一支竹笋，笋体肥硕壮大，笋衣的纹路清晰可见。笋衣把它放进自己的包袱里，心如刀绞。笋衣问过爹爹，为什么别人都唤她"笋衣"。爹爹说，你断过奶后，嘴巴刁得很，挑食，人瘦成了壳，你娘就说，这小孩瘦成了一片笋衣。我们喊你"笋衣"，你开心地应了，笋衣就成了你的名字。现在，笋衣的娘没了，爹也没了。

下山的时候，笋衣不敢回头，从此以后，就只剩爹爹一个人躺在这里。胡先生走出十步开外，却又回头，他蹲在屋前的小路上，用帕巾包了一包这两天扔掉的药渣，塞在怀里。

十三岁的笋衣成了胡先生家的女佣。再后来，胡先生全家搬到应天府，胡先生在鸡笼山下建墨坊时，笋衣就做了墨坊的女工。

玖

张笋衣在胡家是做胡夫人的使女，胡家在休宁家境殷实，却算不上大富大贵之家，休宁子弟首选科举之路，其中不少人后来成为朝廷命官，家兴族旺。胡家在休宁医界位名医之列，但当时休宁名医林立，新安医学崛起于杏林，像汪机、吴谦等人当时已是名冠全国的医学大师。胡先生的父亲胡仰宁带领三位儿子主动出击，他们将医馆先是迁移到六安望江湾，不久又转移到霍山县，皖人做大做强，毕竟南京是绕不开的平台，最终，胡家在应天府鸡笼山下安营扎寨，在秦淮河畔兼营医馆、杂玩店与书坊。有那么些年，胡家男人在外面悬壶济世打天下，胡家家眷留守在休宁县城文昌巷祖屋。胡先生排行老二，笋衣专司服侍二少奶奶。实事求是说，笋衣在做使女那几年不容易，一个在山里自由自在野惯了的小姑娘，忽然每天必须低眉顺眼，干些端茶倒水侍候人的活，那等于是把一头小兽关进了笼子里。好在二少奶奶人好，她知道笋衣的身世，把她当成了小妹妹看待，从不为难她。但毕竟生活在大家庭里，除了二少奶奶，还有很多双眼睛挑剔她，比如老夫人，比如大少奶奶和三少奶奶，笋衣渐渐也学会了察言观色，小心行事。等到十竹斋的墨坊开工，笋衣的感觉是拨开云雾见日出，鸡笼山虽没有黄山的宏伟气派，但也有树木、有竹林、有鸟鸣。十竹斋招收了女工后，有了女工宿舍，笋衣借口活多忙不过来，也从胡宅搬来了鸡笼山。胡掌柜没有阻拦，他自己也是住鸡笼山的日子多，回胡宅住的日子少。

胡掌柜在南京城并不寂寞，他在南京城交往各种各样的朋友，有高官大员，有国子监的同生，有闻名遐迩的书画家，也有放荡不羁的公子哥儿。倘若掌柜半夜三更不归，汪小楷就会带着马车和车夫，去秦淮河边的酒楼和花楼去寻找他。也就是说，掌柜晚上只要有应酬，肯定是归宿十竹斋，而掌柜的应酬活动往往十天中不少于七八天。二少奶奶对笋衣说，你家掌柜不容易，做书坊的生意，只有经营人脉，才能做成气候。后来，掌柜出去喝酒之前，先告知汪小楷，让他和车夫到时候去哪家接他，省得他在夫子庙满大街问寻。汪小楷说，掌柜去得最多的是眉楼，眉楼的主人叫顾媚，这女子在秦淮诸艳中名号响亮，十竹斋刻印的《板桥杂记》曾提到这女子，说她"庄妍靓雅，风度超群。鬒发如云，桃花满面"，不光人长得好，而且"通文史，善画兰"。笋衣没见过人，见过她画的一幅墨兰，确实如时人所评，清妍秀润，绰约有林下风。汪小楷说，顾媚的墨兰印品上市后，供不应求，原作难求，国子监的书生都以持有一张顾媚的墨兰印品为荣。她能吸引文人雅士登楼的拿手戏，是唱曲，被时人推为"南曲第一"，这南曲如何好听，汪小楷听过她唱的曲，也说不出个所以然。

都说当时"秦淮八艳"名动大江南北，说那时的南京贡院紧邻艺妓们的聚居地，仅隔一条秦淮河。三年一度的乡试，四方应试者云集南京，夜夜笙歌，处处艳舞。乡试结束，很多落榜者心有不甘，千方百计留守应天府，期待三年后重新应考。这些落榜书生成了秦淮艺妓的主顾，成就了"秦淮八艳"。而事实并非如此，当时的一般书生，根本舍不得掏银子登名楼，登一次名楼等于组一次局，书画戏曲一样不落。除非你才华出众，名冠江南，女楼主还会倒贴你，这当然属个例。当时南京城里，老百姓记得有关秦淮河艺妓的两次盛会，笋衣来南京后也曾在街坊间听说过。一次是崇祯九年，嘉兴人姚北若，曾经汇聚十二条楼船游秦淮河，灯火璀璨，笙歌不绝，召集了复社名流百余人共游，特邀名妓四人侑酒，在南京的名士名姝悉数参与。另一次是浙江山阴人张岱，他来南京与族人去牛首山打猎，带铳箭手百多人，还有顾媚、董小宛、王月、李十娘等名妓随从，她们骑骏马，着红锦衣，英气勃发。张岱自己也在《陶庵梦忆》中称，这类豪奢快意之举，只能出自勋戚贵室之家，非寒士所能操办。那样的盛会属于江湖传说中的神话，胡掌柜不可能自不量力，为出风头而倾尽所有，但笋衣为他担心，即使掌柜和朋友们轮流做东，十竹斋赚的那点银子也入不敷出。汪小楷闻言笑话笋衣，掌柜心里自有算盘，才用不着你瞎操心。笋衣说，男人头脑一发昏，还有什么事情做不出来？汪小楷笑着说，笋衣，你应该清楚，咱掌柜可没有头脑发昏的时刻。这话刺痛了笋衣，笋衣装作没有听见。

胡掌柜结交南京的党社胜流，引路人是苏北如皋人冒辟疆，这冒先生生在官宦之家，英俊潇洒，才华盖世，在明末崇尚个性奢靡纵情的风气中如鱼得水。只可惜此人命运不佳，科考中屡试不第，从 1630 年到 1639 年他参加了四次乡试，每每呼声甚高，却总是抱憾而归。1642 年的秋闱，冒辟疆又一次落榜，他在秦淮河边正郁闷时，遇见了好友胡正言。胡正言与他相识，也是缘于共同的命运。胡正言曾与他一起参加乡试，一起名落孙山。胡正言属于识时务者，或者说家境不如他家宽裕，那次落榜后胡正言转学从商，在南京城开了一家名为十竹斋的书坊。两人也算患难之交。冒辟疆说，去他的功名利禄，我干脆不要也罢。那他想要什么呢？他引胡正言上了眉楼。胡正言听说过眉楼女楼主，秦淮河的艺妓都通一点棋琴书画，棋艺琴艺不谈，但棋与琴一定高档，同样，书画水平不论，但笔砚纸墨肯定上品，否则，送礼的人拿不出手。十竹斋的笺纸在名楼名妓中一直大受欢迎，从这个意义上说，秦淮河边的艺妓是十竹斋的重要客户。冒辟疆向大家介绍胡正言，艺妓们都如故人一般跟他打招呼，我们用惯了十竹斋的笺纸呢。有女子还搬出一叠十竹斋的刊印本，全是传奇故事，原来这名楼中的女人大多识文断字，闲暇时就沉浸在鬼神传奇和男女故事中，十竹斋书坊的兴旺也有她们的贡献。秦淮河边才子佳人的故事，一半是真，一半是街巷市民的加工和后人的杜撰。冒辟疆与董小宛，钱谦益与柳如是，侯方域与李香君，其实也并非如故事中讲的那样有板有眼，我的眼中只有你。这顾媚的常客中有后来的传主龚芝麓，也有复社中的诸多名士，如冒辟疆。江海横流，流过后方显出英雄本色。或者说，乌龟看绿豆，看过后才知晓对上了眼。冒公子的眼中只有顾媚，胡掌柜的眼睛却盯住了顾家乐器班中的琵琶女。他的眼神自然逃不过久经风月的女楼主，也被冒公子看在眼中。楼主介绍，琵琶女是长洲女，但只弹琵琶不出台，胡掌柜笑言，无妨无妨。冒公子搂着楼主调侃道，不急不急，胡先生有雕刻刀，慢工出细活。很长一个阶段，冒公子来应天府，登眉楼成了他和胡掌柜不二的选择。

那一次是汪小楷遵嘱去眉楼接掌柜，汪小楷喊笋衣同去。掌柜这人讲义气，必然等大家尽兴后才撤。汪小楷和马车夫在街边守着马车，楼上莺歌燕舞，楼下寒风瑟瑟，他常常等得心情烦躁。倘若有笋衣做伴，嚼东嚼西，时间就走得快。唤笋衣去别的地方，笋衣不理睬他，但若来眉楼接掌柜，她倒答应得爽快。月上三竿，夜深人静，终于有下楼的脚步声传来，先下来的是龚芝麓，由两三个女子搀扶着送至门外，最后下来的是胡掌柜，也有一女子搀扶，刚出大门，掌柜就抽出了自己的胳膊。笋衣看不上姓龚的那副浪荡子模样，他和女楼主之间也许"八"字还没有一撇，就有人把故事编得有鼻子有眼，说不定是姓龚的有意杜撰。汪小楷说，他从没看到女楼主亲自下楼送龚先生。笋衣只关心送掌柜的那女子，廊间红灯笼下，看上去她身材窈窕，眉眼周正，与周围女子相比，是少了一些风尘味。胡掌柜登了车，回头向那女子挥手，笋衣口中突兀冒出一句，为什么不带她一起回？胡掌柜说，我是打算过些日子请她去十竹斋。笋衣心里气恼，却又不敢当面顶嘴，一路不再说话。这女子的十指，能在琵琶上弹出曲子，你胡掌柜的十指，莫非也想在她的身体上弹出曲子？那样一副排骨架子，掌柜你不担心手指硌得慌？

张笋衣年满十八时，二少奶奶就想替她订亲，对方是二少奶奶娘家族人，雕刻世家，小伙子有一手好技艺，家境算得上中等。二少奶奶不想耽误笋衣的婚姻大事，她父母不在了，进了胡家门，就得把她当成胡家人，把她嫁到踏实人家，二少爷也算对她爹爹有个交代。但张笋衣死活不肯，给女子说婆家，有的女子嘴上不答应，心里却乐开了花，不答应只是个姿态。明眼人一眼就能看穿她的小花招。但笋衣不是，笋衣不吵不闹，眼泪一个劲地往下流。二少奶奶心慈，外人看了还以为这姑娘受了欺负，既没爹又没娘的孩子，对她说话轻不得又重不得，就由着她吧。二少奶奶先后生了两个儿子，其朴和其毅，老二其毅是笋衣一手带大。笋衣搬出来后回胡宅看望他们，二少奶奶还是为她的婚姻着急，说如果工坊里有她看得上的工人，二少奶奶就替两人做主，把家成了。笋衣说，您急什么？皇帝不急太监急，您要着急就着急自己吧。笋衣当然是转移话题，二少奶奶难得出门，笋衣来了正好听笋衣讲讲应天府流传的八卦新闻。那时应天府的明星就是秦淮河边的才子佳人，那也是一个奇怪的年代，科举取士，做官的大多有一个文人身份，哪怕装也得装出一副尊重才学的样子。名士悦倾城，倾城慕名士，秦淮河边的艺妓，她们也敢冷淡面对腰缠万贯粗陋鄙俗的商贾，俯身倾慕个性张扬才高八斗的名士。其实这也算不上诡异，在那风雨飘摇的江山末年，江南名妓与名士算是心有灵犀惺惺相惜。问题是应天府的百姓们，城外风起云涌，烽火硝烟，城内却一如既往繁荣，人们该吃吃，该喝喝，在追命的日子到来之前，追星的步伐决不放慢。而那些当代明星，也及时上演一出出纳妾的戏剧。钱谦益纳了柳如是，龚芝麓纳了顾媚，冒辟疆纳了董小宛。有了他们的折腾，老百姓相当一个时期茶余饭后不乏谈资。老百姓弄不懂名妓们为什么纷纷从良，等到国破家亡自顾不及，才明白她们为什么急于找一个归宿。笋衣说，二少奶奶，你就不怕我们家掌柜也在秦淮河边纳一个回来？二少奶奶说，好啊，我正好缺一个说话的伴，真要有个人来，也省得我盼望你过来。二少奶奶说的不是假话，那时大户人家的正房遵守三从四德，其中一条是接受男人纳妾，哪怕心里恨得咬牙，你面上还得带笑颜。二少奶奶说，不过，掌柜真要有那份心，去秦淮河边找个花心女子，不如收了我身边的女子，肥水不流外人田。二少奶奶说完，看了笋衣一眼，笋衣忍不住慌张，"嗖"的冲出屋子，把凳子上的绣花筐箩也打翻了。

二少奶奶明白了自己没猜错，笋衣这小女子存的就是这心思，不管怎么说，这事于掌柜和她包括十竹斋，都不算一件坏事。

有大半年，笋衣没敢去看二少奶奶。直到二少奶奶托人捎话来，让她过去一趟，她才硬着头皮去见了二少奶奶。二少奶奶说："你那事，我跟你掌柜提过了，先是探他的口风，他滴水不漏，后来跟他打开窗子说亮话，他说这事不可能发生。有人跟我说，他时常去那个眉楼，可别真像他那班朋友，弄一个那种女人进家门。"

笋衣说："二少奶奶，您放心，掌柜跟他那些朋友不同。"

笋衣早就把自己当做二少奶奶同一战壕的战友，眉楼上那个弹琵琶的长洲女子，艺名苏沧浪，笋衣后来见过。胡掌柜应酬回来，常夸赞眉楼女主人的曲唱得好，说眉楼的乐器班水平江南第一。笋衣说，掌柜，您是想说乐器班里的琵琶女人天下第一吧。胡掌柜不否认，说，那是，其他几位乐手也是美妙绝伦，什么时候，我要把他们请到十竹斋，让你们见识一番。胡掌柜没有食言，有天下午，他真把眉楼的乐器班请来了，还请来一位唱南曲的艺妓，顾媚没有来，请名楼名主出行，那银子不是个小数字。演奏之前，胡掌柜讲了几句，说，大家不仅用耳朵听，还得用心看，今天的重点不是听曲，不是看人，是看乐手师傅们的指法。男工们都忍不住笑出了声。胡掌柜正色说，我们和乐器班的师傅尽管捧的不是同一个饭碗，但我们都是凭手上功夫出活儿。那个下午，他们表演了《才子游江》《打渔杀家》两个代表性曲目，笋衣是第一次在现场看南曲表演，原来这南曲演唱的就是传奇故事，笋衣觉得这两个曲目都取自十竹斋的刻印本中，笋衣的手指都触摸过故事里的人物。笋衣当然没进过书院，但进入工坊，天天跟文字打交道，加上她好学，经常请教掌柜和汪小楷，后来她连猜带蒙也能慢慢地把一本书读懂。这么说，胡掌柜去名楼听曲，牵强一点说，也算是去了解书坊市情。遵照掌柜指示，笋衣一直关注琵琶女苏沧浪的指法，古人所讲的"轻拢慢捻抹复挑"指法，确实与刻工手法有异曲同工之妙。而扬琴师傅手里拿的琴竹，能敲打出清脆悦耳的曲子，让笋衣想到自己手上印刷用的棕帚，只不过，她的棕帚演奏的是一支支无声的曲目而已。这一次现场听曲，使笋衣放下了对那位长洲女子的嫉妒，也加强了她心中的执念。

有一回掌柜应酬后回了鸡笼山，笋衣打水替他抹了脸还洗了脚，他打着沉重的呼噜在床上睡得死沉，笋衣替他盖上被子，正要撤退，忽然心中一动，掩了门，熄了烛，返身坐到了他的床头。掌柜的卧室靠着窗口，月光洒在他的脸上，胡须蓬乱，皱纹深浅，这是一个比她爹爹还大几岁的男人，年过半百了，为了书坊生意，还不得不与各色人等周旋应酬，笋衣在心底里心疼这个老男人。困意袭来，她和衣躺到了床尾，等他醒来。他若酒后口渴，她可为他端水，他若寒冷，笋衣可用身子替他取暖。长夜茫茫，进香河上波光粼粼，清碧冷辉，鸡笼山上万籁俱寂，笋衣却全无了睡意。他若肯要她，笋衣是一万个心甘情愿，名分也罢名声也罢，笋衣都可以不顾不问。笋衣这样想的时候，她周身燥热起来，她扒掉棉袄，只穿内衣钻进被窝，她期待着掌柜一声召唤，哪怕是"哼"一声，她就掉头扑入他怀中。掌柜似乎睡得很沉，一声不吭，连原来的呼噜声也消失了，笋衣疑心他是不是在装睡。胡掌柜说过，他的朋友中有个叫黄道周的儒士，常以"目中有妓，心中无妓"自诩，一帮朋友觉得他是吹牛，有意测试他一回。有一晚趁黄道周酒醉酣睡，他们花重金请顾媚进去，全裸与他共卧一榻。黄道周夜半酒醒，见到顾媚，既不激动也不惊慌，一翻身继续沉沉睡去。胡掌柜讲到这位儒士时眼睛里充满钦佩，男工们都与他的看法不同。有人说，这书生醉眼迷蒙，没看清是顾媚，还有人说，这小子读书中了邪，面对送到嘴边的肉不下口，背天道，悖天意。汪小楷干脆说，这家伙肯定是做不了男人，那玩意不好使了。胡掌柜说，你们就不能把他往好处想，这黄先生想当圣人。胡掌柜莫非也想做圣人？人们都说常在河边走，哪能不湿鞋，胡掌柜在秦淮河边走了不知多少趟，秦淮河上的花船坐了不知多少回，却硬是没湿鞋，应天府从来没传说过关于胡掌柜的花边新闻。

就在她胡思乱想时，床头那边有了动静，掌柜醒了。笋衣一骨碌起身，将水杯端到他面前，胡掌柜先是一惊，认出是笋衣，说，你怎么还不走。他打着火镰点亮蜡烛，笋衣单衣薄裳地站在烛光中，他一伸手就能够着笋衣。笋衣不敢睁眼看掌柜，耳边却听到了掌柜的呵斥，说，这深更半夜的，你就穿这点衣服，想冻死自己呀？笋衣"哇"的一声哭了，半夜的哭声尤其响亮，楼下就是工人们的宿舍，这木楼的木地板可是一点也不隔音。笋衣一边抽泣着，一边往身上穿衣服。待她穿戴完整，掌柜下了床，说，笋衣，你的心思我不是不知道，可是……笋衣说，掌柜想当圣人。掌柜说，圣人哪里是谁想当就能当的，我当不上，我有自知之明。但是，我哪怕纳十个八个小妾，我也不能纳你，你还不明白吗？笋衣说，为什么，为什么呀，我长得丑？我不会吹拉弹唱？掌柜说，我在你爹坟头上承诺了你爹，我一定好好照顾你，请他九泉之下安心。我如果纳你为妾，将来有什么颜面去见你爹爹？胡掌柜沉吟了一会儿，说，笋衣，我今天告诉你一个秘密，你爹爹的病确实是被我耽误了，我按照医典上取药，结果看错了图上的草药，把白芍当成赤芍用了。你讲的那句话我至今记得，我是个骗子。我为什么后来立志做刊印，我最初的想法就是刊印出清晰的医谱药谱，分色解图，让天下的郎中再不会因为认错药样而耽命误病。

笋衣站在那里愣住了。

掌柜说，笋衣，你走吧，你应该有自己的家庭和生活，那才是我乐意看到的你的将来。

拾

张笋衣说："我跟你说这么多，其实是因为这些话我憋在心里多少年，不说出来难受。"徐开阳说："这个我理解，中国和外国的故事里都有这种人物，有的人在地上挖个坑，有的人在树干上掏个洞，把秘密说出来才舒坦。"笋衣说："你把我当傻子哄呢，那是讲故事。不过，你这人晓得哄人，心肠好，我不相信你是来自几百年后，我宁愿相信你是来自几百年前，你是不是一个不急着投胎的孤魂野鬼？"徐开阳生气地说："我一个大活人站在你面前，你凭什么说我是一个鬼魂？"笋衣说："你别跟我急，哪怕你真的是鬼，这么耐心地听我嚼舌头说鬼话，那也挺讲'鬼'品。"笋衣说："我跟你说实话吧，我家掌柜人没在鸡笼山，也不在胡宅，你这些天哪怕天天来，也找不到他。"徐开阳说："那他是回徽州了？"笋衣说："你不是说你是从几百年后来的人吗？胡掌柜这么重要的事情，你能没听说过？你让我该不该信你？"

笋衣说："你就是遇见了我家掌柜，他也不是有求必应。都说他刻章不收钱，金山银山堆在面前他也不动摇，可是，你有没有注意，哪些人才能得到他的印章？告诉你，连皇帝都是派八乘大轿来请他。"

张笋衣这话夸张了，胡正言并不是坐着八乘大轿进的皇宫，大明皇宫在永乐帝和建文帝争夺皇位的那场战火后，所剩宫殿已经面目全非，南明弘光小皇帝在此登基是仓促之中的别无选择，胡正言进宫刻玺，当时属于秘密行动。

1644年是大明王朝风雨飘摇的年代，北京沦陷，皇帝吊死，人心惶惶，各种消息传到南京城，官员和百姓都如惊弓之鸟，一会儿说大顺的军队已到城下，一会儿说大清的铁骑已饮马长江，每一则谣言都传得有鼻子有眼，活灵活现。传一回，应天府会跟着乱一回，人流如潮，从城墙的门洞涌向四野。大难临头，国子监的监生纷纷四散，秦淮河边的花船名楼也船去楼空，胡家的医馆和书坊虽然坚持开张，但门前寥落，生意萧条，比起逃命，医病和读书都暂时置于脑后。这天晚饭后，胡家兄弟三人在前厅商量，他们是不是应该离开应天府一阵子避难。老大犹豫，人可以走，店铺怎么办？老三说，店铺没了，可以从头再来，性命没了，就永远没了。老大说，我们也就百姓人家，大顺也好，大清也罢，未必会与我们这些普通市民为难。老二开口说，大哥您想得天真了，你行医是治病医命，但战争是伤天害命，怎么说我们都是大明子民，他们想杀你不需要别的理由。老大说，那就先出城躲一阵子吧。毕竟不止是我们胡家十几条人命，还有几十个店员和工人的性命，他们每个人后面都有家有口，我们得替大家考虑。逃难去哪里呢？胡家老爷子年事已高，早就回休宁县的文昌巷老屋颐养天年，可休宁县离这应天府山高水远，加上兵荒马乱的形势，这一大家子撤回老家沿途变数太多。从前在休宁，也有过战乱逃难，那都是往山里逃。可这应天府，城门外多是平原，即使有几个山头，但比起徽州的大山它们只能叫山包，夸张点说，就是藏个人，藏得住头也藏不住尾，何况这逃难高峰期，怕是山上早就挤满了人。胡正言说，我有个去处，我们去丹阳大泽的湖荡里，那里远离战场。

为了运输皖浙粮食物产直达南京，明太祖朱元璋在溧水境内开凿了胭脂河，耗时十多年，焚石凿河十五华里，打通了皖南与南京的漕运。胡石言从徽州进木材，从泾县进宣纸，都是走这条水路。好处是运价低，缺点是速度慢，走一趟需要八九个昼夜，胡石言因此在水道上结交下了朋友。从皖南到胭脂河，必须经过石臼湖，石臼湖中间有个月亮岛，岛上有几户人家，胡正言来往就在岛上落脚。岛上有一老汉，是一落第秀才，与胡石言对酌，常常抒发怀才不遇的郁闷。达则兼济天下，穷则独善其身，老秀才隐居湖中小岛，是独善其身的意思。走水路，比走陆路相对安全，而且住在那月亮岛，四周环水，兵匪上岛的可能性极小。这主意得到了全家一致赞同，人可以说走就走，但胡家的不动产搬不走，必须留下人来照看。汪小楷说，我留下来吧，我一光棍汉，无牵无挂，每天我走一遍医馆、书坊、胡宅和鸡笼山，有事我就奔月亮岛报告。关键时刻，汪小楷挺身而出，让胡家三兄弟很感动。汪小楷确实是留下的最佳人选，脑子快，腿脚也快。

老秀才十分欢迎这帮不速之客，岛上人稀地少，好在胡家早有准备，带足了粮食和日常用品，胡正言当然没忘记带上徽州的洞藏贡酒，老秀才好这一口。只是住的地方挤，男挤一间，女挤一间，稻草作垫睡地铺，逃难逃难，逃了大难逃不掉小难，没人叫苦，全家人在一起能克服困难。胡家人原居地徽州，峦高峰立，进了应天府，街衢纵横，人潮熙熙，从没见识过这茫茫水色中扁舟孤帆的景象。捕鱼捞虾，摘荷采菱，初到前几天倒还有些兴致，但日子一长，胡家三兄弟才觉察到了孤苦，天高水远，鸟群从头顶掠过，路过的船只寥若晨星，他们得不到一丁点应天府的消息。就在胡正言犹豫着要不要去陆上打听消息，甚至想返回应天府一趟时，那天中午，有一条小船靠近了岛。船离岸边还有百多米，水埠上就有人欢呼，汪小楷，汪小楷来了。胡正言正与老秀才在树阴下喝茶，闻声杯中的茶水洒了一地。汪小楷这么快就来了，凶吉未卜。汪小楷被指引着来到树下，老秀才说，辛苦了，先喝口水。汪小楷朝胡掌柜看一眼，胡掌柜点头。喝下一口水，汪小楷欲言又止。胡掌柜说，说吧，出什么事了？汪小楷说，吕大人吕大器亲自到胡宅找您，请您速速返回应天府。原来，岛上才数日，应天府内已翻天覆地。并不是李自成的大顺军打进了城，也不是清兵攻进了城，大明的军队依然防守着南京城。只不过，南京的大臣们因为讨论立新皇帝，斗得不可开交。先是说立潞王，后来立的却是福王。福王登基后，吕大器被提拔为吏部左侍郎。这吕大器找胡正言有什么事呢，国难当头，胡正言一介书生，领不了兵，打不了仗。一直到胡掌柜身边没其他人时，汪小楷才悄悄告诉他，吕大人请掌柜进紫禁城，是请他镌刻国玺御宝，福王朱由崧仓皇南逃时，把大明朝国玺丢了。胡正言说，好，好啊，大明有了新皇帝，国玺怎么能缺位？这事你可告诉过别人？汪小楷顿了一下，说，没有，没有告诉过外人。胡正言说，谁？汪小楷只得从实招来，说，就刚才，我告诉了笋衣。胡正言说，哈，你小子把笋衣当成你内人了，你叮嘱她，此事不得声张。汪小楷脸红了，连声诺诺，心里却不服气，给皇帝刻玉玺，说出去是多大的荣耀，何必还躲躲闪闪，这是多少刻印大师做梦都不敢想的美差。

是不是全部回应天府，胡家三兄弟意见不统一。大哥认为，老二可以独自回应天府，家人暂且不动，观望一阵再说。胡正言却执意全家撤回，南明在，家国就在，他是大明子民。更何况，没有玉玺的皇帝被称为"白板皇帝"，名不正言不顺，他使命在身。最后协商结果是，胡正言率自己这一支的家眷和员工先回应天府。说走就走，胡正言率家人当即登船启程，波平浪静，胡正言站在船头，却是心潮澎湃。

胡家的两条船进胥河，沿胭脂河进秦淮河，一路能看见陆路上逃难的队伍，也遇到不少迎面而来逃难的船只。向应天府方向航行的船只，河道上就只见到胡家这两条。北京城先是被起义军攻入，接着又落在了清兵手里，城内的百姓经历了几番烧杀抢掠，保住性命的人所剩无几。南京也称京师，现在是晚明皇城，一旦沦陷，百姓同样是待宰的羔羊。百姓纷纷逃离这是非之地，也是情有可原。胡正言的船只劈波斩浪，逆向而上，另有一种慷慨悲壮。农历五月，正是江南刈麦时节，田野上本来是一片繁忙景象。妇姑荷箪食，童稚携壶浆。相随饷田去，丁壮在南冈。可胡正言眼前的麦田，金黄复金黄，看不见一个忙碌的农人身影。

紫禁城就是明故宫，当年燕王朱棣攻破京师，都城陷，宫中大火，烧毁了奉天殿等宫殿，朱棣称帝后改年号为永乐，迁都北京，颁令不得修缮南京紫禁城。等到他儿子明仁宗朱高炽继位后，下令重新修葺南京皇城，可惜他没能等到整修工程完工，就一命呜呼。都说房子没有人气败得快，即使皇宫也不例外。空置的紫禁城接连不断地受到风雨雷电的摧残，到弘光新帝在武英殿登基时，紫禁城内有的宫殿屋塌墙颓，已是一片破败景象。国不可无君，福王先是被拥护为监国，不久即称弘光帝，登基时间匆忙，弘光小朝廷先修缮了几处宫殿派用场。

吕大器在吏部大堂接见了他，见过礼，侍郎大人说，曰从，知道为何召你来吗？胡正言答，知道。吕大器说，需要什么，你可以提任何要求。胡正言说，我已将器具全部带来，只是，国玺这样的大宝，我那里找不出配得上的重料。吕大器说，这个用不着你操心，工部已备有十几种大料供你挑选，你的工作间工作台都在紫禁城内安排好了，这些日子，你只顾在此潜心镌刻大宝。新政建立，诏诰待玺以行，他们却先让胡正言先刻一枚"广运之宝"的金印。胡正言心里明白，吕大器相信他的本事，别的朝臣未必相信吕大器，看来这吕大器在朝廷内也不能一槌定音。但是，作品摆在那里是硬道理，"广运之宝"金印完工，所见之人无不赞叹，包括原来持怀疑态度的大员们。胡正言所刻的这枚金印，线条挺健，每一个转折处都表现出一种刚性，冲刀切刀并用，既有斩钉截铁的果决，又有切金断玉的痛惜。金印毕竟用得少。玉玺分多种，皇帝发布谕旨用"国宝"，象征后妃地位的称"册宝"，还有别的玉玺如"徽宝""谥宝"等，讲究的皇帝本人有六玺，如皇帝行玺，皇帝之玺，皇帝信玺，天子行玺，天子之玺，天子信玺，六玺的用途各不相同，但现在不是讲究的时候。按照古例，制作玉玺有严格的程序，胡正信受命于紧急之际，省掉了那些程序。胡氏所镌金印不凡，工部马上命他从速完成一枚皇帝大宝印，玉玺。胡正言拿到那块美得连他也瞠目结舌的碧玉，爱不释手。皇家就是皇家，他见识过豪门贵胄数不清的藏玉，但相比手中这一块，那些都不值一提。他沉吟片刻，立即按照礼部送来的印样开始走线。

胡正言爱上刻印，当从童年开始。

史称"休宁理学九贤"，小小的休宁县，宋元明三代产生了程大昌、吴儆等九位有名的理学家，休宁人以书香传世为荣，到了崇祯年间，仅休宁县城就拥有十几家书院，胡氏三兄弟打小被父亲送进了海阳书院，海阳书院在休宁有良好的口碑，主要是出了几个进士，按照今天的说法就是升学率高。如果说海阳书院是高中或高校，胡正言上的就是它的附属小学。如果胡正言是个好学生，说不定他若干年后也能一科高中，现在不是有一种说法吗，高中上了名校等于一只脚跨进了重点大学的大门。也不能说胡正言是个坏学生，胡正言在家排行老二，民间都说老大善良稳重，老三恃宠骄横，这当老二的基本上是被父母忽略的角色，他只有想办法寻找自己的空间。胡正言听先生的话，上课不调皮不捣蛋，眼睛盯着先生，心思却在先生直袍的插袋里，先生在教室里走动，那插袋里就传出清脆的碰响。胡正言知道那发出声响的是什么。徽州的文人，诗书画之外，还必须有一项专长，可以是棋琴，但最普遍的是金石，胡正言的先生就有此雅好。先生命令弟子们在下面朗读《三字经》《弟子规》，他手痒时就从插袋里摸出刀袋，掏出石头，在讲台上舞刀弄石，沉浸时还会拿出完工的作品，照着门窗的亮光，自我陶醉一番。有一天下课后，先生忘了收拾讲台上的东西，第二天一早到了教室，刀具和石头都没了。先生打量了一眼所有弟子，个个正襟危坐道貌岸然。要知道，徽州乃民风淳厚之地，设庠序以化于邑，偷窃的事发生在教室，而且是偷窃先生的物品，罪加一等，师不道尊不严。先生不着急，该上课上课，只是在讲台上空闲时双手没了着落，只得在抽屉里找出一把戒尺，他猜疑谁就找谁的茬，哼，你不让我舒坦，我也不让你舒坦。过了三天，水落石出了。胡正言同学那天被先生找上茬了，他摊开右手，闭着眼等着挨板子，先生说，换另一只手掌。先生这两天打掌心有讲究，一般的学生伸左手，左撇子的学生伸右手，胡正言不是左撇子，乖乖地伸出了左手。先生看到他手指上的几道刀痕，"嘿嘿"一笑，说，曰从，就是你了。胡正言苦着脸，说，是我。胡正言挨了十下板子，手心火辣辣地痛，先生说，把东西还给我。胡正言在书袋里掏了半天，把刀具和石头都放到讲台上，先生说，滚，滚到角落里罚站。先生找出一块石头，仔细盯了好一会儿，招手说，曰从，过来。老实告诉我，这是你刻的还是别人刻的？胡正言心里想，反正伸头一刀缩头也是一刀，赖给别人，他这顿罚也逃不掉，干脆从实招了，说，是我。先生拽过他的胳膊，说，刚才我打的是哪只手？胡正言心里说，你难道不知道你有多歹毒？哪只手有伤你打的哪只手。胡正言伸出左手，那些本来止了血的伤口挨板子后开裂，又渗出些许血迹。先生说，这就对了，从来就是黑狗偷吃黄狗挨揍，打的就应该是这只手，没错。先生说，这个石头已经被你开了刀，毁了也是毁了，你把这枚印章刻完。刻得像个样子我就饶了你，刻不出个样子我就去找你爹。找爹就是找家长，找家长从来没好事，几百年后都没变化。胡正言人虽小，这意思也听得懂。又是三天之后，胡正言抖抖豁豁地交上附加作业，先生说，这线条，好！胡正言心里松了一口气，看样子能逃过这一劫。但是先生还是到爹爹的医馆家访了，家访的结果是，爹爹扔给他一套石刻刀具，说，石头满大山都是，你爱找不找。

很多很多年后，这位老中医对老二曰从说，那次那位不靠谱的先生到了我医馆，把你说成了雕刻的天才，我心中不悦，但天地君师亲，他位置排在我前面，我勉强答应他，给你买了刀具。从那时起，我就有预感，你不是读书取仕的料，也不会走我悬壶济世的路。老二，那位糊涂先生，就是他误了你的前程。胡正言没有反驳，爹爹说的不无道理。那先生要是放在几百年后的今天，校长不开除他，家长也早把他撕扯成碎片。先生自以为是伯乐发现了千里马，常常留下胡正言给他补课。补的是篆刻的入门基础，学篆文，习印章，在他小小的心灵里种下了热爱的种子。

胡正言进入应天府国子监当监生时，国子监已经只是一个获取身份的机关。早年，监生入监的目的一是为了得到参加科举考试的资格，二是指望可以直接参与选官，其三才是为了得到一个身份，图一个名衔。等到崇祯年间，随着科举制度的完善，进士身份日重，监生直接入仕很难，几无可能。胡正言不知道父亲为什么要花大把银子替他捐得这个监生，按老爹的说法，老二屡考屡败，没有学而优则仕的命。但胡正言却并不沮丧，落榜没有影响他把日子过得风生水起，胡正言发现了一个秘密，进香河两岸的监生们读圣贤书无精打采，但读故事野史一类的书籍废寝忘食。小说书出现以后，一心只读圣贤书的书生凤毛麟角，一直到二十一世纪的今天，仍有家长和老师为学生迷恋武侠言情小说而愤慨。监生们对小说书的热爱，促发了十竹斋书坊的诞生。而在此之前，胡正言的精力主要集中在篆刻上，到了应天府，他最高兴的事是遇见了良师，这位良师就是先生李登。李登，字如真，曾任湖北新野知县。晚年居应天府上元县，号利仁先生，崇仁教谕。这上元县其实就在应天府市区内，皇宫就在上元县地域内，如真先生住在秦淮河边的长干里。如真先生书法独步一时，精于六书篆籀，小篆学峄山碑，钟鼎文尤其擅长。早在未到应天府之前，如真先生的大名胡正言就如雷贯耳。胡正言定居应天府时，已三十左右的年纪。离开书院后，胡正言曾拜同乡朱简、汪关等名家为师，其时徽州篆刻在大江南北可以说占据了半壁江山。师承名门的胡正言，他的篆刻水平在徽州当地也积累了一定的名声。胡正言首次登门拜见如真先生，嘴上说是请教，心里却不排除有挑战的念头。

李如真解绶归里后，建有"逸我阁"，并与同好结白社、经社、清游社等社，日子过得并不寂寞。胡正言到访时，首先看到了"逸我阁"三个小篆大字，如真先生自认为他书法第一，篆刻第二，胡正言仔细揣摩匾额上的笔画线条，觉得他应该篆刻第一书法第二。要知道，那时代的文人，书法等于脸面，写不出一手好字就没脸出门，胡正言的书法在徽州也颇有名气，如今的徽州纪念馆保留了他几幅书法，从作品看，绝非虚名。仆人将胡正言导入院内，院内有一凉亭，早有三四位先生在喝茶聊天。相互介绍，其中却没有如真先生。一位姚先生解释说，李新野正在书房做早课，过一会就结束了，稍等。胡正言颔首，李先生毕竟做过新野县令，当过官的人身上不免留有些官架子，只不过这做早课，莫非如真先生是佛门弟子？半炷香烛的工夫过去，如真先生急步来到亭中，躬身向大家施礼，嘴里说，怠慢怠慢了。原来如真先生这早课，是指他在书房一早做的金石功课。胡正言的名片想必仆人早递给了李先生，名片上写的是"国子监上舍生"，加上他是晚辈，便一直谦逊地在一边恭听各位先生高论。他们谈论的如真先生的两本著作《六书指南》和《摭古遗文》，两部大著胡正言也曾拜读，有所受益，但理论是理论，实践是实践，出水才见两腿泥，胡正言期待能进书房，见识李先生的作品真面目。文人相轻，古已有之。就像当下的书协作协，写字的看不上搞书法理论的，写作的看不上搞文学理论的。只有等到自己有一天升格成为大家时，他们才知道理论与实践不可或缺。这种场合，没有胡正言一个晚辈说话的份，胡正言作聆听状，眼睛却一直在观察如真先生。如真先生其貌不扬，小个子，肩背瘦弱且有几分佝偻，不像一个汲足了民脂民膏的官僚，仍然像是一介寒酸书生。但他口才了得，引经据典，如数家珍。奇怪的是，有人跳出来指责他的《摭古遗文》及《补遗》，说他以意杜撰，所列古文，皆不写出处，不能执为依据，李先生也从没做过解释。胡正言的目光停留在他的双手上，这个细小的身躯上，居然长出了一双骨骼粗壮的大手，手背上青筋凸显，近看，这双手既不像当官的手，也不像书生的手，倒像是一双山民樵夫的手，尤其是左手，伤痕累累，挥手之间，伤口就像一只只雏鸟的红口小嘴，张张合合，李先生显然已经习惯了这手上的疼痛。胡正言是郎中出身，临走前他对如真先生说，我有一种用山鼠油熬制的药膏，对伤口愈合有效，下次我捎给先生。胡正言其实是为下次拜访李先生找到了一个理由。

胡正言第二次来，挑了下午，午饭过后他从国子监出发，到达"逸我阁"，如真先生正值午憩醒来，他邀胡正言进书房喝下午茶。

胡正言求之不得，他当然不只带了膏药，还带来了自己的篆刻作品讨教。如真先生打量他呈上的印章，说，你承袭了文彭、何震门风，老师是谁？胡正言如实禀报，我是徽州人，先后曾拜朱简和汪关俩先生为师。如真先生说，这就对了，何震的刀法坚实挺拔且富有变化，在朱简那里变成了以险峭写意见长，在汪关那里形成了妍雅精严、工巧可爱的风格，你的摹刻汲取了这两位先生的长处。胡正言心中得意，这李先生确实有眼力。如真先生话锋一转，说，但仅仅技巧娴熟，得心应手尚不够，最终应该达到随我得宜、自成家法的境界。这话切中了胡正言的要害，胡正言正处于篆刻的瓶颈期，不知道如何突破和提升自己。如真先生说，从师固然重要，但是，不必太计较我们是从哪里来，更应该专注的是我们往哪里去。说到底，老师是老师，你是你，如果仅仅限于取法一派，不够。如果仅仅沉浸在承袭中不能自拔，自封。胡正言方才明白自己的浅薄无知，他放弃了暗中与先生一较高下的念头，直接拜倒在如真先生膝下，请求先生收他为学生。很多年后，他都为当初在先生面前的自大而羞愧，幸亏当时没让先生发觉。

胡正言做先生的学生，先生对他的教诲并非孜孜不倦，只是允许胡正言进他的书房，先生的书房其实也就是工作坊，先生篆刻时他可以在一边静静地观看，偶尔，胡正言提问，问题靠谱，先生作答，问题离谱，先生只是看他一眼，他就明白提问题之前缺乏思考，让先生瞧不起了。只有胡正言带来自己的习作时，先生才不会惜字如金，一笔一画仔细分析。胡正言的基本功扎实，先生说，这是本事，也不算个本事。比如我坐的这把椅子，构架简约，做工精致，坐上去四平八稳，从实用的角度看，是把好椅子，但这样的椅子家家户户都有，出了师的木匠都有这个手艺。如果有人在简约的基础上再追求线条的流畅美，如果让方正的椅子再呈现出弧度的婉转，那就需要这个木匠独具匠心，要想出类拔尖，要想独步芸芸众生之上，就要不满足于前者，选择做后者。胡正言牢记的先生金句很多，有一回，先生对某个印章赞不绝口，让胡正言揣摩习得，作者是胡正言的休宁老乡金光先，名气在徽州还比不上胡正言。先生说，这人的作品得了汉印真传，突破文彭、何震樊篱，形成了自己风貌。既然先生这样夸赞他，胡正言就认真品鉴，一些日子下来，确实有所悟有所得。先生说，篆刻诸家，皆有所长有所得，要成大家，必须集大家所长，为我所用。就说你我走刀，你的腕力在我之上，刀下走金线，流畅如蛛丝，从这一点上讲，弟子不必不如师，我当拜你为师。胡正言早已不是那个乡下的莽撞汉子，对先生已经发自肺腑崇拜，先生能当学生的面说出这番话，更加证明了先生的学养山高水深。胡正言说，岂敢岂敢，学生羞愧。胡正言从筹建书坊开始，疏于去长干里登先生门，只有在年节，他才想起行弟子礼。先生见了胡正言，见学生一脸惶恐，说，你本来就已经满师，应该是独行天下的岁月。你记住为师的话，你离得了篆刻一时，甚至离得了篆刻大半辈子，但最终还是会回到篆刻收尾，如为师这般。先生料事如神，胡正言的人生确如先生所言，六旬之后不问世事不理商务，埋头于篆刻书画三十年而终。先生说，既然话说到这里，我还得送你几句话，你可记得铁匠师傅在徒弟满师之日的赠言吗？胡正言说，记得。这其实是铁匠铺里传出的一个段子，师父一直叮嘱徒弟，我只有到你满师那天，才会告诉你最重要的本事。等到师徒吃席完毕，师父还是闭口不提绝门本领，被徒弟催逼得紧，才开了口传授，打铁时不要把手伸进火炉中，烫，痛。先生说，我送给你的这句话，其实跟铁匠师傅说的话差不多，说了等于没说，你听进去了就不是白说。布线下刀之前，反复观察抚摩金石一百遍。胡正言诺诺。李先生补充道，青铜黄金，黄石碧玉，本身就具有生命灵魂，火焰中你可以看到它们流淌，急流中可以听见它们呐喊。篆刻者下刀，不是为了刺痛它，而是替它删除桎梏剔去赘余，唤醒它的生命，让刻刀与金石的灵魂共舞。在胡正言此后的岁月里，每次握刀时，先生的这番话就会从他耳边响起。

胡正言摩挲着那块青绿色玉石，久久没有开工，它出产在哪里，又经过了怎样的跋山涉水才来到这紫禁城。作为一块石头，能被选中作为国家的大宝之材，这是无上的荣耀，在它的家乡，重宝无疑将成为一个世代传诵的传说。但是，玉石无言，它泽润色暗，看不出一点汹涌激亢，在天下兴亡历史转折的关头，它似乎有意摆出沉寂消极的姿态。胡正言高涨的热情渐渐沉淀，他曾想将玉玺的每一个笔画都镌刻成铮铮铁骨，将玉玺上的龙钮刻画成仰天长啸的雄姿，赋予神兽不屈的灵魂。但是，吕大人告诉他，必须遵循旧章程，不得擅越。他终于明白了，弘光皇帝继承大统后要的是名正言顺，不能让觊觎者们说三道四。这样一来，镌刻反而比他想象的简单了，胡正言加快了工作的节奏。竣工是在五月底的某天黄昏，南京城此时已进入闷热的黄梅天，灯烛添热，胡正言命小厮们将工作台移到门口，借天光，他修完最后一刀，汗流浃背，头发已如水洗过一般。晚餐，胡正言加了酒，他面对大宝，絮絮叨叨，一个人喝酒竟也喝得酩酊。酒罢，胡正言让小厮铺纸磨墨，将满腔复兴豪情挥洒于纸上。

大宝箴

祖宗大宝，传历永世。自天启中，宦竖窃弄，宝几堕地。先帝圣明继统，虔虔奉持，十有七年，忧勤不息。不幸沦丧，光启陛下。易曰：圣人之大宝曰位，何以守位曰仁。惟陛下祈天永命，以仁为宝，克赞中兴，报仇雪耻，缵服旧物，则大宝永永，与天无极。诗曰：天难谌斯，命不易哉！守宝之道，在是而已。

从这段文字来看，胡正言是个有理想有情怀的爱国知识分子，用今天的眼光看，他未免有些天真。但拳拳之心，殷切之意，确实情真意切。第二天上午，胡正言把这一篇《大宝箴》和大宝放在一起，由专人进献给了皇帝。按说胡正言应该在紫禁城等候皇帝的嘉奖，但他一再请求回家，毕竟他是一家之主，十竹斋的工坊和书坊都离不开掌柜，胡正言归心似箭。

紫禁城内，洪武门至承天门的两侧为中央官署区，也就是京师六部的办公地，而承天门至午门两侧为太庙和社稷坛。之后，才是奉天殿、华盖殿、谨身殿等皇家宫殿及后宫。据说，南京紫禁城的整体布局、建筑形制成为明中都和北京紫禁城的设计蓝本，后来还影响了韩国首尔景福宫、越南顺化紫禁城、琉球国首里城等宫殿的布局和形制。胡正言的工种隶属于工部，其时工部正是整个朝廷最繁忙的机关，整个紫禁城宫殿的修缮维新都迫不及待，大批的工匠涌入紫禁城。胡正言被安排在一个偏间，窗外是一条僻静的小径，他最不习惯的是身边总有人跟着，即使他睡觉也有人在门外站岗，站岗的是锦衣卫的小伙子，与其说是保护胡正言，不如说是为了保护玉玺大料。收拾停当，窗外匆匆走过的一行人吸引了胡正言的目光，是花簇锦团的锦衣卫押着一行花容月貌、步姿袅娜的女子，朝着皇宫的方向趋行。胡正言追到窗前，看到了他熟悉的一把琵琶琴，再看，看到了一只熟悉的手，这只手如此亲切，胡正言打量过无数次，只能是苏沧浪的手。胡正言走出紫禁城，抬头看天，日在中天，阳光晒在身上火一般烫，走在街道上，商家门头一新，招幌鲜亮，看不见顾客也看不见站店的伙计，怕是都躲在屋里避暑了。胡正言回到鸡笼山，汪小楷见了掌柜，第一句话就是：可把你盼回来了。胡正言说，怎么，遇事了？汪小楷说，那倒没有，只是你不在，上下都失了主心骨。胡正言在工坊走了一遍，一切都井然有序，各在其位。笋衣说，掌柜，皇帝赏了您不少金银吧，你也请我们分享一顿大餐吧。胡石言说，没给一个子儿，真没。笋衣说，皇帝原来也是一毛不拔的铁公鸡，哼。汪小楷说，你居然敢这样说皇上。皇帝觉得，把这么重要的活交给掌柜干，是看得起掌柜，恨不得让掌柜交一笔银子给他呢。汪小楷在账房向掌柜一一报了账，清清楚楚，收入虽比不得旺季，却也比胡正言设想的好。胡正言说，是不是伙房的伙食降低了？笋衣都馋得跟我讨酒肉了。汪小楷低下头，说，掌柜，你在皇帝家不知道外面的形势，这些日子，一天一个价，米面翻了几倍，别说酒肉，能吃上饭就不错了。胡正言说，我刚才沿街走来，商家都开着门，挺有气象。汪小楷苦笑着说，掌柜，那都是官兵拿着刀枪逼的，城门只准进不准出，店门只准开不准关，官府要维护大明兴旺发达的气数。胡正言明白了，说，听着，不管粮食多贵，咱先买下三个月吃的存粮，坐吃山空，以后物价只会越来越贵。汪小楷说，掌柜放心，我早就备下了，院子里专门建了一处粮仓。汪小楷最适合干的行业应该就是经商，都说无商不奸，那是在商言商，胡正言是看着他一步步成长起来的，至少，在胡正言眼里汪小楷是值得他培养的人。

吕大人曾经说过，文有史可法，武有李定国。史可法其时是留都南京的兵部尚书，握有兵权，而李定国"两蹶名王，天下震动"，曾经大败清定南王，斩杀清敬谨亲王尼堪，是大明政权最后的压舱石。弘光政权最初采取的政策是"攘外必先安内"，曾经一度想"联清剿顺"，无奈清军不买账，马首直指应天府。战况究竟如何，应天府内百姓一无所知，能听到的只有官府的传谕，每天辰时，官府派出士兵巡街，士兵持一铜锣，宣告南明军队取得的大捷，目的当然是安定民心。胡正言不知道该不该信，没有别的渠道，也只能信，宁愿信吧。他回到十竹斋，人放松下来，身体也失了精神，汪小楷知道掌柜有什么东西放不下，守着掌柜。胡正言说，你去打听一下，那些进了皇宫的艺妓们是不是都留在宫里了？汪小楷说，这还用得着问吗，锦衣卫把秦淮河楼馆和花船上的女子都掳进宫了，你住在紫禁城，难道听不见皇宫里歌台暖响莺歌燕舞？胡正言想起来，住在紫禁城，确实没有一个夜晚是安静的，只不过他专注于大宝，两耳顾不上窗外事。张笋衣说，掌柜，你住在皇帝家，是不是见到了熟人，我想一想，是不是苏沧浪？这丫头还真厉害，一下子就说中了胡正言的心事。胡正言说，是看到她了，她从我的窗外路过，没搭上话。笋衣说，那苏沧浪的小命就悬了，外面有人传说，紫禁城内的宫殿年久失修，多年空置，除了野草荒木，还住进去一群老鼠。这些老鼠沾了皇家的福气，脑肥身硕，其中的几个首领，个头比老百姓家养的猪还魁梧，而且健步如飞，宫里值勤的兵士想追也追不上。听说那几头老鼠首领，贪色好淫，每夜都咬死一两位送进宫的艺妓。每天寅时，宫里的人将艺妓的尸体扔到后宰门外的水沟里，那些女子一丝不挂，啮痕遍体。胡正言说，这种事你可不能胡说，传出去要坐大牢的。笋衣一副不在乎的样子，说，掌柜，您怕了？您爱信不信。

一周之后，吏部侍郎吕大人召见胡正言。胡正言又一次走进了紫禁城。吕侍郎迎上前，抓住胡正言的手，说，曰从，大喜事大喜事，皇帝对大宝赞不绝口，说你是人才，堪称大明国宝。胡正言施礼毕，说，承蒙吕大人提携，不尽感激。弘光皇帝授胡正言为"武英殿中书舍人"，胡正言叩谢完，说，吕大人，皇帝有没有提及我进献的《大宝箴》？吕大人说，没有。吕大人又顿了一顿，说，胡中翰，咱同为朝臣，也须替皇上着想。如今家国都在危急之际，不说外寇内匪，就是朝廷内部，党阀纷争，派系鲜明，皇上既要看将帅们的脸色，又要顾及党派的利益，能维持大局，就已洪福齐天。胡正言不言，临辞别时，终于说了心里话："我岂以艺博一官哉！"坚辞不受。

拾壹

徐开阳离开十竹斋时已是晚上八九点，他得走了，他的手机已响了四五回，是徐董徐老爷的来电，他不接。老徐也真是，儿子需要他管的时候他把儿子扔在乡下，儿子不需要他管的时候他倒来劲了，恨不得管儿子的天管儿子的地。有汪助理在，老徐对小徐的行踪了如指掌。晚上八九点钟，是老板们酒局结束，开辟下一场活动前的中场休息，是恋人们夜生活刚刚拉开的序幕，可是徐开阳还是决定撤，把徐老爷惹急了，他说不定会直接闯进鸡笼山下的单身宿舍，有谁能拦得住他？

老徐的私生活当然丰富多彩，他所吹牛的"红旗不倒，彩旗飘飘"并非是他有什么能耐，其实这是徐开阳母亲的战略方针，徐母说，儿啊，我不能跟你爸离婚，他过他的日子，我过我的日子，互不相干，但是开阳集团是徐开阳的，我寸土不让，我睁只眼闭只眼，闭眼是不看你爸的龌龊事，睁眼是盯着徐氏集团的财产，试看天下谁敢动？老徐也不是省油的灯，据说他在外面替徐开阳添了两个妹妹，说到底，老徐是个农民，儿子才是他的根本。徐开阳打小孤独，他一直想有弟弟或妹妹，有一回他跟老徐申请，你就把我的妹妹们带回家来吧，我保证做个好哥哥。老徐不上儿子的当，说，早点跟我说，我跟你妈年轻时就该行动了。他行动个屁，那年代超生一个就能罚得老徐倾家荡产。老徐这是王顾左右而言他。老徐也调侃儿子，说，儿子，你是遇上了好时代，该撒野就撒野，只不过有两点老爸提醒你，一是以结婚为目的的恋爱必须汇报家长，二是一旦人家怀了咱徐家的种，只要对方肯生下来，咱都抱回家，要经济赔偿咱给。徐开阳说，老爸你想得太美了，你想当爸我管不着，你想当爷爷首先得过我这一关，得看我愿不愿意。老徐说，我声明，这两点不是我一个人的意思，是经过你妈批准，你知道，我和你妈难得达成共识。这话，徐开阳相信。

老徐在一家高尔夫会所等他，打高尔夫球在南京是权贵们的爱好，老徐一个从小拿惯了锄头杆的人挥舞那细俏的高尔夫球杆，得心应手，赢得了朋友和球童的称赞。但这种附庸风雅的事，老徐并不是真有兴趣。要说运动，他觉得最好的运动是侍弄别墅后面的那个小菜园。他现在喜欢来这个会所，是喜欢二楼的茶室。坐在巨大的落地玻璃窗前，面对那绿茵茵的球场，让他有一种小时候走在禾苗或者草滩中的感觉。徐开阳认为，老徐确实老了。老徐召见他，是让他见一个人，如果早先徐开阳接了电话，那么，老徐就会让徐开阳参加招待这位客人的晚宴。老徐已经不要求徐开阳参加他的商务应酬，徐开阳早就抗议过，说他是荣国府里的老封建老顽固贾政。老徐没听说过这人，也没进过荣国府。儿子说，什么年代了，你以为我还是荣国府里随你揉捏的贾宝玉？贾宝玉老徐知道，花花公子，这么说，那个贾政就是贾宝玉的老爸。老徐是个谦逊好学的人，赶紧向秘书打听，弄明白了那位同当老爸的家伙遭人痛恨的原因。老徐的饭局当然也有一半以上是请领导，在领导面前装孙子是商人必修课，老徐认怂了大半辈子，不想让儿子继续怂下去。他奋斗一辈子，不就为了儿子有昂首挺胸的一天？老徐很豁达，同意儿子还是做他无拘无束的贾宝玉。但今天不同，今天的来客是书画界的大拿，并不是书画家，是国内几位顶级书画家的经纪人。

徐开阳对这人早有耳闻，只不过没想到这人如此年轻，看上去也就三十出头的样子，比他大不了几岁。与行内其他经纪人不同，他打扮得比较正常。既没有蓄长发，也没有剃光头，是一个标准的小分头。下巴上既没络腮胡，也没留一绺山羊须，干干净净，几乎找不见一根胡茬。没有着那种中式对襟褂，穿的是素白色衬衫加小马甲，腕上不是佛珠，戴的是绿水鬼腕表，不同之处是戴在右腕。从形象上说，徐开阳更愿意与这样的业内人士打交道。老徐说，这是廖老师。廖老师在椅子上欠了欠身，他其实瘦小，徐开阳伸出手说，久仰久仰。久仰过后，徐开阳就坐在椅子里小口饮茶，听着老徐与廖老师聊什么"老鹰球""小鸟球"。徐开阳最佩服老徐的本事，不是他在商场上呼风唤雨叱咤风云，而是在任何场合都会装逼。比如说廖老师讲莱德杯赛英国公开赛，讲明星 Harry Vardon 的球场奇迹，老徐都颔首称是，关键时刻还能补充一两句。一直到告辞前，廖老师说，小徐总，什么时候您能带我观摩您的藏品？老徐说，他有的是时间，听廖老师时间方便。徐开阳说，不巧得很，我最近正好有些琐事缠身，要不，过了这段日子，或者我给您发照片。老徐脸上不悦，说，那你赶紧加廖老师的微信。徐开阳说，廖老师，方便吗？廖老师"嘿嘿"一笑，说，没有不方便。老徐不知道，不让人家看真品，这在行内其实是一种怠慢，徐开阳不可能给廖老师传照片，徐大公子有徐大公子的顾虑，倘若那些藏品有不少赝品，那他的脸面该往哪里放？廖老师上车之前悄悄地说，别担心，假作真时真亦假，徐家这么大的集团，就是你想真作假，也难。廖老师走后，老徐说，请他吃个饭，我付了十万出场费，你还不把他当回事，就这么让他走了。徐开阳说，徐董不是说过，能用钱解决的问题都不是问题。老徐想了想，说，这钱也不算扔水里了，他告诉了我一个秘密，那些字画，要想出手就去书画家所在地的公司拍卖，书画家的作品只有在本地才能抬到最高价，说钱抬人不如说是人抬人。徐开阳说，这还用得着他说，地球人都知道。

徐开阳没说谎，他第二天是和赵琼波约了去扬州。第二天是周六，赵琼波说带他参加她的课题研究会。赵琼波说，明天你最好开面包车来，人多。徐开阳说，没问题。如果说徐大公子沾染了什么纨绔之风，那就是喜欢车，徐家的车库里属于徐开阳的有十多辆车，全是时尚版限量版之类，不过，徐开阳也就迷恋了一阵子，毕竟，中国没有一条公路不限速，南京城内没有一条路不堵车，但这些车再出手就难了，也不是难，就是价格贱了一半。老徐说，破二手房，倒一回手升一回值，就这小汽车，拦腰砍价。儿子，烂在车库也别出让。所以，老徐赞成儿子搞收藏，相比玩车，这既保值也高雅，一不小心还能升值。徐开阳弄不清楚赵琼波带多少人去扬州，此行肯定不是二人世界了。他叫上驾驶员，开了一辆十七座的考斯特面包，接了赵琼波，徐开阳说，还有人呢？赵琼波说，走，人在扬州。

赵琼波所谓的课题基地，是在开发区的一片厂房里，二十几号人，一人一个工作台，看上去就是一个工厂车间，唯一的区别是没有机器的轰鸣。徐开阳说，人呢？赵琼波说，人不都在吗？徐开阳想象中的研究会议，是一帮有头有脸的人物，住五星宾馆，在会议室轮流发言。有人迎上来说，哟，今天老板亲临现场了。来者是一位五十多岁的男人，赵琼波说，师父，您又笑话我了，不准喊老板。这位就是赵琼波的师父刘士申了，他看上去身子瘦弱，但两臂肌肉明显，好像是搭错了车的两个部件。刘师父与徐开阳握手，徐开阳觉得他张开的手就像一把老虎钳。刘师父问赵琼波说，你也不给我介绍一下，这位先生是？赵琼波说，我徒弟，您徒孙。刘师父笑嘻嘻地看了他俩一眼说，我怎么看着不像？别混淆了辈分，让我跟着水涨船高。徐开阳赶紧说，师爷，我师父她是实话实说。

　　如果说这是一个课题研究团队，有一点确实与高校的建制相似，刘士申夫妇相当于博导，刘师父负责雕刻分队，刘师母负责刊印分队，他俩各自有两位徒弟。这六人之外，其他人都只是刊印爱好者和志愿者，也只有在周末，来这里练习并接受指导。也就是说，看上去像一个金字塔机构，其实是师徒制的家庭作坊，高校的硕士博士都称导师为"老板"，导师们也乐意口头上过当老板的瘾，但作坊似乎不同，没有一个人称刘士申"老板"，刘师父有时会戏谑地称赵琼波"老板"。也就只有师父跟她开玩笑时，赵琼波的脸上绯红，会呈现出动人的娇羞，让徐开阳回味无穷。

　　这年代到处是这董那总，大街上的老板比落叶多。但徐开阳觉得，大家称赵琼波为老板，肯定是有出处。

　　赵琼波说，她硕士毕业后，父亲问她想干什么。那年代去电视台热门，电视台可以成天与名人打交道，也盛产名人，赵琼波虽然外表冷静，但内里也长着一颗少女心。她是学美术的，电视台也招美工，可是赵琼波不想做美工，她不想听别人使唤，按别人的指令行事，她想做编导。父亲说，那就做编导吧。她的第一份工作就是在电视台做栏目的编导。徐开阳说，你爸是李刚吗，可你爸应该姓赵呀。有个坑爹的倒霉孩子的一句名言在网上流行：我爸是李刚。"李刚"就成了天下所有"牛逼"爸爸的代名词。赵琼波反戈一击，说，电视台一直走在改革前沿，不拘一格降人才，只要有本事，临时工也干成了名主持，何况你师父我，口袋里揣的是那年代响当当的硕士学位。省电视台那时有个相亲栏目火爆，主持人是两个光头，一时间电视台的小伙子恨不得都剃光头，但电视节目主持人的脑袋不是都由自己做主，比如说时政新闻、空中课堂等，男主持那得理正儿八经的分头，想省事也是理平头。赵琼波去电视台，母亲跟她约法三章，其中一条就是不在同单位找对象，本身是学艺术的，再找一个搞娱乐的，这日子能过成什么样，她妈说我想都不敢想。赵琼波满口答应，应付父母，嘴上答应是一回事，行动上落实是另一回事。母亲是坐机关的，这个年龄的机关女干部本质上就是中老年妇女，她们凑到一起也心事重重。她们眼中，儿女最佳的职业选择是公务员，如果是儿子找对象，可以考虑商贾之家，如果女儿找对象，那最好也找个公务员，嫁入豪门没有安全感。但现在的年轻人，哪里会按照父母的教科书设计自己的人生，赵琼波毕业后找的第一份工作就违反了教科书的公式定理，她找的第一个男朋友就是电视台的同事，这几乎是存心与母亲对着干。父亲不支持也不反对，女儿大了，母亲拿她也没奈何。赵琼波的男友是文化栏目的主持人，姓梁，浓眉大眼，五官端正，尽管他上班坐的时间多，但走路时身姿笔挺，目不斜视，最入赵琼波法眼的是他不是光头，是一丝不苟的分头。学艺术的人，总是与潮流对着干，审美逆向而行。不知是因为接受了历史上与女儿为敌的教训，还是这位男主持人正能量的形象符合女干部的审美，这次，母亲没有怎么为难赵琼波。赵琼波作为在艺术学院待满七年的女生，不敢说恋爱经验丰富，但也绝对不是青瓜蛋子。与校园恋爱不同的是，这是一场以结婚为目的的恋爱。梁同志很敬业，读书的时间多，陪女朋友的时间少，这一点与赵琼波对上了眼，赵琼波也喜欢安静，喜欢一个人的世界，他们两人除了做必须两个人在一起才能完成的作业，都不喜欢腻歪对方。母亲总催她带小梁来家里见父母，说小梁是外地人，认了门在南京就算又有了个家。赵琼波说，你又不是没有见过他，每天晚上九点半你们准时见。自从知道准女婿是某文化栏目的主持人，母亲就成了他的忠实粉丝。赵琼波为了耳根清净，就提醒小梁该走程序了。小梁先是说没准备好，害羞，后又说能不能省了前面的烦琐，到时候直奔婚礼。赵琼波不觉得意外，他俩到一起都直奔主题，平时也从来不玩送花送巧克力的幼稚游戏，这是恋爱者成熟的标志。但老爸觉得不对，老爸不喜欢咋呼，他的特点是把工作做在前面。有一天趁妈妈不在，老爸给她看了几张照片，小梁和 A，小梁和 B，赵琼波也就算个 C。老爸说，反正他马上要辞职了，离开我们这个城市，宝贝，希望你坚强。电视台台长是老爸从前的下属，女儿上大学后，老爸已经很多年不喊女儿"宝贝"。赵琼波当时做到了波澜不惊，见面不招呼，下班后不打电话不发微信，很快，小梁同志的形象就在南方某电视台高大上了。母亲在九点半钟几次没能准时看到小梁后，问赵琼波，小梁呢？赵琼波说，我和他早凉凉了。母亲作事后诸葛亮状，说，我早就觉得他有问题，不是说，就怕流氓有文化吗？赵琼波说，妈，你弄错了，他嘴里的台词都是您女儿写的。

反正那段时间，任何人在赵琼波面前说的话都不可能说对。领导见了她不愉快，她见了领导也不开心，领导打发她有的是办法，让她下到省内市县拍摄非物质文化遗产传承人系列短片，就是这个缘由，她在扬州遇见了她后来的师父刘士申。刘士申初中毕业后就去扬州刻印社做学徒，刻印在年轻人眼里是个冷门行业，刘士申假如上高中，据他自己说，凭成绩他考上大学没问题，但刘士申没有选择，他这次能就业，就是因为父亲退休有一个"顶替"上班的名额。上个世纪八十年代，扬州市政府将广陵刻印社改为全民所有制事业单位，事业单位是个香饽饽，所有人都认为机不可失。就这样，不管是主动还是被动，刘士申继承了前辈们的衣钵。

作为编导，赵琼波必须备课，准备脚本。赵琼波读过版画专业，对雕版印刷至少也算懂点皮毛，上海朵云轩，杭州西泠印社，北京荣宝斋，当然还有南京的十竹斋，论历史，十竹斋比前面这几家还要早几百年。可她就是没听说过广陵刻印社，世上无难事，电视台编导面前更无难事，何况图书馆有关扬州刻印的书籍挺丰富。扬州雕版印刷的黄金时代是在清朝，康熙年间那位著名的两淮盐政官曹寅在扬州天宁寺内设扬州诗局，召集了全国范围内雕版印刷界的各路精英，用两年时间完成了"中国雕版印刷第一书"——《全唐诗》，由此，雕版印刷的中心从南京向扬州迁移，并开辟了传承的独特途径。扬州的雕版印刷从清朝开始，分为官刻、坊刻和家刻三种形式。据扬州中国雕版印刷博物馆编著的一本书中介绍，《全唐诗》刻印成功后，那些顶流的镌刻、印刷、编校人才并没有离开扬州，因为官府接着又开办了扬州书局、淮南书局，扬州官刻书籍数不胜数。坊刻是由坊主聘请雕版印刷艺人，集中在工坊内刻印图书，唯商业利润是图。第三种家刻，一种是有钱人亦商亦儒，雅好藏书，不惜重金自招名士刻印；另一种则是书画家、藏家和校勘家，他们亲自写样上板精刻，据说石涛所著的《画谱》，就是亲自手书上板付刻。从某种意义上说，当年的十竹斋后来在扬州开枝散叶，得到了进一步发扬光大。

赵琼波找到刘士申时，他正在工作台上做雕刻前的准备工作，他拿着一截三四十厘米长的小木方，一头缠上毛巾，一头平铺于桌面，将打了纸衣的待刻板，轻轻置于其上。刘师父后来解释说，这样搁板，使板面与桌面形成 25～35 度角，有利于形成板面、刻刀、人三位一体的操作舒适度，板子搁在毛巾上，毛巾可起护板防滑作用，刻板调头时也能防止磨蹭或碰撞。他做这一切时，小心翼翼，聚精会神，厂长和赵琼波站在他身后，他也没有察觉。赵琼波说明来意，刘师父一脸惶恐，对厂长说，这出头露面的事，排不上我。厂长笑了，说，老刘，你还记恨我呢。原来，这里面有说法，刻印厂里名头比刘师父大的人大有人在，有的是联合国教科文组织的非遗文化传承人，依次还有国家级省级的，刘师父只是扬州非遗文化传承人。厂长说，他们都是师父师爷辈，你有什么不服气。刘士申放下手中的刻刀，认真地说，我服气。厂长说，那你就配合电视台的老师们，把上级交给我们的任务圆满完成。

厂长说，去年，联合国教科文组织向我们发出邀请，推荐一位大师去荷兰那个阿姆斯什么丹驻留三个月，演示中国雕版印刷工艺，让他去，他又说那话，推三阻四。赵琼波说，那莫非你们还真的找不到第二个人。厂长挠挠头，说，怎么说呢，也不是找不出人，得有名号，名号响的那几位，有的走了，有的已经不上工作台了，就比如这外科医生，我们扬州有著名的四把刀，但盛名之下，真正能上手术台的人就只剩第四位那一位了，他最年轻。有本事没名号出不了头，名号排后并不等于技艺排后，名号这玩意不都讲个论资排辈？赵琼波觉得厂长这个比方不伦不类，说，那刘师父现在是不是你厂里最有本事的人？厂长说，是，全套工序都精通的人，也就他了。这人的优点和缺点都是一个词，较真。赵琼波说，没错，我要找的就是刘师父这样的人。

这刘士申与别人的不同之处在于，他有两个师父，先是师从大师王义隆学习修补版片技艺，后来又拜大师陈义时为师学习雕版技艺，他集两大家之长，在发刀、挑刀、用腕等方面形成了自己的特色，而他的夫人，父母皆是扬州闻名的刊印大师，擅长印刷，夫刻妇印，两人堪称这一行业内黄金搭档。刘师父说，你们尽管拍你们的，我只会干活不会说话，嘴笨，说不出道理。他的徒弟小王在一侧说，我师父的意思是说，说出来的不是本事，做出来的才是本事。刘师父转过身斥责他，说，领导面前，轮得着你说话？传统行业讲究辈分，刘师父这会儿怎么也想不到，这位他眼里所谓的领导不久会做他的徒弟，会成为小王的师妹。

接触多了，赵琼波发现，刘师父并不是个生硬的人，说到高兴处，他甚至顾不上低调。那一次，赵琼波提出想拍刘师父的家庭生活场景，他犹豫了一下说，那得先让我回家收拾收拾，否则，人家看电视时还以为是进了猪窝。赵琼波说，我要的就是自然生活场景，拍出大师们的生活气息。赵琼波没有诓骗，她做那些艺术家科学家的专题，什么样的潦草混乱家居都看见过，这两口子做的是细密精致的工作，就是上班穿着工装，也是清清爽爽干干净净的模样，家里也一定不会太不堪。刘师父拗不过赵编导，只得同意了。刘士申的家在城乡接合部，他说挺远挺远，或者是个借口，扬州城毕竟是个小城，上了车十几分钟就到了。刘师父家住的是幢独立的三层楼，有个挺大的院子，那面积可以泊几辆小车。但这楼的样式是旧版，像是把几个方正的集装箱叠加在一起，好处是房间都挺大，每个房间看上去都不少于三十个平方。刘师父解释说，这房子本来属于郊区一位菜农，没有房产证，主人急于出手，价格很便宜，我就当便宜捡了。赵琼波说，这么大的房子，在南京值千万了。刘师父说，你就别蒙我了，你说的那是别墅，是商品房，跟这完全是两回事。赵琼波笑了，这人心明眼亮，不是那类说他胖他就当面喘出声的名人。刘家的三层楼，三楼是起居室，一楼是刻坊，二楼是印坊。赵琼波看明白了，这就是个家庭工坊，刘师父不欢迎他们来拍摄，就是不想暴露这块自留地。赵琼波当然尊重人家的隐私权，让摄像师关了机器，他们干脆在院子里坐下，喝茶聊天。工坊里不是木板就是印纸，室内向来禁火。但是生产中出现废木板和废纸免不了，纸可引火，木可做干柴，扔了可惜。工坊的师父们就有了室外吊炉煮茶的习惯，这实际上相当于现代公司的茶歇间，聊天拉家常，也可以是业务上的切磋商讨。刘师父有个儿子，在北京读计算机专业研究生，赵琼波说，你有没有考虑过让儿子继承你的手艺？刘师父说，想过，可干这一行，首先得要感兴趣，人家看不上，说早进入影印时代，我和他妈干的这一行很快将被淘汰。赵琼波说，淘汰那倒未必，就如当下，信客去寺庙烧香，有人坐汽车火车，有人坐飞机，也有人走一步行一俯伏长揖礼，都是为了信仰，但各有自己的虔诚。影印当然快捷精美，但永远代替不了刻印。刘师父点头，说，也是，雕版印刷已经走过了挑大梁的时代，现在只有少数人留恋它，但是，有人还需要，就说明我们干的活还有价值。赵琼波说，我看到你们厂的资料室里，说你们创作和复制了《北平笺谱》《绿杨笺谱》等，您可知道，这《北平笺谱》的产生和鲁迅还有缘由呢。赵琼波其实也是不久前从资料中读到的，因为鲁迅是人人皆知的大人物，她牢牢记住了那一段。

赵琼波当然知道鲁迅先生热爱木刻版画，他与柔石等人创建的"朝花社"，为中国的新兴木刻运动拉开了序幕。赵琼波读本科时曾专门去上海鲁迅纪念馆参观，那里收藏有一千八百多件木刻作品，都是鲁迅先生的收藏，后来由许广平先生捐赠。鲁迅先生一方面编辑出版外国版画，另一方面也鼓励青年版画家们研究中国美术遗产，他说，中国古时候的木刻，对于现在也许有可采用之处。择取中国的遗产融合新机，使将来的作品别开生面也是一条路。一九三二年他在北京小住时，曾在琉璃厂书店中买了一些笺纸，画稿出自北京画家齐白石、陈师曾、王梦白等人，笺纸由书店自行设计印制。鲁迅爱不释手，他设想，如果在书店的画刻印的版子中加以挑选，各印十张，装订成册，不作信笺纸用，而作为一本木刻图谱，对新兴木刻运动的发展一定是一件有意义的事。他的想法得到了好友郑振铎先生的赞同，郑先生家在北京，立即着手访笺，郑先生收集，鲁迅先生筛选，两人自筹资金，费尽心血，《北平笺谱》终于书成。但是两位先生不满足，他们想重印《十竹斋笺谱》，鲁迅先生对郑先生说，我个人的意见，以为做事万不要停顿在一件上，此书一出，先生大可以做第二件事。但是，当时的形势下谈何容易，鲁迅先生也担心当时能胜任的刻印技师到底还有多少。他做过调查，说"雕工印工只剩三四人，大都陷于可怜的境遇中，等到这班人一死，这套技术也完了"。两人拼凑出一笔资金，把这个活交给了北京荣宝斋，等到大功告成，鲁迅先生已离开人世，实乃憾事。赵琼波说，当时鲁迅先生说的那三四个刻印工人，不知道是指北京的刻印工人，还是包括江浙沪的刻印工人？刘师父说，鲁迅先生那是着急了，其实……刘师父晃了晃面前的吊炉，说，有这个行业以来，从业人数一直有数百上千，最萧条时应该也有几十位以此谋生，他们就像这炉中水一样，社会一旦动荡，他们忽东忽西。我师父和师父的师父，早年都在北京做过北漂，也曾在杭州上海逗留。赵琼波说，《十竹斋笺谱》的两大工艺，饾版和拱花，难道就那么容易复活？刘师父说，他们手中一定有《笺谱》的原版书。刘师父说的没错，当时两位先生就是在一位名叫王孝慈的藏书家手里借得《笺谱》原版书，这一段历史，藏书家的儿子王达弗曾撰文再现。刘师父慢悠悠地说，十竹斋斋主当年创造发明这两项工艺，确实不是一般人具备的本事，但是，有样品在，就能找到工艺传承的脉络，探索琢磨，直到光华重现。重现毕竟不是创新嘛。赵琼波来劲了，她从条凳上站起来，说，您的意思是说，您也行？刘师父摆摆手，说，我可没说那话，什么事，都得试一试才能知道。临走的时候，赵琼波说，刘师父，我想拜您为师，您收不收我这个徒弟？刘师父的徒弟小王撇了撇嘴说，拜师得行拜师的大礼，哪里是你嘴巴上说说的事。赵琼波说，王师兄，只要刘师父答应，一切我都遵照行内规矩执行。刘师父说，赵导演，你可别吓我，我这小庙哪里摆得下你这尊大神。赵琼波正经说，师父，我没开玩笑。

刘师父说，我也纳闷，你一个姑娘家，怎么对十竹斋了解那么细致？莫非与十竹斋有什么渊源？赵琼波说，我这趟来拍您的短片，首先我自己得了解雕版印刷的相关历史，这雕版印刷的历史怎么也绕不开十竹斋呀。这番话貌似有道理，但赵琼波没有全盘托出。

赵琼波回去不久，就向台长递交了辞职书，台长叔叔很惊讶，说，怎么回事呀，有什么想法跟叔叔讲，不可以赌气的。赵琼波作天真烂漫状，说，我没想法，就是累了，想歇一阵儿。台长说，你想休整我给你放假，犯不着辞职，我没办法对你爸你妈交代。赵琼波说，那我把辞职书收回，他们要问，我这属于不辞而别。说完真的转身就不辞而别了。台长说，你这丫头，站住！他哪里撵得上赵琼波。赵琼波决定去十竹斋集团应聘，条件上没毛病，比起做编导专业更对口。母亲反对，说，那姓梁的不是滚蛋了吗？赵琼波想了想说，阴影还在，我走进电视台大楼，心里就不快乐，妈，我指的是心理阴影。她母亲对心理阴影有体会，年轻时有一次听说丈夫与某女同事有故事，盯梢几天几夜，一无所获，既高兴又沮丧，但从此看到丈夫单位的漂亮女同事她就生气，总有那么几天，她给父女俩的脸色鼻子不是鼻子嘴不是嘴，女儿说那就是心理阴影，而且她把那个阴影放大，笼罩了全家。老爸说，好，我尊重年轻人的选择。赵琼波到扬州行拜师礼时，她告诉刘师父，她不在电视台做了，她是十竹斋集团的一名新员工。刘师父说，你上次来，我就觉得，你与我们这行业会有牵扯，还真让我给猜中了。

　　徐开阳出门时在口袋里揣了盒烟，他不抽烟，但他今天是跟师父去见师爷，行有行规，今天他见到的所有人辈分都比他高，不是师爷辈就是师叔辈，见面递根烟是最起码的礼数。可是，整个车间没有一个人抽。时代真的变了，在他交往的人际圈中，男人基本不抽烟了，倒是女性，抽烟的年轻女性明显增多，说不清人们的健康观念是在进步还是在倒退了。徐开阳不知道，其实，这是因为刘师父有规定，在车间内吸烟罚款，而且是真罚，罚得你心尖上滴血。罚款用来请大家打牙祭，一人伤心，众人拥护。赵琼波随刘师父去了办公室，徐开阳没有跟上去，他不想让大家把他看成赵琼波的尾巴。大家都在埋头干活，赵琼波走出车间，四处走走。这里以前应该是家化工厂，高大的厂房之间有粗大的管道相衔接，每间厂房内也有管道上天入地，宛若游龙，可以想象，这里肯定也曾经有过热气腾腾欣欣向荣的景象。如今，那些巨大的管道已经锈迹斑斑，有的甚至疲软地耷拉了一段。这要在北京，说不定会成为画家工作坊，要在巴黎，说不定能成为又一个蓬皮杜中心。可扬州毕竟是小城市，赵琼波说，课题组的工坊原来就摆在刘师父家，后来，课题组扩大了，他们才搬进了这间厂房，租金几乎等于没要，厂主方说，厂房长久失了人气，容易荒废，有人进驻，租金有个意思就行了。她究竟在鼓捣什么课题？赵琼波说，你去了不就知道了。可徐开阳在车间里走了一遍，也没看出那些工人与课题研究能扯上关系。

　　有人从他对面走过来，刚才赵琼波介绍说，这是她王师兄。王师兄留寸头，短胳膊矮腿，看上去像没完成发育的小男孩，但是哪怕他是幼儿园小朋友，他也是徐开阳的师叔。徐开阳给他递烟，他当时也摇头拒绝了。这会儿他主动招呼，说，还是外面空气好，安静。我是你王师叔。徐开阳微笑着点点头。王师叔说，刚才你掏的烟是不是九五至尊？那可是一般人抽不到的好烟。这个牌子的烟贵，一百块一包，还有个故事给它做了广告。一名官员在主席台上讲话，手边上搁一包九五至尊，下属把照片发在网上，表示领导对某项工作重视，莅临指导，但网友的眼睛是雪亮的，一个拿工资的人怎么能抽得起这么贵的烟，网民们齐心协力把领导的衣服扒光，人肉，扒出一个贪官。王师叔的眼光也是雪亮的，一眼就认出了他手里捏的香烟品牌。徐开阳说，是这个牌子，您来一根。王师叔看了看四周，说，来一根就来一根，烟是你带来的，刘师父要罚就让他罚你。这话当然是开玩笑。徐开阳说，放心，罚多少钱我都认下。王师叔看样子憋久了，深深吸了一口，没见有烟吐出来，人小瘾大。王师叔说，你师父和我师父凑到一起，可把我们害惨了，每个休息天都捞不到休息。徐开阳说，他俩究竟研究什么课题？王师叔怀疑地看了徐开阳一眼，说，我师妹，不，你师父没告诉你吗？那你究竟是不是她亲徒弟？徐开阳赶紧请他续了根烟，说，说过，研究什么重大课题。王师叔说，那是她跟上面要钱的说法，我们这一年多来干的活，就是重新刻印"两谱"。徐开阳怀疑自己听错了，说，你是说，你们在重新刻印《十竹斋笺谱》和《十竹斋画谱》？王师叔得意地吐出一个烟圈，说，你在车间里走了一遍，没看出点眉目？徐开阳不是没留心那些工作台上的刻板，都是刻字板，没看到有雕画板。王师叔说，不是所有的人都有资格上雕画板，我师父说，得考核通过才能进重点工作室，现在，重点工作室就我们四五个人，连你师父，我师父还没同意让她上手雕画板。徐开阳想起来，在赵琼波宿舍，确实没见过她雕刻画板，就看见她雕刻字板，说是她师父布置的作业。这也太刻板了吧，赵琼波怎么说也是艺术学院版画系毕业的本科生，而且作品也参加过全国大学生毕业画展，这刘师父完全按照工坊行规走程序，太憋屈她了。王师叔说，你师父文化水平高，研究生毕业，这书读多了，人的脑子就会出问题。说起来这是个重大课题，她上面的领导如何如何重视，可她那单位给的钱只够洒点花露水，我们要不是师父压着，早撂挑子了。王师叔说，看你掏的烟，我就知道你是有钱的主儿，我估摸，你拜我师妹是假，想追我师妹是真，怎么样，我说中没有？徐开阳挠挠头，说，师叔这话至少有一半说对了。王师叔说，我告诉你一个秘密，你要想把你师父追到手，最好的办法是帮她花钱成事。我师父说，课题的经费不是一步到位，是先开支后报批，你师父把她的嫁妆钱都贴进去了。徐开阳说，不是吧，我有同学当大学老师，说弄到课题等于挖到矿，连家里的洗衣粉卫生纸都可以在课题组报销。我师父怎么会把本钱都倒贴了？王师叔说，你爱信不信，你师父为了这"两谱"，什么都舍得，你现在帮她把事弄成，她能不以身相许？徐开阳笑了，这什么逻辑，说读书多的我师父脑子坏了，那读书少的师叔你，脑子八成也坏了。能花钱解决的问题都不是问题，老徐的口头禅在这里有市场，可问题是，赵琼波愿不愿意花她这个徒弟的钱。

赵琼波宣布：这些日子加班加点，大家辛苦了，今天课题组全体人员聚餐，散工后全体人员上面包车，一边吃晚饭一边切磋技术问题。徐开阳说，师父，今天是我第一次见师爷师叔们，晚上这一顿由我请客，可不可以？赵琼波高声说，我带你来扬州，就是给你

拾壹　115

这个机会。今天我们上扬州最好的饭店，狠狠宰你一顿。徐开阳幸福地笑了，说，谢谢，谢谢师父。王师叔在一边起哄，说，那今天得上茅台。徐开阳说，师叔点什么就上什么，管够。

回南京的路上，徐开阳对师父说，以后，课题组的开支都由我来承担。赵琼波说："知道徐大公子钱多，但是，这是我们十竹斋集团的项目，我们有经费，只不过，领导叮嘱我，我们花的钱是党和人民的钱，该花的钱要花，但不准由着性子花。当然，花自己的钱才爽，像今天这晚饭的费用，你来一回扬州我宰你一回，就算是我俩约会的专项资金。对了，你不会跟我玩 AA 制那一套吧？"

徐开阳说："这话可是你自己说的，你承认是我的女朋友了。"

赵琼波说："你不是说过，你与我谈恋爱是不以结婚为目的的恋爱吗？你跟我做游戏，我就不能跟你做游戏？"

徐开阳哑了，这话他亲口说过，他说："我有难言之隐，不，我有病。"

"难言之隐"是电视上的一句药品广告语，专治男人那方面的毛病。徐开阳没那毛病，怕遭误解，他赶紧补充说："我是抑郁症患者，我那样说，是怕耽误你。"

赵琼波一点都不惊讶，说："我以为这是纨绔子弟们的口头禅呢，你既然是病人，那我就当一回拯救病人的医生。"

徐开阳说："我要的是老婆，我总有一天要娶你做老婆的，到那时，我把这些花掉的钱都算在恋爱的账上，属于有效投资。"

赵琼波说："别想得美，小心竹篮打水一场空。"

两人挤在面包车的最后一排，说的是悄悄话，确实是一对情侣。

拾贰

　　课题组其实有两组人员，十竹斋艺术研究院有一帮研究员，是美术史和雕版理论的专家，包括北京南京外聘的教授和专家，他们主要是从理论角度展开和探索"两谱"的艺术价值，赵琼波承担的任务就属于这一块，但赵琼波志不在此，她既要务虚更想务实，所以扬州工坊对她的吸引力更大。课题组工坊的年轻人居多，有刻印社专业工人，也有一些版画专业的在校学生和毕业生，大家为了一个共同的目标——重现"两谱"，走到了一起。

　　赵琼波说这一阵子大家确实辛苦了，需要劳逸结合，安排一次"团建"活动，大伙都说赵老板英明伟大，去哪里呢。赵琼波说，登齐云山，走皖南古道。大伙明白了，万变不离其宗，齐云山在休宁，休宁是十竹斋斋主胡正言的老家。任何成功人物，身上都有原生家庭和成长环境打下的烙印。对雕版印刷业的后辈来说，这相当于赴延安朝圣和重走长征路，有特殊意义。兵马未动，粮草先行，徐开阳让汪助理和驾驶员安排吃住，赵琼波说不需要，我们露营。

徐开阳说，露营的成本也不低，就住一夜，得买帐篷被套炊具等，花的钱比住宾馆贵。赵琼波笑了，说，租，有门店专门出租野营营具。徐大公子不食人间烟火，现在好多东西都可以租到，我知道的，有演出服装和新娘婚纱等，如果肯出高价，还可以租到新娘。徐开阳相信她说的话不是开玩笑，这世界，发生什么事都不奇怪。徐开阳说，好啊，师父，这是个好主意。他盯着师父的眼睛说，这下子我就有机会保护师父，保证师父不被野狼叼走。赵琼波说，谁保护谁还说不定呢。

　　面包车进了县城，驾驶员向一老人打听胡正言故居，老人茫然不知，赵琼波说，直接朝文昌坊方位。现在手机定位方便，只几分钟，赵琼波就说，到了，前面街道左侧即是。一行人下得车来，见到了一个徽派合院的门头，左侧墙壁上有一石牌，雕有"胡正言故居"五个大字，落款为安徽省人民政府，这故居挤在一片水泥丛林中，大门面街，其余三面或店面或厂房，看上去有几分落寞。大门上铁将军把门，是一把有锈迹的铁管锁，这锁与这门头倒相称，像一佝偻老婆婆发髻上插一旧钗。赵琼波拨通一个号码，说，王老师，麻烦您来一趟胡家故居，我们想进屋子去瞻仰。赵琼波放下手机，想必那个王老师答应了，也怪不得这王老师，今天是休息日，本来就该在家陪老婆孩子。赵琼波认识这王老师，肯定不是第一次来了。胡正言的故居实在算不上气派，进得门去，是一个不大的天井，天井确实如井一般狭窄，厢房和前后正屋都是两层楼，取肥水不外流的寓意。天井四周全挂了屋檐，人站在天井里，真有坐井观天的感觉。王老师说，胡家定居南京前，就已迁徙到霍山县，十竹斋到第二代开始衰落后，有后代归根文昌巷，重修祖屋，才保留下胡正言故居。这么说，富不过三代，这老话在胡家也应验了，好在历史沉淀下来的不是金银，胡正言的"两谱"艺术让他青史留名，所以才有了他们这一行人今天的拜访。王老师说，胡家当年栽竹子的地方，大概就在街道的对面，对面是休宁县人民医院的门诊大楼，那些摇曳的竹影只能投射在明清的时空中了。赵琼波说，请大家注意栋梁的木雕，注意明窗暗窗和轴门上的镂雕，我们可以想见休宁当时木雕工艺的精湛程度。

天井里的青石板上长有一片墨绿的青苔，徐开阳一不小心滑了一下，赵琼波一把拽住他胳膊，说，怎么，虔诚到想亲吻祖师爷脚缝里漏下的尘泥？徐开阳说，要行大礼，也得师父排在前，我排在后。赵琼波说，你这嘴上功夫，越来越厉害了。徐开阳说，谢谢师父表扬，嘴上功夫真的进步了？那我今天再接再厉。赵琼波听懂了他的坏心思，扬起手臂，说，滚。

出了文昌坊，赵琼波说还应该去文昌洞。"文昌"这个地名，几乎中国大地上的每个旧城都能找到一处，但用在休宁是名副其实，从宋嘉定十年到清光绪六年，休宁走出了十九名状元，是公认的"中国状元第一县"。徐开阳说去什么文昌洞，这上皇榜中状元的好事胡正言可没捞着，说不定这正是他的痛处。赵琼波说，能产生胡正言这样的人物，就说明这块土壤不是一般的土壤。徐开阳的胳膊比师父的大腿粗，但胳膊终究拗不过大腿。

文昌洞就在齐云山上，齐云山山顶有一石插入天际，好似与云争齐，故名"齐云"。山上奇岩怪峰林立，层峦叠嶂之间暗伏着多处幽深洞穴，洞穴之中有的大如操场有的小仅容身，文昌洞是其中一个大洞穴，古人曾在洞中开设文昌书院。赵琼波说，说不定胡正言小时候就曾在文昌书院就读。进齐云山，先要过横江，横江又名白鹤溪，发源于黄山南麓，它从漳水河的枧溪，经黟县到渔亭，折向东南后被称为横江，经休宁县至屯溪老桥下，最终并入新安江。齐云山现在是远近闻名的道教圣地，为方便信众和旅游者，相关部门架设了上山索道，齐云山山上庙宇香火兴旺，山下摊贩生意兴隆。飞渡横江之上的老桥是一座石桥，看上去历经沧桑，扶栏残缺不全，桥面上青苔丛生，只中间人迹密集处可看见石板的原貌。桥头上有一残疾人，端坐桥栏下，明显短了一截腿，面前摆着一只竹篮，见他们走来，俯身下拜，口中念念有词，只不过听不甚清楚。赵琼波走过，扔下一张十元纸币，徐开阳随手掏出一张百元纸币，扔进竹篮，大家纷纷效仿，没多有少，只有王师叔摊开双手，说，我没带零钱。那时候的乞丐还没用上二维码，那人抬头瞪了他一眼，王师叔生气了，说，莫非人人都要留下买路钱？那人复抬头，却不与他说话，抱起竹篮，以百米冲刺速度遁入桥头后的竹林中，一行人正迷惑，原来这人不残疾，有两条腿，腿脚速度不是一般人能够赶上的。追他的是两位穿制服的人，也没真追，就是摆了个Pose。穿制服的人说，游客同志，请你们配合我们，不能怜悯心任意泛滥，妨碍我们值勤。赵琼波点头称是，徐开阳说，一个大男人，肯跪在这人来人往的桥头上扮惨，其实也是可怜人。赵琼波说，那你刚才就应该把钱包都掏给他。

　　下了索道，齐云山的半山腰上竟然有一个几十户人家的村庄，住户现在是以经营商店、饭店和客栈为业。打听了一番，文昌洞还在村庄后面两里路之外。正值秋季，黄叶飘零，遮盖了蜿蜒的小路，草伏枝枯，树上的鸟儿地上的小兽一举一动都暴露在人的视线中。他们还背着宿营野餐的重负。王师叔说，把负重都扔这里吧，我在这守着，等你们回来。赵琼波说，我们走过文昌洞，就一直向前，奔徽苏古道。原来赵琼波早就做了攻略，参观文昌洞只是沿途顺便，更没人相信胡正言曾读过这文昌书院了。想当年，齐云山上肯定没有索道，一帮少年郎涉水越岭，且不说沿路虫兽出没，仅登攀之苦就够他们受了，即使坐进课堂，也无心读那些圣贤书吧。徐开阳此时站出来替师父说话，说，中国的古代书院都是设在山里，四大书院中除了应天书院位于湖畔，其他三所，岳麓书院在湖南长沙岳麓山中，白鹿洞书院在江西九江五老峰南麓，嵩阳书院则在河南登封的嵩山南麓。这文昌书院设在齐云山中也不算例外，目的就是为了让书生不受喧哗俗世的骚扰，静下心读书。古人如此，洋人也如此，欧美许多闻名世界的大学，都办在远离城市的荒郊野外，说是亲近自然，其实都是为了让学子心无旁骛。赵琼波说，乖乖隆地咚，徐大公子满腹经纶呀。徐开阳说，都是师父教导得好，表现好，期待师父的奖励。

没有人注意到，徐开阳一路埋头走路，头都不曾抬过。徐开阳害怕的当然不是蓝天白云，而是树与藤。那一年他被从洞穴中救出，有人帮他解开绑在眼睛上的布条，有好长时间他睁不开眼睛，等他终于能看见了，映入眼帘的朴树上缠绕的紫藤花，那花鲜艳欲滴，那藤宛如巫婆的长臂，紧紧地掐住了朴树的脖子。就在那一瞬间，徐开阳觉得那藤蔓缠住了他的脚踝，控制了他的膝盖，继而攀上了他的肩膀，他感到自己只能像一个胎儿般蜷缩。他觉得自己快要被压碎被撕裂，他成了那棵老朴树的树干，他紧张得透不过气，幸亏妈妈及时地把他抱进了怀里，缓解了他的幻觉。自那以后，他一直躲避着树林，其实是躲避那种被掐住脖颈的感受。这一趟出发之前，他也曾有过忧虑，但爱情鼓励了他。他安慰自己说，深秋了，那些藤蔓该枯萎了，再也没有能力压迫别人的生命。当他坐在拾级而上的石阶时，他的眼睛无法躲避脚下的枝枝蔓蔓，如他所愿，那些藤蔓真的掉光了叶子，只剩下松松垮垮的茎秆，黄得如同一种叫腐竹的豆皮，不堪一击。徐开阳勇敢地瞪了它们一眼，老子不怕你们了。

文昌洞的洞口还留存着石刻的"文昌书院"四个大字，只不过因为罕有人迹，洞口已经是自然荒凉的景状，徐开阳说，你们把包裹都放下，我替你们看守。一行人都同意，论辈分，徐开阳最低，也该他替大伙做点什么。一行人进得洞去，一会儿洞口飞出一群蝙蝠，蝙蝠见不得光，有的撞在树干上，就落到徐开阳脚边。受伤的蝙蝠睁不开眼睛，却能凭着感觉向徐开阳的双脚位置挪动，徐开阳说，别，你们别。说罢，干脆跳进那堆行李包裹中间，用它们筑成一个封闭的战壕，他独自站在中心，眼睛紧闭，脸色煞白。好在只十分钟左右，一行人都出洞口了，各自挑出自己的行李，一只趴在地上的倒霉蝙蝠，被王师叔一脚踢进了树林。只有赵琼波看出了徐开阳脸色不对，低声问他：你不舒服吗？徐开阳摇头，说，没。一只手却伸过去，紧紧握住了赵琼波的手，徐开阳手心冰凉。所谓"团建"活动，当然不是行军拉练，队伍到达山谷中一块空旷处，大家集体放瘫，躺倒在地，都嚷道，就这里，就这里了。场地大，可以玩集体游戏，可以烧烤，还可以安营扎寨。一个二十岁左右的小胖子站出来，说，我是团建活动的导师，请大家都听我安排。没人听他的，小胖子大喊大叫，快急哭了也没用，赵琼波说，都站起来，按导师的指挥排队去。"导师"这称呼在象牙塔有号召力，在这里不灵，忽悠不了人。在这一行人中只有师父的话才是圣旨，赵琼波既是师姑师姐，也是师父们口中的"赵老板"，不看僧面得看佛面。赵琼波说，本来就是去租赁公司租点营具，想不到现在的服务都是全套，租赁店不但出租物品，还出租导师，帮助搞团建活动，我就都租下了，反正你答应了是你掏钱，我不能做影响你格局的事。徐开阳想不起来自己曾答应过这事，只要师父乐意那就是有那么回事。小胖子让大家搭好金属管架，排好队，他自己爬上架子训话，宣讲这个叫"后卧"的游戏是如何重要，培养大家的集体主义精神，建立团队人员之间绝对信任等等，显然，他是在按套路出牌。王师叔说，你能不能别要那套虚招，务实吧。游戏其实挺简单，五个人一组，一个人上台架子站得笔直，像跳水运动员一般，但面朝后，背朝前，没有花式动作，就做一个"僵尸倒"，下面的四个人，伸出八只手去接住他，所谓的团队信任就建立了。小胖子说，那我就做个示范吧，你，你，还有你你，我们建一个组。小胖子对着蓝天和树梢说，你们准备好了吗？下面的四个人都说，准备好了。小胖子回头瞥一眼，四双手如一朵盛开的莲花在迎接他，他放心了，顺势一倒，就听见"砰"的一声，小胖子的后背结结实实砸在地上，还好，地上有一层枯萎的草皮，小胖子忍住痛站起来，那四个人见他没什么大碍，忽然间哈哈大笑，四人刚才显然是没安好心。小胖子说，要不是我肉厚，今天你们吃不了兜着走。赵琼波恼了，说，你们这样闹，不出人命也会出伤残，一个个都不想过太平日子了？四人诺诺，当赵琼波的面依次向小胖子致歉。活动继续，轮到徐开阳站到台架子上，徐开阳迟迟不肯往后倒，下面的四个人等得不耐烦，王师叔就在这组中，王师叔说，伤了谁也不敢伤了你，你就放一万个心吧。徐开阳说，那我脸朝前，往下扑行不行？小胖子拿出导师的威风，说，不行，说到底你还是对合作伙伴有疑心。那八条胳膊举累了，都垂到了各自的裤缝边，王师叔说，要不，我撤下，让你师父上，你总该放心了吧。赵琼波说，凭什么，凭什么我上？王师叔说，凭你是他师父，这一条不够，还有别的什么。赵琼波没等他说完，就把他扯一边去，自己补了位。赵琼波说，我们准备好了，徐开阳，加油。徐开阳没说话，真的直挺挺地倒了下来，大家一齐为他欢呼。王师叔说，我没看错，这师父和徒弟还真是不简单的师徒关系。第二项活动，赵琼波和徐开阳就同在这个五人小组了，这项活动的内容是同步跑，五个人的左脚绑一条长木板上，右脚也绑一条长木板上，赵琼波喊口令，左右左右左，协同前进，这个小组居然获得了第一名。王师叔那一组垫底，王师叔说，第一名那个组作弊，我们五个人，他们只有四个人。小胖子认真点了一下人头，说，明明是五个人。王师叔说，那紧挨着的一男一女只能算一个人，合体人，他俩听一个大脑指挥。大家都笑了，小胖子终于想明白，说，一切行动听指挥，但走路还得靠腿，十条腿反正一条都不少。

来之前，赵琼波查好了天气预报，多云，晴，但山区的天气瞬息万变，大伙正烤着串喝着啤酒的时候，风和雨说来就来了。好在山坡上有个山洞，洞口小，走进去肚子挺大，大家都朝山洞里撤。徐开阳说，你们都是纸糊的人吗？这点风雨算什么。徐开阳穿的是德国产的连帽风雨衣，看上去像是一般的冲锋衣，但防风防雨保暖的效果非冲锋衣可比。赵琼波说，别管他，熬不了多久他肯定乖乖进洞。可老天给徐开阳面子，一会儿天又晴了，风也停了，太阳沉到了山那边，天空中霞光万道，把空地装饰成了彩色舞台。唱过了，跳过了，这是林区，弄不成篝火晚会，于是，三五成群钻进帐篷，喝酒的继续喝，打牌的捉对厮杀。有人主张大家把帐篷转移到洞里去，担心夜里风雨重来，徐开阳坚决反对，说，那我们何必来这里宿营，躲在家里任何风雨都侵扰不了。赵琼波说，那就让你独自驻扎在这草地上，夜里狼拖走了你也无人知晓。徐开阳说，你作为领队，怎么忍心让我一个人喂狼，你这领导未免太不负责任了。赵琼波说，尽想好事，这是集体活动。徐开阳急了，说，师父，我们不能辜负这清风明月，不能辜负这林涛山色。赵琼波笑了，说，真想不到，此时此刻，徐大公子也能吟诗一首。

　　最后由赵琼波拍板，女生的帐篷在洞内驻扎，男生的帐篷自便。为了显示男子汉英雄本色，男生的帐篷全部搭在了草地上。徐开阳暗暗在心中叫苦，他把帐篷搭在最偏僻的一角，独自躺下，远处是山林的喧哗，近处是人声的喧闹。每个帐篷都配备了电池灯，灯光丰富多彩，赤橙黄绿，将一个个帐篷打扮成了一朵朵彩色蘑菇。徐开阳的帐篷灯也开着，他看着帐篷顶的金属骨架，耳朵没有丝毫的懈怠。在五米之外的松枝上，一只鸟惊叫了一声，不知是被什么动物暗算了，还是失足摔落到了地面。在二十米之外的洞穴里，一只只蝙蝠正列队出洞，它们不习惯暗夜中洞穴里出现的亮光，惊诧中"叽叽"地斥责入侵的人类，冲锋陷阵般地冲出洞口，幸亏帐篷里的女生一无所知，否则落荒而逃的是这些女生。徐开阳小时候居住的村庄是个小渔村，在他出生之前被称为渔业生产队，这个村庄的人们靠湖吃湖，渔村的孩子有特殊的天赋，能从水面的波纹和泡泡判断出水下的鱼类和鱼的大小，能从水鸟的叫声中听出它们遇见了什么样的鱼群。当然，钓鱼、网鱼、叉鱼等捕鱼的手段孩子们没有谁不会。不知什么时候起，湖面被人承包了，渔村的男人丢下渔船渔网，进城去讨生活了。村里的孩子们走不掉，他们有一个名称叫"留守儿童"。湖面虽被承包了，可没人能在上面盖上个盖子，留守儿童成了湖畔游击队，他们与承包主的保安队敌进我退敌退我进，饭桌上的鱼还是能保障供给。徐开阳就是独自在湖边叉鱼时被人套上了麻袋，这保安队也太歹毒了，脑袋套上麻袋，还捆绑了他的手脚，把他扔进了车子的后备厢。不说这湖里的鱼是自生自长，就是这鱼是你们肚子里亲自下的籽，你们也犯不上这样对付一个想吃鱼的娃娃。但后来，徐开阳发现形势不对头，那车开到了山里，山路坎坷不平，上坡下坡，最后那帮人把他扔进了山洞，摘下麻袋，他眼前还是一片黑暗，只不过，他听到了"叽叽"的鸣叫和翅膀扇动的声音，等到眼睛终于缓过来，他看清了，头顶上悬挂着一丛丛密集的黑鸟。有一只黑鸟掉落在他身上，他看清楚了，不是鸟，是蝙蝠。在渔村，蝙蝠不划归鸟类，而属于鼠类，说是老鼠偷吃了食盐而长出了翅膀，在传说中是不祥之物。它们长得鼠头鼠目，这种家伙真不属于鸟类。那些海鸟到了夜晚，就成了瞎子，用手电光一照，它就一动不动，任你捉拿。而这些蝙蝠，白天在洞里睡觉，夜色降临，它们一窝蜂冲进夜空，天亮前才返回，它们那对鼠目竟是夜视眼。直到后来，他的机器人天使才纠正他，蝙蝠是通过发出超声波接收回声来判别外在的世界，寻找猎物。可在山洞的日子里，所有的蝙蝠都是他的噩梦，使他无时无刻不胆战心惊。那些捉拿他的人，不是湖上的保安队，他们讲的是山里话，他们扎着头巾，戴着脸罩子，像一只只巨形的蝙蝠出现在洞口。

徐开阳期待着，期待等所有的灯光熄灭，世界重回天籁，有一个人会悄悄潜进他的帐篷，与他一起度过黑暗时光。夜阑人静，徐开阳终于听到了小兽一般轻盈的脚步声，是赵琼波。黑暗是多么美好的背景，赵琼波用手指头抵住他的嘴唇，说，别出声。不准说话就是规定只准动作，徐开阳噙住她的手指，这当然不满足，接着他就找到了她的嘴唇。他把手探进她的内衣，这真是搓衣板一样的身子啊，他的手一路坎坷，却怎么也解不开她胸罩的搭扣，赵琼波百忙中出手帮助，原来根本就没搭扣。徐开阳的手握住了小小的一坨，心中涌起莫名的心疼，这瘦弱的身体，与其说是搓衣板，不如说是一块完成的梨木刻板，凸凹有致，有棱有弧，精美绝伦，他渴望打开一切遮蔽，抚摸这块雕板的每一寸纹理每一根线条，赵琼波拦住他，低声说："别，我得走了。"

徐开阳说："再待一会，求你了。"

赵琼波附在他耳边说："我知道了，你没有'难言之隐'。"

这剩下的半个夜晚，徐开阳怎么打发呢？

拾叁

徐开阳是循着歌声走过去的，有一条石子路通向那歌声，那支歌的歌词徐开阳不陌生。

前世不修生在徽州
十三四岁往外一丢
不修不修生在徽州
来了以后不想回头
……

但这次唱歌的是男声，而且不是独唱，是合唱，这歌声一反以前那种绵延的哀怨，被男人们唱得悲壮激昂。徐开阳走到近前，是山村的村口有处人家立房上梁。上梁向来是乡村的喜事，热闹事，那新屋的地基上挤满了妇孺老少，这显然不是一间普通的民房，从占地面积看，至少是七柱三进，前后两个落水院。歌声被一阵震耳的鞭炮声打断，浓重的硝烟扑鼻，在鞭炮声中，一根被红布包裹的大梁缓缓升起，那大梁结实厚重，中间扎一朵红绸子大花，拉大梁的壮劳力两头各有十几人。乡村立房的木结构时代，同样是平房，看你家是三柱五柱还是七柱，同样的柱数，看你家的大梁和柱子的粗细宽窄。大户人家盖的房，即使遭灾遇祸，剩几根梁柱也能搭建一间临时住房。正是上梁吉日，或许不该这么想。徽州一地擅长出状元探花榜眼，入仕的官员多，徽州也出商人，徽商遍布天南海北，他们回老家盖房，高下比拼就不是普通百姓的标准了。先是用什么木材，木材当以南方紫檀花梨鸡翅等红木为贵重，其次是比木雕，门，窗，屏，当然最重要的是梁和柱，所谓的"雕梁画栋"，"栋"就是"柱"。徐开阳倚靠的那根柱，即使硫磺弥漫呛鼻，也遮盖不了它身上特殊的木香。徐开阳仰起头，柱身上贴着一条对联：竖玉柱福地生辉。显然，对面的柱子上贴的是上联：上大梁吉星高照。柱脚是石鼓，鼓肚上镌刻着传说中的八仙，人物形象栩栩如生，笑颜玉润。大梁架上了柱子的顶端，两头两位木匠师傅从腰间抽出了绑红绸布的大斧，下面喧闹的人一下子安静了。上梁用榫不用钉，师傅只需用斧背作榔头状敲击送入即可，敲击要同步，不求快，因为敲击声其实此时是打击乐，两大师傅每击一下，唱一句上梁歌，但真的三两下让梁头入了榫，那大师傅的歌就唱不完了。东头大师傅唱道：

脚踏云梯高入云，手扳牌楼摘仙桃。亲眷朋友一起到，主家叔叔真要好。

西头大师傅唱道：

> 四角方方一块地，自有福人得福气。前面是个仙鹤潭，后
> 面就是凤凰地。

徐开阳朝屋前看了一眼，有一口卧不下一条水牛的小池塘，怎
么也与"仙鹤潭"搭不上界，屋后有一片树林，说成是"凤凰地"
倒也不算夸张。这两大师傅显然属于同门，欢声笑语同颂主家，倘
若双方有过节，对歌就成了赛歌，现场编词，互相嘲讽，非得一方
认输才罢休。村人们早听惯了颂歌的陈词滥调，他们的眼睛只盯着
骑在方梁上的小师傅，小师傅每人胳膊上挎一只竹篮，篮子里的东
西才是众"望"所归。大师傅唱的"摘仙桃"不虚，竹篮里真的有
仙桃，那仙桃不是仙树上长的，是糯米粉蒸的，那仙桃也不是大师
傅摘的，是主家仆从从蒸笼里取的，烫得他们龇牙咧嘴。那仙桃长
得挺像仙桃，红是红，白是白，梗子处还添一叶绿。光是仙桃当然
不够，竹篮里还有别的吃食，米团子，花生芝麻糖，绿豆糕。大伙
都等着大师傅唱完，小师傅们撒吃食。这一次主家大方得让村人们
吃惊，吃惊过后心里羡慕嫉妒恨。小师傅们撒下的不只是吃食，还
有钱，有铜钱，居然还有小银疙瘩。当然，主家撒下的银疙瘩不算
多，只是夹杂在点心和铜钱间的点缀，但是，当银光闪闪的碎银在
阳光的照耀下在你的目光中飞翔时，那真是激动人心美艳无比。天
上掉银子比天上掉馅饼稀罕，为了争夺一块碎银，有人先是争吵，
然后动起了手。幸亏有长者喝住，说，主家大喜大吉的日子，你们
这样像什么话。这事也惊动了主家，主家将两人请到一边，说，谁

得了银子？一人点头，另一人控诉，说，是他从我脚底刨走的。主家对得银子者说，恭喜你得了银子。又回头对另一人说，他有的你也有。他掏出一块碎银，明显比那块还大了一点，说，给你，恭喜你也得银子了。两个人皆大欢喜，谢过后重新挤入人群。主家转过身，徐开阳认出了他，是汪小楷。

汪小楷的打扮彻底换了模样，天还没怎么冷，他戴上了瓜皮小帽，脑勺后拖一条沉甸甸油亮亮的粗辫子，上身是天蓝色琵琶襟马襟，外着玄色立领四开衩直身长袍，白袜黑布鞋，这打扮徐开阳似曾相识，想了一想，是在清朝影视剧中见过。这么说，汪小楷已经是大清子民了，胡正言近况如何？

汪小楷说，你这家伙，居然追到我老家来了，也算是个执着的人。来了就是客，先随我去喝个茶。

汪小楷的新房建在旧屋的基地上，讲究的是留住风水宝地，显然，汪小楷和他父亲都认为，汪小楷能有今天的发达，首先是他们家占了这块好基地。汪小楷拆旧立新，他的大手笔不止于此，他还把左邻右舍的屋子都买下来了，现在用作他盖房的工场，据说将来拆了做他家的私家花园。山村地少，能盖房子的地更少，邻家肯出让，肯定是汪小楷拿出了比平常价格翻倍的银子。徐开阳进了隔壁的院子，院子里还卧着两根楠木大梁，汪小楷解释说，这是前屋和后屋的大梁，今天上梁的是堂屋的大梁。汪小楷的新屋是三进，自然得有三根大梁。这两根楠木怕是有了成百上千年的历史，如今卧在木工凳上，焕然一新，在太阳光中散发出桐油的清香。徐开阳仔细打量两根大梁梁身上的雕画，一个雕刻的是千里江山图，一个雕刻的是海上生明月，那山峦叠嶂的形，那碧波帆影的光，那些栩栩如生的人物，徐开阳简直看傻了，世上人竟有这般刀功！试想刚才上梁的那根主梁，雕画功夫更在这两根雕梁之上，可惜柱高梁远，徐开阳没来得及看仔细。汪小楷得意地说，这三根大梁光是雕画我就请了二十位雕匠，用了一年时间。这二十个雕匠都是汪姓，在我们徽州木雕界，一向由汪黄两姓平分秋色，我这一回，将同姓顶级大师悉数请到，这三根大梁成了汪姓木雕师各展本领各显神通的舞台。这三根大梁，注定将成为徽州木雕史上的扛鼎之作。

徐开阳说，真想不到你现今如此豪横，看样子，连你家掌柜怕也是望尘莫及了。

胡正言回到十竹斋，黑着脸一声不吭，所有人都噤若寒蝉，偌大的木楼里，只听见掌柜上木梯进书房一路的脚步声。胡正言站立在窗口，窗口正对着那丛挺拔的竹林。暮春时节，竹竿和竹叶都是欣欣向荣的绿，别看这新竹是竹林中最粗最高的竹子，其实它只是今年的新生儿，那叶上的嫩绿，那竹节处茸茸的新白，都对这个世界充满了新奇。它太年轻，不知道这世界的凶险，不知道人心的叵测，它要经历风雨雷电，要经历严冬酷暑，才会脱去幼稚，以节为脊，以叶为剑，冷眼看尘世。竹林的左侧，建有一排草屋顶的棚子，那里曾经是十竹斋的纸坊，胡正言梦想能拥有自己造的宣纸，几度奔波，几番折腾，却终究没有心想事成。饾版和拱花工艺，除了看雕刻看墨泥，最后的关键是看纸的质量，纸当然是宣纸，但不是普通的宣纸，墨化晕染的效果直接影响套色的质量，十竹斋书坊向来对宣纸的质量要求严格，拥有一间自己的造纸坊一度是胡正言的梦想。

胡正言第一次随父亲去泾县巡医，已经是十六岁的少年。父亲每年都要出远门巡医一次，访患问疾的同时，拜访各地名医，搜集土方偏方，寻找稀罕药材。父亲潜心于医药研究，曾著有一本《胡氏医典》。哥哥问父亲，这些方子是怎么得到的？父亲哈哈大笑，说，都是梦中仙人赐方。大哥居然相信他的鬼话。胡正言觉得，父亲的医术当然有来路，但绝对没有仙人给他指路，应该是他从多年行医实践总结而来，要说有仙人，就是各地的名医和民间高人，就是前人留下的医典。等到大哥能独立坐堂，随父亲巡医的任务就交给了老二胡正言。说是跟着父亲学医，其实是让他为父亲做苦力。父亲头扎方巾，流苏飘逸，身着长袍，手上执一铃铛，人过处留下一串清脆铃声。而胡正言就惨了，替父亲拎着木制药箱。这药箱用的不是一般的木头，是檀木，死沉死沉，药箱里有大大小小十个抽屉，抽屉里有草木药材，还有嵌在木洞里的各种小瓷瓶，瓷瓶里装的大小不一的药丸，色彩各异的药膏。这么一个累赘，胡正言还只能轻提轻放。胡正言曾向父亲建议，弃药箱，改用包袱，父亲不屑，说，东西轻贱了人就轻贱。父亲曾嘲笑过那些葫芦里装药的郎中，自以为比走街串巷的郎中高一头。他的巡医，就是在城镇上街道边坐诊，愿者上钩。

但父亲绝不是一个自以为是故步自封的人，他每到一处，都从患者和家属口中了解本地的名医专方，有时甚至不惜假装病患者登门求取医方。做父亲的总会有些事不能对儿子开诚布公，不过，胡正言最开心的就是这样的日子，父亲不坐诊，他就获得了一天的自由。胡氏父子的诊座在街边一家纸坊的门侧，说白了就是在人家门头的屋檐下，摆一张桌子一把椅子和一条长凳，椅子是胡父的专座，那长凳是病患者的专座，即使空着，也轮不到胡正言上前弯个腿，这是规矩，活受罪的规矩。这桌椅凳都是父亲跟纸坊的曹掌柜借的，每次来都是这老三样，好像这三样是专门为胡家巡医而备。曹氏造纸当时已有四百年的历史，从南宋末年开始，曹家在泾县开枝散叶，人丁兴旺，曹家的造纸坊就在泾县如雨后春笋，这镇上的曹家纸坊就是相承其中一脉。曹掌柜是个笑眯眯的老头，胡正言从认识他开始，他就是那副笑脸相迎的模样，二三十年中几乎没有变化，天生就长成生意人的眉眼。曹掌柜从来不收胡父的租金，老三样还有门侧的地盘，倘在别处胡父是必定要付费，哪怕只是个意思，不能欠人情。曹掌柜坚拒，胡父也不愚蠢，胡家医馆所有的用纸皆从曹掌柜家纸坊进。父亲对曹掌柜说，您纸坊的宣纸是真好啊，光而不滑，洁白稠密，润墨性强，韵感万变。曹掌框对这番奉承并不谦让，说，我家这宣纸的质量倒确实不赖，在宣纸排行中，我家的宣纸说第二，没人敢说第一。胡正言不以为然，胡家所购宣纸主要是用来开医方，或者用于兄弟三人在书院做作业，用谁家的纸都一样。等到胡正言正经热爱上书法绘画，他才体会到这曹家宣纸的不同凡响，父亲所言其实不虚。父亲说，在家靠父母，出门靠朋友。父亲还说，你送凳子给别人坐，等你有天累了，自然有人给你送凳子坐。父亲当年说的时候，胡正言左耳进右耳出，但其实该留心的还是留下了，他后来的所作所为就是明证，所谓潜移默化耳濡目染的力量。

　　皖南山区由西南向东北到了泾县，基本上是犹如药工脚下的碾槽，由高到低了，大山渐少，高处不再高，遮眼的就剩一些丘陵，这些丘陵被蜿蜒的水流缠绕，山脚下窄处是村舍，宽处是稻田，郁郁葱葱，远看是一片江南田园风光。别小看这些丘陵，山不在高，老百姓只在乎山上长什么草木，得什么收益。除了松树和竹林，这些小山上长一种青檀树，青檀树算不上正料，但青檀树的树皮神奇，造纸工坊的师傅先是用本地产的沙田稻草做原材料，后来发现加入了青檀皮做原料，造出的纸更耐用耐久，号称"纸寿千年""千年不腐"。山矮树低，取青檀皮不算难事，一时满山遍野的青檀树皮之不存，树皮比稻草值钱，原料价格上涨，后来纸坊也只有制作书画纸才舍得用这青檀皮做原料。曹掌柜家的造纸坊一般纸品当然也用沙田稻草为原料，但他们的上品纸，还一直坚持以青檀皮为主材，工艺上追求精益求精，时间一长，曹家纸坊终于在纸业界声誉鹊起，名闻遐迩。他家产的书画宣纸，质高价高，明末的名家大鳄写字作画，几乎非曹家宣纸摆不上书桌。

胡正言对青檀树并不陌生，在中医眼中，檀树皮和檀树叶都可入药。用它们熬水喝，可以祛风除湿、消肿止痛，具有诸风麻痹、痰湿流注、脚膝瘙痒、发痧气痛等毛病的医药功能。在徽州，普通山民身体稍有不适，也晓得摘几片树叶或外敷，或煮汤内服。这世界上的诸物，在不同的人眼里有不同的价值，在不同的地方，扮演不同的角色，胡正言这一回明白了这个道理。

曹掌柜整天笑嘻嘻，胡正言也不敢与他搭讪，人家是老板的身份，再说也是长辈。胡正言与造纸坊的小师父小孔熟悉，曹家的店铺在街道上，店铺的后边是住宅，住宅的后面是造纸坊，而造纸坊的后面就是古老的泾河，造纸坊离不开水。胡家父子出门在外，光吃干粮也不是个事，他俩在曹家工坊搭伙，与工人们一起吃大锅饭，当然，得交伙食费。小孔也就比胡正言大两三岁，都处在长身体的年纪，两人饭后常守在灶间等着铲锅巴吃。小孔说，一碗先生两碗匠，你当郎中，是先生，我是工匠，我吃两碗饭吃不饱，我干的是力气活，你整天腰不弯肩不担，本来就只应该吃一碗，你都干了两碗饭了，还好意思与我抢锅巴？胡正言被他说得脸上挂不住，转身就走，小孔追上来递给他锅巴，说，你还真把自己当个先生，脸皮比纸薄，真是，我不就是跟你开句玩笑嘛。这一次正逢夏天，中午烈日当空，街上别说有病人求诊，就是正常人也缩在屋里躲着太阳。午饭后的胡正言就有时间跟着小孔玩。小孔话多，乐意向胡正言一一介绍造纸坊的工作间，一块块剥下的青檀皮变成一张张洁白干净的宣纸，真是件不容易的事。一块青檀皮从树枝上剥下，先是晒干，再用石灰浸泡，用火蒸煮，清洗后刮皮，之后再经过捶打、蒸煮、抄纸、捞纸、晒纸、切纸等工序，胡正言最感兴趣的工序是抄纸，用抄子一捞，就如在豆浆里捞起一张豆腐皮，比豆腐皮薄弱却比豆腐皮挺刮，那就是纸的雏形。小孔说，别看这宣纸模样长得单调，其实各有各的精彩。如果按加工方法分，可分为原纸和加工纸；按纸张洇墨程度分，可分为生宣、半熟宣和熟宣；按原料配比分，分为棉料、净皮、特种净皮；按丝路分，可分为单丝路、双丝路、罗纹、龟纹等；当然也可以按规格大小分，有四尺、五尺、六尺，最大的规格是三丈三。书法和写意宜用生宣，工笔作画宜用熟宣……很多年后胡正言回忆起来，关于宣纸的概念和知识，他上的第一课，启蒙老师就是小孔。胡正言空下来，喜欢在造纸坊里跟着小孔的屁股做跟班，需要的时候他搭把手，手痒痒了甚至会替代小孔操弄一番。有工友看在眼里，提醒小孔，你再口无遮拦，这小子把咱们这点吃饭的家当都盘走了，教会徒弟，饿死师父，他连你的徒弟都算不上。小孔"嘻嘻"一笑，说，人家祖传的大夫行当，用笔划拉几下就吃香的喝辣的，用得着惦记干我们卖苦力的行当？他就是个好奇罢了。这话传到曹掌柜耳中，曹掌柜对小孔说，这胡家小郎中居然对咱的行当感兴趣，实在是难得。干我们这一行，最需要的就是要感兴趣，要好奇，这样的人才肯花心思琢磨，个人有长进，行当有改进。可惜，他不是我们这朵云里的雨，落不到我们这造纸的行当里。曹掌柜说的在理，这世界上所有的行业，缺的就是对本职感兴趣的人，兴趣是最好的学习动力，可恨的是，这道理，就是几百年后那些教书育人的先生，也没能弄明白。

胡正言一直弄不懂，工坊的上方悬挂的那块木板是做什么用，每个工棚都有这么一块松木板，遮盖在人的头顶上，大的简直可以当作天花板，把大半个屋顶挡住了，小的也有纸坊的门板大，木板的四端有洞眼，系着粗麻绳，那些麻绳的一端被绑在柱子上，打了死结。胡正言一开始以为是风摆，天宁县城的剃头店里，屋梁上都悬挂一种风摆，用竹片编成一块长方形的席子，席子的两边都涂了桐油，将那些细小的缝隙填塞，不漏风，而竹席子的下端系着一根长长的麻绳，像是姑娘后脑勺拖的长辫子。有人坐在椅子上剃头，师傅在那里操持客人的脑袋，徒弟就站在门边拉动那竹席子，拉的速度越快，摆风自然越大，剃头的客人即使脖子上围着遮挡发屑的布围脖，也不觉得燥热了。可这里挂的不是竹席，是松树木头拼凑成的木板，既大又厚，尽管师傅们胳膊上有的是力气，也不会傻到用这么笨重的木板做风摆。这松木板上也涂了一层桐油，但显然涂得马虎，那些松树板上的节疤都忘了抹，仰头一嗅，还能闻到泄漏的松香。那究竟是做什么用的呢？有一次小孔给他看一个宝贝，是小孔定制的一支毛笔。胡正言知道，这泾县除了宣纸闻名，制笔业也远近闻名，小孔不认识字，他定制一支毛笔做什么？原来那毛笔的毛，用料就是小孔的胎发，小孔家乡有个习俗，小孩子生下来，第一次剃头，那头发是胎发，要替孩子保存下来，这大概就是"身体发肤受之父母"中的"发"，意义不一般。后来坊间兴起一种时尚，用胎发制笔，既寓意孩子将来能成为知书识礼之人，也方便他随身携带。小孔说，我的宝贝毛笔藏在那里。他的手指指的是头顶上那块松木板。胡正言说，原来这块板是用来存放行李的。小孔说，那是我们的床板，我们晚上就睡在那上面。居然是这个用途，胡正言毕竟是在优裕的生活环境中长大，他不觉得艰苦，倒觉得好玩，非要上去躺一下过把瘾。小孔说，现在不行，得晚上上去时你再来，放下来和收上去时得四个角有人同时松紧绳子，要不，木板倾斜，上面的被褥行李就泻到地上，或者水槽里了。造纸坊的工坊，每个房间都离不开水，都砌有水槽水池。浸料洗料用水，抄纸捞纸也用水，工坊地面上就是一个水世界。坊工们找不到干燥处落铺，干脆就向空中发展。别说麻烦，工坊本来四面无墙，就是一排排柱子撑着屋顶，冬天冷风飕飕，将木板拉近屋顶，正好避了风雪，夏天将木板放下两尺，借得四面来风，凉爽。坊工们长期沾水，最怕的是沾了湿气，年纪一大，身体上下会这里痛那里痛。他们不怕麻烦，愿意悬空睡觉。不过，小孔说，也有隐患，睡梦中一不小心就会滚落到地上，有一回他直接掉进了水池中，胡正言想象小孔半夜掉在水池中慌张的模样，忍不住笑了。睡觉前，胡正言还真的来到了工坊，把那木板放下来收上去不但是个力气活，还是个技术活，需要四人同时同步。胡正言上了那木板床，像个孩子一般开心，他想要跳腾几下，被小孔及时按住了。工友们都笑话他，大小伙子了，还淘气。胡正言说，那最后几个人怎么上床板？小孔说，那几位都小偷出身，身手了得，攀柱登梁，猴子一般，轻巧落到床板上。小孔把那几位比做是梁上君子，当然是开玩笑。这一夜，胡正言就和小孔睡在木板上，他老担心掉下去，没敢睡着。

胡正言离开那天，与小孔告别，他递给小孔一张皱巴巴的宣纸，那是一张简易设计图。四根柱子的上端各有一只木头滑轮，屋梁的中间悬挂一根方形木柱，穿过木板中心，木柱的四边各有一凹槽，下端是一个四眼转盘。小孔本来就是能工巧匠，一眼看出了胡正言设计的就是板床，按照这个设计，在方柱的下端可调节板床，人在板床上也可以自己调节升降。小孔指着方柱上的几个把手问，这是做什么用？胡正言说，这是系绳子用，绳子的另一端牵着行李包袱。小孔说，你连这个都想到了，厉害。胡正言说，这个是跟船家学的，我坐船时，发现船上的家什器具都系一条绳子，船倾斜时就不会掉落水中。胡正言辞别后，小孔把图纸送去给曹掌柜看，小曹掌柜也在，父子惊叹，曹掌柜说，这小伙子不是一般人，眼睛里看到的同样是物，他那脑子里想的却是灵巧，胡家这老二将来必能成大事。

等到有一天，胡正言买下了鸡笼山山脚下的土地，想起了曹家造纸坊的小孔师傅。十竹斋书坊雕刻坊有了，印坊有了，关键是坊工都有了。就缺一个造纸坊。当初和大哥遵父亲大人之命来国子监做监生，父亲的目的性十分明确，希望两兄弟能考取功名，既光宗耀祖，也给老三做个榜样。尤其老二，最让父亲头痛，老大学医态度端正，肯下功夫，没有功名还可继承医业。这老二从来不省心，他心智高于老大，可是心思活络，屁股坐不久，这种人最适合做官，原来古今的父母在这一点上认知完全一致，做不了什么可以去做官。但大明王朝的官不是你想做就做得到，得参加科考。等到胡正言落榜几回，胡父终于死了让老二走科考路的心。不过，胡正言在国子监这几年也没有白待，应天府国子监其实有两个校区，一个在秦淮河边，老校区，靠近江南贡院，也靠近灯红酒绿的娱乐中心。而新校区这边，看上去就是荒郊野外，虫鸣唧唧，寺钟清音，确实适合青灯黄卷读书。老校区时尚，风花雪月偎红倚翠，新校区这边的监生也多是年轻人，寂寞难耐，他们打发日子的方式是读书，不是读四书五经，而是读小说传奇。小说中有江湖风云，也有情浓肉欲，穷书生自能从中找到乐趣，胡正言有一个阶段也成了小说迷。小说书流行，应天府一时涌现出了四五十家书坊，还是供不应求。胡正言真正动心开书坊，是在遇见了一位孟公子之后。孟公子也是一位屡考不中的监生，他屡考屡败，却屡败屡考，到后来他志不在功名，而在经营了。每逢大考将临，他就在秦淮河边的客栈住下，混迹于考生之中兜售"幸运符"，那"幸运符"就是一页粗裱纸，用木模凿了一个孔子像和"幸运符"三个字，开价大开口，居然也卖得很好。孟公子进考场，进去了交白卷，不，连白卷也不交。考试时纸笔是考生自带，那纸在里面值大钱，有的考生奋笔滔滔不绝，突然发现带的纸不够，这时候，孟公子的生意就来了。孟公子进考场时携带的考篮就是个流动文具店，笔、墨、纸有，连馒头糕点也有，当然，他肯定少不了走监考人的门路。孟公子参加一次考试的收益，足够他在应天府的开支。在国子监，孟公子成了同生们的笑话，但胡正言内心里觉得这人有本事。不是吗？同生们荷包里的银子有谁不是父母掏出的钱，这人自己挣钱给自己花，硬气。胡正言钦佩的是孟公子的眼光，用今天的话来说称"考场经济"，而他看不上的是他的格局，小打小闹，且使的是下三滥的手段。胡正言决定开自己的书坊，他和大哥一合计，大哥虽有犹豫，最后还是表态，可以一试。其时父亲正想来应天府开医馆，他想不到，他给老大老二的银子，置了医馆和古玩店的房产，还被兄弟俩悄悄买下了鸡笼山下一块地产。

胡正言看中鸡笼山下这块地皮，当然是价廉，既非良田，也无屋舍，一切都可以重新规划。还有一点他也看准了，临河，旁边就是进香河。水源对工坊来说，不可或缺，尤其是造纸坊。胡正言在应天府参观过几家书坊，大多是怎么简单方便怎么来，印出的书籍当然粗糙。在胡正言的远景规划中，十竹斋不仅能刻印小说传奇书籍，还能刻印医书和书画。要知道，十竹斋的老板来自徽州，徽州人在技艺上的讲究谁敢小觑，胡正言的十竹斋不能给徽州人脸上抹黑，要做就做到最好。胡正言尽最大可能用徽州产的原材料，比如雕刻的木板，江南枣木少，梨树也难觅，他就坚持用徽州梨木；比如制墨，江南不缺森林，他还是坚持用黄山松，运输成本当然增加了，只要质量不含糊这花费就值得；十竹斋用的宣纸，从开工日起，胡正言就只用泾县曹家的宣纸。曹掌柜仙逝后，小曹掌柜接班，小掌柜继承了老掌柜的笑脸，但供给十竹斋的宣纸却每每以次充好，每次进纸，胡正言只得亲自出马，他现场验过纸再拍板装货。

这就使胡正言萌生了十竹斋自制宣纸的念头，或者说，这个他心中早就有的念头现在生根发芽了。

胡正言辟出了十竹斋园子的一角，在临河的院墙上开了一个梅瓶形门，方便用水。搭建完工坊棚，他转了几圈，觉得还缺点什么，终于想起来，曹家工坊外还有一口井，他请人在院子里凿了一口深井，井水丰盈，站在水井边上水可鉴人。胡正言照葫芦画瓢，曹家造纸坊有的十竹斋都有了，只缺人，人才。胡正言去了泾县曹家纸店，小曹掌柜对老顾客当然好酒好肉招待。胡正言三杯酒下肚，有了胆气，直接向小曹掌柜开口说，我这番来进纸，怕是最后一次，以后十竹斋将有自家的造纸坊。小曹掌柜说，我能理解，泾县离应天府说远不远，说近也不近，刮风下雨，或者沿途遭遇强人，确实诸多不便。不管怎样，我还是感谢胡掌柜多年对我纸店生意的照顾，生意不在，我们曹胡两辈人的情意依然在。胡正言说，曹掌柜如此大度，我就干脆说出我本来张不开口的请求，我需要一位造纸坊的师傅，想请小孔师傅去我那里。这话不明说，我有挖墙脚之嫌，话说在明处，就听您一句话，行或者不行我都遵守。小曹掌柜一顿，他显然没想到，胡正言又在他头上加了一记拳头。可小曹掌柜马上笑容再现，说，行，只要小孔答应，我不反对。

小孔早就答应了胡正言，胡正言当然把思想工作做在之前了。小曹掌柜猜得到，也不揭穿。

小孔师傅已经成了老孔师傅，那时代，年过四十即可称"老"，老孔师傅拖家带口，当然不能让他再睡吊板床，十竹斋不缺老孔一家吃饭睡觉的地方。胡正言对老孔师傅有知遇之恩，老孔师傅对胡掌柜有感激之心，胡掌柜请他来，开出的工钱当然不低，明说了请他是来做造纸坊的把头。这么说吧，老孔一家从糠桶里跳到了米桶里，应天府是大明王朝的都城，即使做了副都，南京也是统辖皖苏的南直隶官府所在地，孔师傅一家一下子就成了大城市人。老孔不等一家子安顿下来，就奔十竹斋后院查看工坊，没毛病，胡掌柜天生一双慧眼，把在曹家纸坊看到的都没漏下。孔师傅在院子里看到了稻草垛和堆放的檀树皮把子，那檀树皮新鲜，淌出的汁液还散发着隐隐的檀树清香。胡掌柜说，巧妇难为无米之炊，我把该我备的料都备下了。江南本是稻米之乡，稻草有的是，倒是寻找青檀皮，让胡正言费心劳神，胡正言走遍了应天府的几座山，从鸡笼山到清凉山，都没找到一棵青檀树，他不死心，泾县离应天府也就两百多里地，没隔着十万八千里，气候差不多，地貌差不多，物种也应该差不多。老天不负有心人，胡正言有一天深入神烈山，这里得解释一句，神烈山就是老百姓口中的钟山，大明嘉靖皇帝在嘉靖十年心血来潮，同时给北京、凤阳、南京几处的明陵所在山陵封名，钟山就在这次被改名"神烈山"。神烈山是大山，江南平原上难得的一峰连一峰，后人称之为南京城的"绿肺"，但当时在胡正言的眼中，在乎的就是山中长不长青檀树，这次还真让他找到了。一大片青檀树林，胡正言几乎不敢相信自己的眼睛。檀树分黄檀青檀紫檀，青檀属大麻科，叶子或圆形或长圆形，叶子的边缘有不整齐的锯齿，胡正言伸手捋了一把树叶，细看，它们跟那泾县的青檀树叶长得一样，他嗅了嗅，气味也一样。他还不放心，拿出了中医诊病的最后一招，剥下一块树皮尝了尝，味道也正。其实，他在曹家纸坊对青檀树皮已经多次使用过中医诊查的手段，最早还是追随小孔师傅的时候，青檀皮的味道已植入他的记忆中，中医是他的家传，习惯使然。胡正言坐下来，这一路走来太累了，他感觉到了饥渴，他带了干粮和水，干粮是绿豆糕和锅巴，水装在葫芦中，有句老话说，不知你葫芦里卖的什么药，他一个郎中，葫芦不是用来装药，而是用来盛水，这么看，原来他真是个不务正业的家伙，活该遭人议论。不过，现在的胡正言顾不上想太多，他得回去，并且在回去的沿途做好标记，下次来才不会迷路。他带着砍刀，听说这钟山上有老虎、野猪和狼，草丛中还有蛇虫，他不怕吓唬，他带的砍刀主要是用来开路，劈掉那些挡路的枝叶。现在，这把砍刀可以用来在树干上刻箭头，指示方向。没有树林的地方，他用砍刀的刀尖在石头上刻箭头，他刻得很仔细，棱是棱，弧是弧，背后有人招呼他，他也坚持刻完收尾的那一笔。

这里是向阳坡的一处石坪，有两个壮汉子坐在石头上，其中一人抬臂招呼他。他走上前，看到了他们身边横放的钢叉，还有灰兔和黄獾血淋淋的尸体，不用问，两人是猎人。那人说，别的人去哪里了？胡正言回答说，我就一个人。那人不信，说，你一个人敢进这深山？胡正言说，我带着家伙。他一边说，一边提了提刀柄。另一人说，看你细皮嫩肉的书生模样，倒长了一颗豹子胆。就是你真是头豹子，碰到这山里的老虎和野猪，你也不是它们的对手。胡正言点头，胡正言不想与这两人纠缠，心里说，我是什么人？我是生长在大山里的徽州人，在徽州的大山面前，这神烈山怕会羞愧得抬不起头。别说白日朗朗，就是深更半夜，我也敢在山林中穿行，急着救人性命，遇见老虎野猪之类，各走各路，吼一声都懒得吼。其中一人又问，你是来采药吧？药篓子呢？胡正言说，掉山崖下面去了，下去找也没找着。这两猎户所言不虚，等到胡掌柜领着雇工来采青檀树皮时，遇见了虎，也遇见过狼，但人多势众，大家发一声喊，人不怕兽，兽就怕人，倒是虎和狼，悻悻然掉头跑了。

抄纸那天，胡正言早早守候在水池边，老孔每一道工序都守在现场，加什么料，计多少时，他都一丝不苟。胡正言尊重老孔的每一个主张，对他的配料配方从不过问，这属于老师傅的看家秘密，老板虽雇了坊工师傅的人，但师傅的绝技只传徒弟，甚至连徒弟都不肯授受。胡正言只看结果，期待十竹斋造纸坊产出的第一令新纸，漫长的等候犹如等待一位新生儿。那一刻，老孔和两位工人用抄子捞起了薄如蝉翼的纸浆，稍稍沥水。他们的手上仿佛是千斤的石头，其实那是最小的抄框，四尺，毕竟只是初始阶段的试验，贪大没有意义。他们揭下那页浆纸，蹑手蹑脚地贴到晾板上，胡正言和老孔凑上前打量，就像是几百年后的医生检查患者的 X 光片。这纸确实有病，而且病得不轻，老孔师傅不好意思称它为"宣纸"，说，这纸不对，不对。他搓着手，仿佛自己的老婆十月怀胎之后产下的是只狸猫。那纸纸色发黑，平滑处如瓷光洁，纠结处松松垮垮，纤维龇牙咧嘴。胡正言安慰他，先不急着下结论，等最后程序走完再说。

　　最后的工序是晒纸，也就是用毛刷在晾板上轻轻拭拂，等纸晾干后揭下。那毛刷能拂尽细小的皱褶，却难以改变颓败的大局，就如山间的微风，能吹落枝头的枯叶，却难以撼动山峰上的石岩。胡正言知道老孔心里难受，几位新收的徒弟看他的目光中多了怀疑，胡正言命灶房做了一桌菜，摆上一坛老家的洞藏贡酒，掌柜请造纸坊的把头和全部坊工喝酒。胡掌柜说，世界上哪里有这么容易的事，我们如果一次就弄成功，那宣纸就称不上宣纸。嘴上是这样说，心里还是焦急。又试了几次，新纸还是没有成色，胡掌柜的嘴上燎起了火泡，急火外泄了。但他没有半句怨言，老孔比他还要着急。就看老孔师傅那双捞纸的手，手背手心泡得鼓胀发白，指缝间红是红，黄是黄，指丫里已烂了。反复思考，胡掌柜说，老孔，问题不是出在你那里，应该是出在原料上。同样是稻草，泾县的稻草是沙田稻草，这应天府的稻草长在平原的淤泥之中，不一样。这青檀树，长着同一种模样，但骨子里未必完全一样，就像古人所言，橘生淮南则为橘，生于淮北则为枳。

没有别的选择，胡正言立即让孔师傅带人赶赴泾县，购买一批原产泾县的沙田稻草和青檀树皮。船运太慢，胡掌柜让他带了两挂马车，一挂载稻草，一挂载树皮。胡掌柜也心疼老孔，这阵子他当这个把头身心疲劳，但是，没有人能替换老孔，只有他熟门熟路，看草看皮都不会看走眼，此时，每一环节都出不得差错，原材料说不定是解决问题的根本。

草和皮都买来了，老孔说，一时难筹集，尤其青檀皮，过了季节，剥下的皮就是废料。他跑了几家造纸厂，就差跟人家叩头，总算有掌柜肯让出少部分，价格提高了，但都是直接在材料库里提的货，货真。又是一轮工序走完，又是一段漫长的等待日子。捞纸那天，胡掌柜居然没有来现场，孔师傅左等右等都没见掌柜的身影。不知道这胡掌柜是学东晋名相谢安运筹帷幄，稳操胜券，还是他的心脏太脆弱，没有勇气面对再一次失败。胡掌柜坐在二楼的书房，亲自泡了一壶休宁山茶，埋头一口一口品茗，他背对窗口，从窗口可以一眼看见造纸工坊。胡掌柜早在心里一遍遍拨拉过算盘珠子，十竹斋如果真的造出了宣纸，这宣纸的成本也增加了一倍，在产地设收购点，长途运输，付出那么多费用，还不如像以前一样干脆去曹家纸店进纸，既便宜，也省事。但胡正言是个执念的人，既产生了念头，他不撞南墙不回头。胡掌柜有一个梦想，刻印字书也好，刻印书谱画谱也好，有那么一天，十竹斋不用走出鸡笼山下的大院，自家的刻坊、墨坊、印坊和纸坊，一应俱全。胡正言追求十竹斋的自主完善并不可笑，这就像许多年后，国人制造新机器，以百分百国产化作为骄傲。如果能在十竹斋造出宣纸，即使多花银子也值得，特别是用青檀树皮打造字画专用纸，胡正言寄予厚望，十竹斋刻印的笺谱和画谱对纸的要求没有最好，只有更好。

胡正言期待着窗口传来老孔报喜的声音，或者能听到楼梯上"嘚嘚"的脚步声，类似于这座城市几百年前，街巷里向谢安送来前线捷报的马蹄声。但是，扮酷是件不容易的事，即使谢安，他读过捷报后在跨门槛时也绊了一下，暴露了小马脚。造纸坊那边久久没有声音，死寂死寂，胡正言感觉到了凶多吉少，他听到孔师傅上楼的脚步声在门外停住了，胡掌柜说，进来吧。孔师傅进门，手里捧着一张刚从晾板上揭下的新纸，纸色偏暗，他的脸色比那新纸还暗。胡掌柜将那张纸铺在台面上，说，比前几次的成色好。检验宣纸，业内有各种方法，最基本的是一看二摸三闻，"看"就是对着光线看纸面是不是均匀洁白，有无黑心、斑点、花绺和洞眼等问题。"摸"就是用手摸纸的手感，检查纸的光滑度，柔而不软、韧而不脆的才是上品。如果不放心，可用指甲刮拉宣纸背面，上品刮不出白色粉末，反复揉搓，纸的柔韧性和弹性不打折扣，第二关就算过关。"闻"指直接闻宣纸的气味。你直接将纸在鼻子前来回晃动，真宣纸的青檀树香味浓郁且独特，中医的嗅觉本来就强大，千百种中药材早炼成了胡正言鼻子的高灵敏度，闻过宣纸，他能一口报出原料中稻草和青檀树皮的比例。胡正言最厉害的一招，别人想不到，是"尝"，中医中的"尝"是基础课，尝药材，尝药材熬的汤，每个学中医的人都必修。胡正言尝宣纸，就是将宣纸放在唇间抿上一口，或者用舌尖舔一下纸面，这样做不仅为了品出原料的成分，更是为了检测纸品受潮后是不是变形和润墨性的好坏，宣纸受书画家青睐，它的与众不同之处，就在于它的渗透效果和吸附力，能让作品出神入化。台面上的新纸，只需看一眼，胡正言就知道它不是合格的宣纸，用不着再看第二眼。胡正言打小写字习画，进入书院后，他曾专心琢磨用纸的纸品，后来胡家去曹家进纸，他总自告奋勇抢着去，曹家掌柜当面夸他，说他眼中有尺，手中有秤，口中含试金石。不过，现在面对他自家产的宣纸，他的那一套本领对于他，简直是莫大的讽刺。他就像一个学富五车的泰斗面对不学无术的儿子束手无策，或者说如同一代名医，他在外面的口碑如华佗再世，面对亲人的顽症却开不出药方。他除了无法面对自己，更无法面对孔师傅的一家大小。他挽留老孔，留在应天府，不造纸了，十竹斋总会有一样他能干的活。孔师傅执意要走，说，我无能，但我就只能干造纸坊这点活，掌柜，您就让我回老家吧。胡掌柜最后答应了，他替老孔一家雇了船，多付了他三个月工钱，又让人把剩了一半的青檀树皮垛在船舱，胡掌柜对老孔说，稻草留着伙房里可以当柴草，这青檀树皮只有在泾县派得上用场，你就当是给新东家的见面礼。老孔当然知道这垛青檀树皮的价值，又一次谢过老东家。想不到船在进香河码头离岸时，胡掌柜拎着行李箱上了船，说他也要去泾县。胡掌柜说："你拖家带口来了应天府，没到半年又杀一个回马枪，不了解你人品的掌柜，会怀疑你在我这里做下了什么，我是你在应天府的东家，我可以解释清楚。"这番话让老孔感动，东家对他是仁至义尽。胡正言建议他先去曹家造纸坊试试，毕竟是老东家，对他的手艺了解。胡正言说："再说，我们两家也是老交情了，这事儿要说有错，错在我并不在你，我去了当面请他谅解。"

小曹掌柜见了他俩，脸上的笑容彻底绽放。主客寒暄过，胡掌柜说明来意，小曹掌柜说："这几天，我就估摸着孔师傅该回来了。"胡掌柜惊讶，说："这么说，您早就预料有这一天？"小曹掌柜放下茶杯，说："我这边孔师傅的缺位还一直空着，坊工们吵过几次了，活多人少，得添人手。我每次都坚持只加工钱不添人手，不信，孔师傅你可以去问他们。"胡掌柜说："那我想冒昧请教您，我那造纸坊问题究竟出在哪里？"小曹掌柜笑着说："这个，这个我还真不能告诉您，天机不可泄露。"胡掌柜双手一拱，说："我能理解，理解。"晚上，小曹掌柜盛情招待，几杯酒下肚，胡正言脸上还是乐呵不起来，小曹掌柜说："其实，虽然是天机，也不是不可泄露，先父在世时，说世上有两样东西别怕外人惦记，一个是酿酒，一个是造纸，这两样东西都离不开水，产品好不好，除了别的原因，决定因素是原产地的水质。不说酿酒，就说泾县的造纸，宣纸离不开泾县的水，造纸坊用山泉水最佳，河水次之，井水又次之。所以造宣纸的工坊，多少年都不换地址。"胡正言将信将疑，那进香河的河水，穿过大明故宫，沾染过皇家的帝王气，又临近鸡笼山的佛寺，时时受佛法的熏陶，倒比不上那荒山野岭间奔腾出来的水流有灵性，这真称得上是天机玄幻。小曹掌柜说："一方水土养一方人，也养一方物产。最简单的比方，这桌上的臭鳜鱼和毛豆腐，我听说，在他乡不用皖南的鳜鱼和豆腐，没咱皖南的溪水，做出来的菜就一定变了味道。"胡掌柜说:"曹掌柜,您如果当时及时阻拦我,我就可以少走这遭冤枉路。"小曹掌柜举杯说:"胡掌柜,您扪心自问,倘若我开口阻拦,我能阻拦得了您?只怕会更使您产生抵触,更坚定开造纸坊的决心。"胡掌柜说:"没错,我这人,不到黄河不死心。"小曹掌柜说:"老话说,吃一堑,长一智,想成事,谁都免不了走弯路,何况,这世上有些弯路真的值得走呢。术业有专攻,但胡掌柜一向格局广大,干事的劲头是我辈楷模。"术业有专攻,放在今天就是那句话:"专业的事让专业的人去做。"但是,胡正言并不完全赞同,要知道梨子的滋味,必须亲口尝一尝,即使咬了满口苦涩,那也找到了扔掉梨子的理由。胡掌柜当然听出了话中的嘲讽之意,但地低成海,人低成王,他郑重敬了小曹掌柜一杯酒,说:"受教,受教。"

三百多年后,中国进入改革开放时代,中华民族有热情好客的习惯,泾县某宣纸厂曾经热情接待来自东邻的客人,客人们由衷赞扬古老中国的非遗文化,他们参观车间各道工序,仔细打听各种配料配方,其虔诚仰望的姿态令厂长感动,泱泱大国的骄傲油然而生,不遮不拦,有问必答,等到有人意识到什么提醒时,为时已晚。客人们回国后果然也投产一个造纸厂,那个民族有世界一流的仿制能力,但听说百般努力后,还是没能造出真正的宣纸。那位厂长姓曹,不知道是不是小曹掌柜的后人。

胡正言死心了,在十竹斋造宣纸,是他人生道路上的一个"堑",在应天府书坊的掌柜们中间,这事成了一个笑料。十竹斋书坊的用纸恢复从曹家纸店进货,十竹斋还顺带在应天府做曹家宣纸的批发。但那些造纸的工坊草棚,胡掌柜却一直留下来了。看上去破烂，想起来窝心，身边的人几次建议他撤了草棚子，胡掌柜不答应。胡掌柜说："我站在窗口，一眼看到它们，它们就提醒我做人做事多几分思考。"汪小楷也有过将其改造成书库的建议，把墙砌了，安装上门窗，库存书籍就能集中堆放，而且这书库靠着码头，书贩们批发书籍后船运去杭州长洲，可直接在进香河码头上船。胡正言摇头说："不可。我得时常看到它原来的模样，守仁先生有言，'目见荒荒，心向明日张。'先生还说：'凡是磨你的，必能渡你。'你说，我该听你的还是听守仁先生的？"汪小楷不敢多嘴，问师父说："这位先生是您在国子监的夫子？"师父乐了，说："可惜我无缘当面聆听他的教诲，这位先生有一点与我相似，曾经也是多年不第的考相公。当然，他比师父厉害，最后还是中了进士。"胡掌柜向来不提自己屡考不中的糗事，这回竟然主动自嘲了一番，可见这位守仁先生对他的影响不小。胡掌柜后来也时常提到这个老头的名字，汪小楷留心记下了，他向来十竹斋雅集的先生打听，哪位是守仁先生，客人笑了，说："守仁先生是比我等更老的老头，你家掌柜没邀请他，他也没空来。"众人都笑了。汪小楷后来能读书了，才知道守仁先生人称王阳明，大儒，胡掌柜心目中的圣人，造纸坊的草棚有了这老头撑腰，当然能站住脚。有一年，来自长洲的文震亨先生，饭后在十竹斋院子里散步，他指着那几间废弃的造纸坊草棚说："这几间工坊草棚，应该移到刻坊印坊那边，摆这里碍眼，煞风景呢。"胡正言点头，他不便对文先生说自己的尴尬事，等到有一天，他大志得酬，春风十里，他才可以拆去它们。文先生对胡正言说："你这个十竹斋，完全可以打造成私家园林，有山可借，有水可引，不做园林可惜了。"文先生是赫赫有名的园林专家，江浙一带的许多私家园林都是他设计的作品，他自建的园林"香草垞"是长洲园林的经典。用他自己的话说，我这辈子在书画上再怎么努力，也超越不了我曾爷爷的历史地位。想要名垂青史，必须另辟蹊径。文震亨的曾爷爷是文徵明，他说这话不算矫情，名人的后人有祖荫庇护，也有别人理解不了的苦恼。文震亨主动说替他造园，胡正言当然巴不得。文震亨说："我去过冒辟疆的'水绘园'，他那园子不错，在水景上下足了功夫，只可惜，缺了一座山。而你这十竹斋，要什么有什么。"胡正言谦虚地说："冒先生岂是我辈所能比。"文先生笑道："倒是有一样，十竹斋确实没有，没有董小宛。"胡正言说："我记住文先生今天的这番话，等我有了董小宛，您一定要践诺来打造十竹斋。"其实，要在秦淮河畔得一女知己，这对胡正言并非难事，明末战乱不断，红楼绿舟都在风雨飘摇中，名妓无不急于寻觅自己的归宿。胡正言当时想的不是"董小宛"，而是他志在必印的笺谱和画谱，刻不容缓了。天下不太平，他无暇顾及经营家园和女人。

拾伍

那天晚上，汪小楷从五川巷出来，街上已经人迹稀少。五川巷在应天府也算是个热闹处，但比起夫子庙那一带的热闹程度，那得大打折扣。夫子庙才称得上应天府这座城市的娱乐中心，此刻的夫子庙，应该灯火通明，桨声灯影，莺歌燕舞。不像这五川巷，黑灯瞎火，即使有几家做夜生意的店铺，门头前挂一两个纸灯笼，也像是黑暗压迫下半睁半闭的眼睛。汪小楷走在这街巷，并不是有什么害怕，他荷包里已空空如也，他怕甚？倘若真有歹人打劫，汪小楷那也是只耷拉了脑袋半死不活的鸟了。汪小楷只是对应天府的夜晚愤愤不平，凭什么，他汪小楷就只能在这巷子里溜达，难道他这辈子就真没去秦淮河上逛楼船的命？汪小楷停下脚步，打了一个酒嗝，他像劝慰朋友一般对自己说："想那么多做什么？女人，灭了灯，拉下蚊帐，全都是一个样，那些会唱曲会吟诗的女人，也不比别的女人多长个玩意。"劝说有效果，汪小楷回味了一下刚才的滋味，乐了，他一脚高一脚低继续向前，嘴里哼起了小曲。

汪小楷随胡正言来了十竹斋，一口一个师父，胡正言居然认下了。别人都喊胡掌柜，就他一个人能喊掌柜师父，汪小楷的身份地位莫名就提高了一截。十竹斋的刻坊大多是休宁来的汪姓刻工，说起来都是一家人，胡正言没时间带徒弟，汪小楷就主动跟别的师傅学艺。汪小楷嘴甜，手脚勤快，师傅们都喜欢这小伙子。同样是做学徒的日子，汪小楷比以前舒坦多了，时光匆匆，汪小楷很快满师了。满师就是名正言顺的刻工师傅，就可以挣一份工钱了，汪小楷终于修成正果。雕刻工坊其实并非只有刻工，还有写工，写工将写好的字纸贴在板上，刻工才下刀。这就如印坊里，除了印工，还有装订工等工种，只不过刻工和印工专业性强，工钱也高。比如刻坊里的工钱，刻工每百字为五分三厘银子，而写工每百字仅有四厘银子。当然，写的速度肯定比刻的速度快，但是，就成熟的刻工师傅那速度，也比写工写字慢不了多少。汪小楷在应天府，一个人吃饱，全家不饿，银子在荷包里每每碰出响声，烧包的豪迈在汪小楷心中油然而生。不过，汪小楷豪迈得早了点，银子的响声迟早都会招来别人的惦记，就如今天，金钱的号召力总能穿越山海。刻坊里有个写工，也是汪小楷的老乡，这位老兄与汪小楷相处得不错，令人讨厌的是此人喜欢跟汪小楷借钱，好在此人好借好还，每次发了工钱都能如数奉还。汪小楷好奇他借钱做什么？他也是一人在应天府，老婆孩子都留在老家，领的工钱怎么会顾了月头顾不到月尾？写工不解释，说："下回同去，你去过就知道了。"

　　明朝中后期应天府当然是繁华的城市，一座城市的繁华，离不开商业地标，一定得让腰缠万贯的达官贵人有消费的去处，奢靡之风古今都是繁华的标配，但这还不够，全方位的城市繁华应该给每一个阶层的市民都提供对应的消费场所。也就是说，有钱人可以在这城市一掷千金吃流水大席，穷人也能在街边摊铺上买得起一碗馄饨，或者买到几只馒头饱腹，这才是完整的喧哗和繁荣。应天府秦淮河边的名妓，她们只为应天府的富贵阶层服务，有时连她们自己也昏昏然，以为自己是站在琉璃塔上，俯瞰众生，不可一世。她们的风流韵事，可以成为老百姓茶余饭后的谈资，甚至某位名妓，成就过城市少年们无数次的意淫，但事实上，她们与老百姓的生活风马牛不相及，解决底层男性居民性饥渴的只能是另一些女人，也就是街巷里同样属于底层人的妓女。十竹斋工坊的男工们，大多是孤身一人在外，想把持住自己，却把持不了裆下那富于挑战性的活物。汪小楷第一次去五川巷，接待他的是一位半老徐娘。汪小楷不想让人家看成雏儿，故作老成，人家还真的没偷懒，按照章程服务。临走时，人家还给王小楷包了一个红包，说她早看出了汪小楷是处子。红包打开来，是三枚铜钱，钱当然不多，也算有情有义了。男女之事，一旦开了头，就如山上奔腾的洪水，想拦也拦不住，何况汪小楷，他是个不服输的脾气，男人的面子要丢，也不能丢在妓院里。汪小楷隔几天就又去了一次，这次找回了面子，丢了魂。后来，写工老兄向汪小楷借钱，汪小楷说："哥，该轮到你借钱给我了。"写工苦笑，他一定后悔了，那里就是个销金窟，他不该带汪小楷开这个蒙。

汪小楷走着走着，忽然路被人挡住了，这么宽的街道不走，为什么偏偏要跟我过不去？汪小楷正眼一瞧，是辆单辕马轿，也就是一马拉着一板车，板车上搭个木头棚子，棚子前面坐个赶车人，棚子里面坐主人，这样的马轿走在应天府大街上，也算不上富贵。那马硬是拦住了他，冲他打了几个喷嚏，汪小楷正要骂娘，"呼啦"一声响，一鞭子抽在他脖子上，将他抽醒了。这马他认得，这轿他认得，抽他一鞭子的人也认得，是胡掌柜。胡掌柜那时还没有发达，觍着脸求人给十竹斋书稿。那些寒酸文人，文章未必拿捏得住，却把书坊主拿捏得准，胡掌柜不得不隔三岔五请这些人白吃白喝白嫖，这一趟，是胡掌柜请完客又亲自送客人回家后，返回十竹斋。汪小楷说："师父，你抽我做什么？痛。"他话没说完，后背上又挨了一鞭子。他撒腿就跑，可心里慌张，只顾沿着大街跑，两条腿哪里跑得过四条腿加两轱辘，一会儿又让马轿截住了。胡掌柜下了车，一把揪住他的头发，拎着他扔到了车棚里。车棚里放着一把牢固的木椅子，汪小楷坐不能坐，躺不能躺，肩膀硌在扶手上钻心痛，马车一颠簸，痛得他忍不住叫出声。

后来工友们开玩笑，说胡掌柜亲自驾的车，十竹斋内也就汪小楷享受过坐车的待遇，是不是享受，汪小楷有苦难言。

胡掌柜卸了车，把汪小楷扶下来，扔到了马厩的草堆上，说："不准动，老实躺着。"掌柜这是要罚他睡一夜马厩吗？汪小楷不觉得马厩有什么不好，反正有墙挡风，草料铺地上暖和，马粪闻着也暖和，除了脖子上的伤还痛，他一摸，血痂掉了，更痛。没想到胡掌柜又折回来了，他一手拿烛台，一手拿着膏药。掌柜在烛光下仔细地替他抹膏药，汪小楷不敢看掌柜的眼睛，掌柜说："还痛不痛？"小楷低声说："不痛了。"掌柜住了手，说："这么快就不痛了，忘得太快，还得抽你。"汪小楷赶紧改口，说："师父，还痛。"胡掌柜说："记住痛，才不会犯下次。"汪小楷心里还是不服，这十竹斋的工友，又不止我一个去过五川巷，你当掌柜的装糊涂，偏偏不放过我。何况，你自己不也刚从花楼上回来？你当掌柜的能玩，凭什么我做工的就玩不得？你逛你的秦淮河，我走我的五川巷，各不相干，只准州官放火，不准百姓点灯，你以为你是谁？胡掌柜看穿了汪小楷的心思，说："你心里在想什么我都清楚。我是医生，人吃五谷总有病患，吃不饱生病，吃得饱也得生病，有钱人也会得富贵病。前人说，饱暖思淫欲，这话是指饱暖之后患的又一种病。男人活着，靠的是精气神，这精气，就如山间蓄洪池，必须有大坝能守住，尤其在人的少年时期，不能随意泄欲。因为这一旦有了第一次，就会有第二次第三次，一池子水很快亮底。人如此，也就萎靡。等到男人成熟了，娶了老婆，也不敢彻底毁了大坝，女人会给男人安装节制闸，泄洪有规律。当然，长期不开闸，水会越位，人，身心就出毛病。所以，结了婚的人去五川巷，我睁只眼闭只眼。他们是他们，你小子毛还没长全，就慌着拿身体去填窟窿，你也不想一下，你才吃了几天饱饭？我把你带出来，我得对你爹妈有个交待，我这当师父的不管你，还有谁管你？"师父这是在给他上课，汪小楷羞愧难当，说："师父，是我混蛋，我再不去那种地方了。"

说容易，做起来真不容易。书坊的工人，认识几个字，就能养成看书的习惯。近水楼台先得月，新书印出来，总有几本破损的或装订错页的被扣下来，工友们就带回宿舍先读为快。人能教书，书也能教人，读着读着，认识的字渐渐多了，打通本读也没了障碍。男人们最喜欢读什么书呢，首选是淫荡小说。大明王朝没有"扫黄"一说，也没设立有关书籍的审查制度，读者想看什么，作家和书坊都惯着读者，跟市场走。说汪小楷是被写工老兄带进了五川巷，不如说他是被那些黄色小说引上的邪路。每每读到关键处，汪小楷血脉偾张，气势昂昂，恨不得撞墙，可是，汪小楷已没了去处，腿是长在自己身上，钱已经不在自己荷包里。胡掌柜嘱咐账房，汪小楷的月钱只发三分之一，大头留着，胡掌柜年底直接交到他父母手里。汪小楷从长计议，再也不看那些色情小说，眼不见为净。书还是要读的，他向师父学习，但师父读的那些道貌岸然的经典，他实在读不下去，唯一的好处是能催眠。倒是师父没推荐给他读的书，比如描述历代书家画家们逸事的随记，比如笺谱画谱之类，他读得津津有味，读书的兴趣犹如砸冰，砸下去是点，裂开的是网，越读兴趣网越大。有的书不是十竹斋刻印，汪小楷听说了，他就去应天府别家书坊找，偶尔，还会托来进书的书贩在杭州府苏州府代购。

这么说吧，汪小楷在胡掌柜眼中，还是可塑之才，竖子可教也。他至少不糊涂，是个拎得清的人。汪小楷为自己的人生算过账，他要为自己安装一个节制闸，自主权掌握在自己手中，也就是为自己娶一个老婆，当然，一道闸不够，可以有二道闸三道闸，有钱人往往三妻四妾。比如说，那位写工老兄，他有老婆，在老家，他收放自如不涝不旱，但到了应天府，远水解不了近渴，他才不得不去五川巷。五川巷的妓女贵，相当于零售，家里的老婆是批发，一次性投入，终身获利。有钱人不算小账，喜欢了去批发一个，嘴馋了去吃个零售。但汪小楷现在不是有钱人，他当务之急，是存钱，零存整取，娶一个老婆。他人在应天府，要娶老婆最好就在应天府，否则，像工友们那样，娶下的老婆也是聋子的耳朵，摆设。和书商们打交道多了，他也看明白了，读书是富人做的事，他们衣食无忧。那一卷卷的书，饿了当不得饭，冷了当不得衣，穷人不能忘了自己是谁。何况，连胡掌柜那样的人，读书也没读出什么名堂。有一点他看准了，读书无用，印书辛苦，做书的买卖应该能赚大钱。

年轻人做点荒唐事，说起来不算个事。汪小楷疑心的是，这事是不是后来传进了张笋衣的耳朵里，汪小楷决定寻找节制闸，确定张笋衣为奋斗目标后，百般讨好她，却常遇见她的冷眼，那眼神似乎如刻刀一般，把他的衣服剥光后再划开他的血肉。即使后来汪小楷在应天府做了富豪，即使他现在在老家齐云山下建起豪宅，他坐在徐开阳面前忆旧，还是没能掩饰他的沮丧。

明朝中后期书坊刻印业的繁盛状况，可能是今人难以想象的。胡应麟《少室山房笔丛》一书中曾有如下记载："凡刻之地有三，吴也，越也，闽也。……其精，吴为最；其多，闽为最，越皆次之。其直重，吴为最；其直轻，闽为最，越皆次之。"也就是说，不论书籍的刻印还是销售，江南地区都起着重要的枢纽作用。而作为南京的应天府，显然在江南的书坊业中举足轻重，等到崇祯年间，三山街及太学前，就有书坊近百家，十竹斋书坊的门店只是其中一家。书坊业的兴旺，当然离不开书商们在其间的你来我往、穿针引线。书坊主中，自然不少人是书家画家，不进入文人圈子，难以拿到书稿。有的作者自恃才高或位尊，不愁卖书，或者不屑卖书，搞自费刻印，各家书坊主上门争抢，没有三分风雅，怕是连门槛都不给你跨进去。胡正言在应天府文人圈中的名声，首先是篆刻，画次之，书再次之。可是胡掌柜有个怪脾气，篆印一概不售，银子堆成小山也不屑一顾。明明是个书坊业主，是个生意人，却还嫌弃别人身上的铜臭味。汪小楷开始时弄不懂，反来与应天府那些酸臭文人接触多了，明白了，原来不是胡掌柜一个人的毛病，是通病。

汪小楷认识一位书商胡贸，刚开始也是位刻工，刻书为业，后来专门从事书贾，终成富商。胡贸也是十竹斋书坊的客户，胡掌柜招待胡贸时，捎带了汪小楷，汪小楷眉目活络，掌柜说不出的话他说，谈崩了的盘子他能圆回来，到后来，胡掌柜谈生意时，没有一次不带上他。汪小楷把胡贸当成了人生偶像，同样是刻工出身，人家凭本事做了掌柜，要说崇拜，汪小楷更崇拜这个胡掌柜，胡贸虽然做了暴发户，在汪小楷面前倒没有端架子，与汪小楷成了好兄弟，或许，缘于他俩都是做刻工出身。从汪小楷后来的人生轨迹看，他基本上是复制了胡贸的成功之路。

胡贸有一个愿望，就是希望得到一枚胡正言亲自雕刻的印章。胡贸愿出重金，可胡正言刻章只讲交情不卖钱，能得到胡正言篆印的人大多是高官或名士，这些人中有吕大器、钱士升、史可法等官人，也有倪元璐、文震亨等名士，能得到胡氏的篆印，当时是一种身份的象征。胡贸不差钱，缺的是社会地位，这就像西方资本主义早期的暴发户求购贵族爵位，胡贸也有政治上的追求，只不过，胡贸的诉求走投无路。胡贸拜托过汪小楷，请他千方百计替他实现这个宿愿，可这事实在太难了，汪小楷不敢满口承应。在明朝前期，书画界以卖画为耻，比如洪武年间的名士王绂，"有投金币购片楮者，辄拂袖起，或闭门不纳。"有一次他乘酒兴作《石竹图》赠与某商贾，想不到此商人请求再添画一枝竹，他付酬谢。王绂大怒，当即撕毁画作。这在当时传为佳话，但到了晚明，士商合流，很多书画家都不以鬻字画为耻，尤其徽州一带，大批富可敌国的商贾和名门望族重金收藏字画，书画市场欣欣向荣。十竹斋也得老家风气之先，胡掌柜据地利人和之优，收购了不少名家作品，汪小楷有时背后嘀咕，书坊医坊的利润最后都变成了一堆废纸。但是，胡掌柜的臭毛病还是不改，他的字画可买卖，他刻的篆印不沾铜臭。汪小楷想不出一点办法，如果是字画，他可以偷一张，或者到废纸篓里捡一张废作，偷偷盖上胡掌柜的印章。可这篆印，印章上必须是胡贸的大名，他有再大的哄蒙拐骗本领，也弄不来。

有一天晚上，胡贸来十竹斋门店进书，按惯例，胡贸是大客户，来了十竹斋，汪小楷自然要请胡贸吃饭。地点就在秦淮河边的晚景楼，订的包厢临窗，水面上有花舟游弋，雅座内有歌女低唱，远处霞飞彩溢，见过世面的胡掌柜也兴致盎然。他在酒桌上给汪小楷说了一个故事，故事的男主人公是"复社四公子"之一的侯方域，女主角是秦淮名妓李香君，这两人交好。这侯方域有一朋友，时任淮扬巡抚，姓田名仰，这人打起了李香君的主意。都说朋友妻不可戏，可李香君既不是侯方域的妻，也不是侯方域的妾，他无所顾忌。田仰掏三百金厚礼，求见李香君一面，却遭李香君拒绝。田仰想不到一个妓女居然不给他面子，他堂堂一个巡抚，而且肯掏三百金之资，你李香君名气再大，也是一个妓女，送到门口的生意不做，这是为什么？田巡抚百思不得其解，迁怒于侯方域，他认为李香君之所以拒绝自己，是侯方域从中作梗，说了自己的坏话，于是，接连写了几封信责怪侯方域不够朋友。侯方域回信，他一方面为自己辩解，另一方面替他分析原因。侯方域回信中解释，我一个落第书生，也就读了几卷书，乱涂了几首诗，我有什么资格在别人面前说三道四呢？你约请李香君时，我早不在南京，这世界有老兄这个想法的人大有人在，李香君从事的职业就是卖笑，笑迎八方客，我也觉得，这事不应该啊，我总不能叮嘱李香君，某某人你不准见，这既不符合我的为人之道，我在她那里也没那么大的脸面。要说有原因，这是李香君自己拿定的主意，该是她对您巡抚大人有什么看法。

汪小楷说："一个在扬州做官，一个在应天府为妓，这两人能有什么过节？"

胡贸说："这田仰是当时权奸马士英的亲戚，又曾投靠在阉首魏珰门下，一直为士人所鄙夷，这李香君应该有所闻。"

汪小楷说："一个女人，还是一个妓女，放着白花花的银子不赚，倒捍卫那些看不见摸不着的东西，这实在说不过去。"

胡贸说："首先我们分析一下侯先生，这人在回信中表面上贬低自己，内心其实很得意，与你相比，我无权无钱，但李香君就是愿意接纳我，谁厉害？这人凭什么能得到李香君青睐？其次，从生意经来看，李香君有钱不赚，你说，是不是违背了'唯利是图'的行商准则？"

汪小楷想说李香君看重的是情义，没有说出口，胡掌柜这时需要的不是回答，而是聆听。汪小楷说："我说不准，请胡掌柜教诲。"

胡贸正在兴致上，继续往下说："像侯方域这类文人有什么能让女人看上呢，书中自有黄金屋，书中自有颜如玉，那是指他们在中举出仕之后。他们之前能混迹于酒肆妓院，蛊惑人心靠的是才华，才华将来中举后可兑换成富贵荣华，但这对名妓们来说不算什么，院门一开，客人们非富即贵，随便逮一个就靠上了金山银山。

文人给妓女们灌的最要命的迷魂汤，是骨气，是大义，这东西虚无，却在文人们心中神圣，大多数文人喜欢放在嘴上，迷惑他们的朋友和学生，包括那些妓女。"

汪小楷说："那李香君拒绝田巡抚，就是中了侯方域的蛊。做买卖，挣钱是硬道理。"

胡贸说："也不能这么说，文人们讲究的那些东西，换不来钱，却比钱的价值更大。将来有一天，等所有人都认识到做生意赚钱，一个个为了赚钱斗得乌眼鸡似的，不择手段，尔虞我诈，那时候，如果文人们追求的东西消失了，那人人就变成恶魔，人间就变成地狱。所以，有些看不见的东西必须坚守。"

汪小楷说："比如我师父的臭毛病，不改变有不改变的道理？"

问题终于还是绕回来了，胡贸不得不表扬汪小楷，说："你小子脑子好使，聪明人不愁前程。"

胡贸说："做生意这事，不是看谁家门面大，也不仅仅是看谁家的商品质好价低，做生意的窍门，不在生意场之内，而在生意场之外。做大生意就需要掌柜有大气场，有大气场才能有大格局，能支撑大格局的人都是社会的顶层人物，你家掌柜那篆印的本事，就是他在顶流阶层的通行证，如果那些印章能以银子买卖，那就是降了你家掌柜的身价，他的通行证就打了折扣。你家掌柜绝对把这账算得明白。"

胡贸不愧是生意人，算盘珠子二扒拉两扒拉就算出结果，但是这结论汪小楷不敢苟同，胡掌柜说是生意人，又算不上个生意人。与那些人打交道，胡正言个人既没有谋得一官半职，十竹斋也没有得到官家照顾任何生意。从做生意角度看，胡贸想得多，书商胡掌柜远比书坊胡掌柜厉害。

如果说胡掌柜在这个世界有什么放不下，那就是完成《十竹斋画谱》和《十竹斋笺谱》。十竹斋开业以来，印过医典、画谱、篆谱，当然也印过小说传奇。这其中，胡正言对印出的画品最不满意，不论是制作的笺纸还是初期印制的小谱，胡正言都觉得离原作差距甚远，每每摇头叹息。汪小楷觉得师父想多了，书坊营利主要是靠刻印小说，那画谱笺谱之类的书不赚钱，至于印画的水平，那并不重要，小说书中的插图，也就是个点缀，读者看懂个意思就行，没人顾得上讲究。胡正言对汪小楷说："小楷，你别看现在书坊生意兴旺，十竹斋不愁没有业务，但是，居安思危，这应天府里书坊这些年越开越多，一口大锅能下再多的米，也禁不住成百上千的人来扒饭，大家饿肚子的日子总会来到。现在大家争抢的是刻印小说书，抢撰书人，争书稿，盗版盗印，乱成一锅粥，就是没有书坊敢印画作。我觉得，画谱的市场并不小，倘若将历代画家留下的经典，包括我们十竹斋收藏的精品，刻印成画谱，现在收藏那么热，我就不相信画谱能不引发抢购风潮。刻印画当然比刻印字难，成本高，成品率低，即使成品拿出来，单色套的颜色，看上去死板一块，作者不满意，买者也不满意。但机会就在这里，如果我们解决了一系列问题，人无我有，刻印画谱完全可能是老天给我的新商机。"胡掌柜说这番话的时候是坐在马车的轿厢里，汪小楷替他驾车。十竹斋生意兴隆，胡掌柜换了座驾，坐的已是双辕雕花轿。胡掌柜说这话的时候，隔着竹帘子，马掌和车辘辘走在石子路上噪音不绝，但汪小楷还是一字不落地听清了。你要说胡掌柜没有生意头脑，那真是小看了胡掌柜，汪小楷听得清掌柜的话看不清掌柜的面目。汪小楷说："您继续，我听着。"胡掌柜说："磨刀不误砍柴工，我俩说起来都是刻工，首先是我俩必须带头琢磨这事，你我的精力不能只放在生意上。"汪小楷诺诺，心里不服气，我才是真正的刻工，虽说我喊你师父，你算我哪门子师父？我的手艺是我跟别的师傅学来的，你在工作台前屁股都坐不热乎，总是有这事有那事找。如果您可以称"刻工"，那也可以自称墨工、写工、印工甚至装订工搬运工，这书坊里有哪一行您不插手？汪小楷这样一想，发现师父原来是个全才。

在汪小楷这里，师父是这样说，在别人面前，关于刻印笺谱画谱，师父又是一种说法。

那一天晚上，汪小楷、张笋衣和胡掌柜正在印坊试印画品，师父汲取前人的技法经验，发展出了"饾版"新技法，把原来的一两种用来套色的刻板分解成几十种甚至上百种刻板，色彩丰富，内容和画法成为主要。那天套印的作品是《鹤画》，画面上是一只起舞的白鹤。笋衣主张，白鹤的羽毛可以用"拱花"的技法，这种技法十竹斋在笺谱中已经运用，立体感强，花纹层次清晰，朴素清雅，师父和小楷都觉得是个好主意。有人爱万紫千红，也有人喜欢天青地白，比如徽州人就喜欢白墙青瓦，这鹤，在文人诗画中就是洁身自好的代表，适宜用"拱花"技法表现。笋衣还在忙活，前门有人来报告，有客人来访，名片署名吕大器。师父看那名片，真是"吕大器"三个字，吕大器堂堂一个吏部左侍郎，怎么会深夜来访他一个小小的书坊主？即使两人有私交，那也应该去胡宅，而不应该登门十竹斋工坊这种场所，即使是去书坊门店都属于降尊纡贵。胡正言慌忙着汪小楷前去迎客，引吕大人进书房着座，看茶，自己换了工服，洗完脸洗罢手，才去见大人。胡正言说："不知吕大人大驾光临，有失远迎。"吕大器出门居然不是官帽官袍打扮，穿一件交领素衣，衣宽人瘦，吕大器笑道："哪里还有什么吕大人，如今我跟你一样，一介平民百姓罢了。"胡正言吃了一惊，自从上次与吕大人辞别，胡正言潜心于鸡笼山下的工坊刻印，很少与外界打交道，所谓两耳不闻窗外事。吕大器也算得上明朝名臣，崇祯元年中进士，崇祯十五年任南京兵部右侍郎，曾巡抚甘肃，总督保定、山东、河北、江西、湖广、应天、安庆军务，最显赫的军功是讨张献忠破樟树镇，收复峡江、永新二郡。吕大器赏识胡正言，是因为这人还是一名诗人，他也是十竹斋书坊的作者之一，吕大器留世的诗集有《东川诗草》《东川文集》等，诗风悲凉豪宕，世人称其诗作"笔老情深"。这吕大器为官清正，忠君爱民，在民众中极有威望，居然也被福王削职为民，其实也事出有因。当年李自成攻破北京，崇祯皇帝死，南京大臣议立国君，吕大器与钱谦益等人主张拥立潞王，而马士英等人抢先拥立福王，一国不能立两君，吕大器等人只能服从大局，福王立，笼络吕大器，任命他为吏部左侍郎。可马士英与他一向有隙，纠集同党多次在福王面前劾奏吕大器，吕大器受不了排挤，直接向福王乞休离位，福王居然顺水推舟，准了。吕先生说："我这趟来，是与曰从兄告别，我想趁此闲暇，回一趟四川老家，倘若皇上不弃，我再回应天府。"大敌当前，清军和农民起义军挥师南下，大臣和将军派系林立，不断内讧，皇帝却只顾粉饰太平，纵情声色，据说福王御女亏空了身子，命百姓捉蛤蟆供御医熬制药膏，用以皇帝补肾。可怜了吕大器一腔报国之心，但吕先生的赤诚之心还是令胡正言感动，他安慰吕先生说："总有云开日出的一天，皇上识破了奸佞们的真面目，无疑会请先生重返朝廷。"吕先生说："我原以为你不肯在当朝为官，是有别的想法，今天听你这一番话，曰从兄忠心赤诚，一片冰心在玉壶，我没有看错人。"

吕大器确实没看错胡正言，南京被清兵攻陷后，胡正言参加过张溥为首的反清复明的组织复社，且以"胜国遗民"自居。在隐居鸡笼山下的余生中，他在文章后的署名，常署上"前中书舍人"的职衔，表示他一生心无二志。但吕大器看错了皇帝，他回老家不久，在马士英等人的鼓动下，福王下诏撤去吕大器一切职务，后又命令法司对吕大器逮捕法办，只是因为四川当时已不在南明治域而作罢。清兵入城，福王逃跑后被清兵逮住，押往北京被害。吕大器对晚明初心不改，又南下先后拥立隆武帝、永历帝等，终究无力回天，吕大器忧患交加，病死于贵州，终年六十三岁。这是后话。

送别吕先生，胡正言久久站立在院门口，秋风瑟瑟，鸡笼山上的林木枯叶纷飞，偶尔有栖鸟发出惊叫，夜空中更显得凄怆。城外战火连天，城内怎么可能草木不惊，他对一旁的汪小楷说："这或许是我跟吕先生见的最后一面了。"这话不幸而言中，至死，这两人以后确实再没见过面。汪小楷担心师父在屋外待久了受凉，劝师父回了书房。

汪小楷说："师父，我现在明白了，您为什么辞了那个'武英殿中书舍人'的官职，原来我总以为您是嫌皇帝给的官位小，原来，您是不看好皇帝和皇帝身边的大臣，连吕大人这样的功臣，都得坐冷板凳，您那官不去做也罢。"

胡掌柜笑着说："这话不能乱说。你可以选择师父，选择职业，可谁能选择让谁当自己的皇帝？这就如同，谁也不能选择由谁做自己的父母。"

胡掌柜语重心长地说："你现在读过的书也不算少了，试想，秦皇汉武，历史上有过多少不可一世的帝王，有过多少改天换地的英雄豪杰，到最后谁不是历史的尘埃。就比如那阿房宫吧，在杜牧的笔下，是何等的金碧辉煌，最后'楚人一炬，可怜焦土'。古今中外，哪一朝的宫殿不是气派非凡，但保留下来，让我们看到的能有几座？说句实在话，皇宫的寿命，还不如我们徽州人在山野间的民居久远，为什么？它显眼，就碍眼，就容易成为众矢之的，天火战火都不肯放过它。"

汪小楷说："怪不得师父既不肯在应天府建大宅，也不愿在十竹斋造山水园林，但别人都回老家起新楼，也没见您有动静。"

胡掌柜恼怒道："你怎么扯上我兴不兴土木的事情了，把我的话题引到沟里去了。"

汪小楷不敢多言，其实，他把师父的话记在心里了，与其在城里造一座宫殿，不如在老家起一幢美楼。

胡掌柜说："我是说，这世上有形的东西未必经受得了历史的考验，但有些无形的东西却能永远传承。比如书画艺术，比如医方医术，所以，我有比做官更重要的事要做。历史上的战火，总能建立新的王朝拥立新的帝王，但历代人的技艺一旦毁灭，就面临中断。天下大乱的形势摆在我们面前，我把刻印'两谱'作为重中之重的苦心，你到现在还没明白？"

原来在这里等着呢。汪小楷说："当然明白，我定当尽力。"

有人上楼，来者是张笋衣，捧着一张印刷了白鹤的宣纸，说：

"掌柜，这一张印的效果最好，您看成没成？"胡掌柜命他俩添了几支烛灯，白鹤风采翩翩，墨润浓淡相宜，层次分明，冠红或艳或泅，引燃全鹤黑白组成的素颜，最美丽的当然是鹤的羽毛，纯粹是宣纸洁白的本色，细腻的纹理，毛茸茸的质感，跃然纸上。笋衣指着翅膀上的一处羽毛，说："掌柜，您细看，细看，看到什么了？"胡掌柜说："你想让我看什么？"笋衣着急地说："那羽毛上有我的指肚印，我这只手的食指上是'箕'，与羽毛的敞开式纹路相合。"胡掌柜和汪小楷真看出来了。人的手指肚上按纹路分成"箩"和"箕"，封闭的圆形的称为"箩"，长圆形有一面敞开的称为"箕"，显然，笋衣恰到好处地发挥了这只"箕"的效果，看上去容易，但按捺的力度大小范围控制等，不仅是指上功夫，费心费神。胡掌柜开心地说："几百年几千年后，有人看出了这羽毛上的'箕'印，一定会猜想这是怎样的一位女子留下来的。"笋衣着急地说："那他不会把我想得很丑吧？"汪小楷说："那时候我们都成了一抔黄土，他还能把你想成美人？"胡掌柜说："别听他的。看着这么美的羽毛，这么美的白鹤，他还能不把你想成美女？"笋衣得意了，说："那下回，我还得把中指上的那只'箩'用上，'箩'的纹路最圆满呢。"胡掌柜说："我们终于可以开工刻印笺谱中的画作了。"

《十竹斋画谱》与《十竹斋笺谱》，从开工到完工，历时二十六年之久。

拾陆

　　扬州失守，史可法被俘就义，清兵屠城十日不封刀，扬州被杀民众达八十万之多。消息传到应天府，人心惶惶，史可法是弘光皇帝的首辅大臣，是南明最高军事统帅，兵败如山倒，清兵打下南京的日子估计不远了。胡家关闭了闹市区的医馆、书店和古玩店，将贵重商品转移到了十竹斋工坊，胡家老小也一并转移到了工坊院内。胡正言与史将军说不上熟悉，但也见过几回。胡正言曾应史可法之请为他刻过几枚篆印，如今史将军死国，他不免伤家国之怀。十竹斋院门紧闭，胡正言嘱咐，坊工们有家眷在应天府的，统一接进工坊，家眷留在老家的坊工，想回老家从速，日子越往下越不太平。单从十竹斋工坊来看，一如从前，胡掌柜带着坊工们埋头继续忙活画谱的工作。进出院门的只有两个人，一个是江小楷，他每天都巡视一遍胡家的店铺，哪怕是隔着街面看一眼完整的门板，他心里才踏实，掌柜一家才踏实。另一个人是张笋衣，她一直不肯嫁人，做了这么多年的印坊把头，张笋衣存下的银子应该不菲，她可以称得上小富婆了，谁娶了她就是傍上了富婆。虽说这几年她年纪大了，说媒的人还是惦记着她，无奈她一条道走到黑。当然，有人怀疑她是不是早跟她掌柜有猫腻，只等着有被纳妾的一天。这话张笋衣听到过多次，她从来不置可否。张笋衣出门，主要是替太太们和少奶奶们跑腿，她们走得匆忙，好多东西落在胡宅。晚明时代，富贵人家的女子打小缠脚，以"三寸金莲"的小脚为美，笋衣成长于山野，天然一双大脚，女主们使唤一声，她就奔走在工坊与胡宅之间。

　　这天上午，汪小楷出得门，沿着街边屋檐穿行，大街上已然没有开张的店铺，应天府仿佛是满池子水中心被扔进了一块石头，人们一波一波往城外涌动。应天府分内城外城，城墙厚，城门多，兵丁们似乎不再阻拦逃难的市民，城门不让进让出。汪小楷到了秦淮河边，夫子庙前一片空旷，魁星阁在寒风中孤零零兀立河岸，河面上看不见一条花船，那些考相公和艳妓都作鸟兽散了。他快到书店门口，门板依然封固，门板下却坐着一个人，破衣烂衫，胳膊上挂着一个包袱。汪小楷判断他并不是行劫的人，没带器械，胡家书店的门板结实，光凭他两只空手，肯定撬不动门板。也不像乞丐，这寒风凛冽的天气，抬头不见日头，乞丐选择在桥洞或者城墙根下避风。况且他把包袱挽在胳膊弯处，是随时准备离开的打算，倘若是乞丐，坐下来，身外之物都丢在一边，连那只讨饭碗也不屑一顾，且图得一时轻松。汪小楷远远盯着他，过了一会儿，那人站立，转身叩了几下门板，无人，又重新在石阶上坐下。看样子，是来找人，看那模样，并不像一个书生。汪小楷走上前，说："你是来买书，还是来找人？店关门了，这家书店的老板也早回老家了。"那人站起身，个子居然比汪小楷高了一个头，但跟汪小楷说话，似乎是比汪小楷矮一头，他嗫嚅着说："请问，这书店老板还是胡先生吗？"汪小楷生气地说："这门匾上写的就是'十竹斋书坊'，老板能是别人？"那人眼睛一亮，说："汪小楷，你是汪小楷，我是黄木生，你认不出我了？"

汪小楷仔细打量了他一番，果真是黄木生。

黄木生也是休宁的刻工，而且是业内闻名的大师傅。前面说过，休宁汪姓黄姓刻工在雕刻界赫赫有名，江南一带的书坊主开工，几乎家家都会请休宁的刻工师傅来做把头。不过，这两姓师傅素来互不服气，你家工坊把头是黄姓，我姓汪，就决不投黄姓门下，反之亦然，比如十竹斋工坊，早期刻坊把头是汪姓，就一直延续汪姓做把头。应天府的刻工汪姓居多，黄姓刻工喜欢去杭州府和扬州府，黄木生就是扬州府某书坊的刻工把头。不用猜，他这是在扬州屠城时侥幸逃脱，保下了一条性命。汪小楷说："你能活着，也算福大命大，听说扬州城内死的人占十之七八。"黄木生并不接他的话头，或许见的死人多了，他人已麻木。人在太平时期遇见杀人，视为惊悚，但是若是见过了杀人如麻鲜血淋漓场景的人，他选择忘却和淡漠。黄木生说："逃难的时候我想回徽州，可出了城，哪里还分得清东西南北，被人群裹挟着来了应天府。可这应天府的人，也在往城外逃，我想只有找到老乡，才能找到回家的路。"

黄木生说："你说胡掌柜回徽州了，你怎么没跟着回去？"

汪小楷说："胡掌柜就是在应天府，你自己想一想，他会收留你？"

黄木生叹息一声："也是，可我走投无路，只有试一试，恳求兄弟你，替我在你老板面前说个情。"

如果说黄木生与胡正言有什么过节，这事就是由胡贸引起的。胡贸来往于江南各府的书坊之间，生意做得风生水起，渐渐成了书业界的江湖大佬。胡贸早年是刻工，他进书的眼光很是挑剔的，对粗制滥造者不屑一顾，那时的朝廷对出版业没有任何相关管理制度，书坊盗版蔚然成风，一本畅销书出笼，仿者群起，抢的是速度，速度就是销量。小说书倒也罢，此风也影响到了别的书籍，比如儒学大著医工学典，包括书画著作，这些著作粗制滥造，简直是误国误民。人发达了，衣锦还乡的方式不止一种，胡贸不忘初心，从雕刻质量抓起，组织过一次江南书坊雕刻大赛。那一回，黄木生和他的掌柜来参赛，胡正言带汪小楷也来参赛。虽然只是民间赛事，但行业内这比赛也算一件大事，胡正言嘱咐汪小楷，得奖与否不重要，重要的是学到别人的长处。掌柜这样说，但汪小楷不能这样想，得不到奖失的是汪小楷的脸面，更是十竹斋的脸面。

开赛的那一天，仪式极其隆重。有钱能使鬼推磨，确实不是玩笑话，胡贸花重金请来了应天府的工部尚书主持，到场的还有兵部尚书史可法、吏部左侍郎吕大器，这出席领导的档次，要放在今天，比起全国性大赛也不逊色。那几位说起来出将入相，其实底子都是文人，并且热爱雕刻艺术。胡正言也被邀请上了主席台，胡贸上门请他出任评委时，胡正言婉拒，理由是十竹斋也有选手参加，他应该规避。但是，胡贸说，如果换别的掌柜，我倒是应该斟酌一番，但您曰从先生，人品在那里，谁都不会怀疑您的公正公平。胡正言推辞不了，只得接下了聘书和聘银。胡正言其实也存有私心，他的私心是能借比赛发现雕刻高手，为十竹斋物色人才，"两谱"

的雕版技术必须集天下英豪，才能占天下先机，成就大业。汪小楷听说师父是专业评委，很是开心，自以为夺冠是三只手捏螺，十拿九稳。等结果出来，他才知道他真糊涂，师父这个人当了评委，就注定他这个徒弟进不了前三名，师父是什么样的人，他这当徒弟应该心中有数。主席台上张灯结彩，有两班响器助阵，这阵势也就只有元宵灯节典礼才有。大员们依次做了讲话，选手一一上台亮相，赢得台下一阵阵喝彩。

选手们开赛，胡贸请评委们去胡宅就座。听汪小楷说，这胡贸在苏州杭州扬州和南京都有家室。看胡宅的山水园林，几位尚书大人赞叹有加。胡掌柜还带大家参观了他南京的古玩收藏，篆金雕玉，奇石神雕，至少有一半是赝品，胡正言当然不会在众人面前说破，只是他想不通，这胡贸一个书商，怎么能挣这么多钱呢？商贾的本事非一般人所能想象。

比赛作品是木雕，不设题限，自主发挥，现场作业，一人一间屋，一人一截木料，工具自备，吃食自带，两昼一夜交作品，类似于江南贡院的格子间。比贡院考试条件好的一点，是房间宽敞，并且配有马桶。这马桶让汪小楷备受煎熬，在徽州和应天府，上马桶是女人的专利，汪小楷想拉了，硬着头皮坐上去，坐上去了就是拉不下，折腾人也浪费时间。木雕的门类太多，比如屋雕器具雕，梁柱门窗，屏风床柜；比如人物风景，汪小楷见过闽人的大制作，有《清明上河图》《千里江山图》等；比如生活杂件，糕点木模、长柄抓挠，还有纸钱、纸马印模等；最小的是微雕，如《核舟记》中那样变果核为舟船。但这次比赛，显然大制作受限制，时间也不允许，比赛就只能在这一截木料上显身手。参赛者大多选择出人物小件。画鬼容易画人难，雕刻也一样，木雕人物最容易"木头木脑"，人物表情最容易"刻板"，雕工的水平高下，关键点就在人物面貌。胡家在应天府早就有一家古玩店，主打商品是金器铜器，当然也有木雕作品。胡正言喜欢在那店里逗留，琢磨铭文，把玩木雕小件。师父认为刻工可以从雕刻小件入手，训练指法，灵活手腕，汪小楷遵师命磨炼过一阵子，进步不小，比如张笋衣床头挂的木雕"元宵鲤鱼灯"，就是他当年拍马屁的手工。但是，这显然不是他一个书坊刻工的长处。汪小楷打量那块木料，是一段榆树，人们常说"榆木脑袋""榆木疙瘩"，就是指榆树材料的硬度，这硬度对初学者有难度，但对这帮比赛选手来说没有障碍。汪小楷注意到，这段榆树长度十寸左右，这长度汪小楷太熟悉了，是书坊刻板的标准长度。汪小楷联想到胡贸以前在他面前诉说的担忧，胡老板搞这场比赛，初衷应该是提升书坊刻工的水准。有主意了，他就着榆木料刻刊印模板，没有写工，他得自己创作，只有创作才是思想和才华的高光，就如当下的歌坛比赛，原创歌手更容易得到加分。汪小楷创作的主题就是鸡笼山，他太熟悉这座鸡笼山了，早上睁开眼睛就看见它，晚上闭眼之前见到的也是它，用作家的话说，写你最熟悉的生活，汪小楷这些年最熟悉的莫过于鸡笼山。

作品交上去，比赛结果张榜，汪小楷果然获了奖，取前十名，《鸡笼山》就是第十名。胡掌柜看他一脸沮丧，开玩笑说："你比我强多了，你看，我考了这么多回，总是名落孙山，连个副榜都没中过。你这毕竟中了榜。"这当然是哄小孩的把戏，打一巴掌喂一勺糖，安慰他，也是让徒弟理解他。第一名是黄木生，他的作品也是一块刊印模板，选材是徽州山水，同样是一块榆木板，《鸡笼山》

看上去是平面,《徽州山水》看上去却是立体,参观获奖作品时,胡正言师徒发现那模板上竟有多处镂空,这让印工怎么呈现呢。胡正言说:"第一名确实是高手,我想见见他。"赛前赛后,汪小楷与黄木生也认识了,只是得了第一名之后,他端起了第一名的架子,说:"你们掌柜想见我,让他来我住的客栈吧。"胡掌柜什么样的人没见过?但好在胡掌柜不讲究那些,尤其是在他佩服的人面前。黄木生住的那客栈,在应天府也就二三流的样子,进了屋,黄木生自顾在小四方桌上忙活,这屋里除了一张床,家具就剩一桌一凳,除了黄木生屁股下的条凳,再找不到别的凳子。黄木生在刻一块模板,嘴上说:"胡掌柜,请问您有何指教?"

胡掌柜直言不讳,说:"我不绕弯子,我就想说一下,黄把头若有改换门庭的念头,请第一个考虑来十竹斋。"

黄木生头也不抬,说:"十竹斋我也如雷贯耳,我来了,汪把头往哪里摆?"

胡掌柜毫不犹豫地说:"他把头的位置让出来,我对他另有安排。"

这事掌柜从来没有与汪小楷商量过,汪小楷心中禁不住一紧。

黄木生说:"你的刻工都姓汪,能服一个姓黄的把头?"

胡掌柜说:"十竹斋是凭本事吃饭,也凭本事服人。"

黄木生抬头笑了,说:"胡掌柜,您高看我了,我手上的活急,不送。"

这黄木生不识抬举也罢了,但坐在那里摆谱实在可恶,十竹斋掌柜在书坊业也算得上个人物,你一个刻工面对他,居然敢把眼睛长到额头上。胡掌柜却不这样看,说:"至少可以说明一点,这人重感情，对他掌柜没有二心。"胡掌柜说："你有没有注意他桌上的工具，有一样东西我们没有，我想起来了，那东西叫'砣具'，它是玉雕工雕刻玉器的常用工具，这砣具，大的是砣机，小的就是他桌上的那种，蘑菇状，铁制。我们木雕，镂空不难，难的是里面的打磨和纹饰，黄木生或许是用砣具解决了这个问题。"汪小楷想了想，师父推测得有理，这小子把玉雕工的工具挪用到木雕上了。胡掌柜说："我欣赏这个人，不是因为他那夺冠的作品，而是觉得这个人视野开阔，敢为人先，十竹斋需要这种工匠，可惜，名花有主，人家不稀罕咱。"

如果黄木生当时答应了来十竹斋，那师父的"另有安排"将把他安排在什么位置上呢？汪小楷有过多种猜想，或喜或悲，就是没有胆量直接问师父。

如今黄木生落难之际投靠十竹斋，胡掌柜是收还是不收？按汪小楷对师父的了解，他惜才，十有八九会收留黄木生。但是，他想到黄木生当年的傲慢，他得为难为难这家伙，将他骨子里的嚣张气焰彻底灭干净。

汪小楷说："我家掌柜出远门了，不知道哪天才能回来。"

黄木生的眼神显然不相信，这兵荒马乱的时候，谁还敢去他乡做生意？要钱不要命，也不是睁着眼睛送命。但黄木生不敢得罪汪小楷，黄木生说："汪把头，我就在这书店门口等消息，胡掌柜回了，拜托您领我去见胡掌柜。"

汪小楷不置可否。第二天上午他再过来，黄木生果然还睡在门檐下，见是汪小楷，慌忙起身，说："汪把头，胡掌柜回来了？"汪小楷说："没有。"黄木生起身时，响起一片"叮叮当当"的响声，那响声来自他的包袱，即使睡觉，他也把包袱系在胳膊肘。汪小楷说："逃命要紧，你还带着这些铁器，不嫌累赘？"

汪小楷听响声就知道包袱里是各种雕刻刀具，他猜得准，黄木生说："扔了它们，等于扔了吃饭的饭碗，它们跟了我二十多年，说不定有天下太平的一天呢。"

汪小楷说："能不能让我看一眼你那个砣具？"

黄木生说："行，您要看上了，我送您一个。"

黄木生掏出一个砣具，长得确实像一只蘑菇，或者说是一把小小小小的撑开的雨伞，实心铁，握在手里沉甸甸。黄木生说："这个就送给您，用得时间长，出包浆了，不硌手。"

汪小楷将它塞回包袱，说："我现在不能收，收了是乘人之危。"

黄木生说："那我跟您换东西，怎么样？"

汪小楷说："你想换什么？"

黄木生说："吃的东西，只要能填肚子，什么都行，不瞒您说，我没吃的已经两天了。"

汪小楷说："也是，你包袱里的这些东西，可以靠它们吃饭，却当不得饭吃，咬不动也咽不下。"

黄木生说："汪把头，您要是看得上，都拿走吧，我只求您每天带给我一个馒头，让我等到胡掌柜回来那天。"

汪小楷心软了，毕竟都是徽州人，毕竟都干的是刻工这一行。汪小楷说："我都要了，你跟我回去拿馒头吧。"

胡掌柜见了黄木生，喜出望外，说："黄把头，您要不嫌十竹斋庙小，您就留下。您想回老家，先休息两天再走。"

哪里还有回家之路，黄木生当然选择留下。鸡笼山下的十竹斋院子，篱笆墙围着几排草棚子，路边上立着一幢风雨飘摇的小木楼，依山傍水，外边看上去，却不显山不显水。现在，这院子里面生活着四五十口人，哪怕胡正言早有准备，储备了不少粮食，也担心有坐吃山空的日子。不过，徽州人向来靠山吃山，胡掌柜有办法，他当年在山里寻找青檀树时，早就注意到了一种植物，葛根，这葛根分为柴葛根和粉葛根，前者只能当柴烧，后者可以当饭吃，二者都可以入药。饥饿年代，徽州的山民就靠煮粉葛根粉为食。应天府的山不多，但山上的粉葛根不少。白天，胡正言和坊工们专心致志刻印画谱，月上树梢后，胡正言带着坊工上山挖葛根。应天府的市民缺粮，却不知道葛根粉可以当粮食。不说远山，就这眼前的鸡笼山，山上那些埋在土里的葛根藤，从来没有人挖过，挖到又粗又长的，得两个人抬着下山。院子里有现成的水井，现成的锅灶，那熬出的葛根淀粉，比纸白，比稀粥耐饥，掺兑着吃，节省不少粮。

汪小楷要把把头的位置让给黄木生，黄木生坚决不接受。他接受了汪小楷归还的包袱，没有工具，他什么也不是，什么也干不了。胡掌柜看着黄木生干活，仿佛他也中了一回大奖。胡掌柜说："小楷，遇见别家书坊里没有去处的刻工印工，都领到十竹斋来，世道怎么乱，十竹斋不能乱，正经事还得正儿八经干下去。"汪小楷说："师父，多一个人，多一张嘴，我担心，再添人，咱们的粮食供不上了。"胡掌柜说："每人省一口，就能养一个人，大不了我们多省几口。现在收的人，就是十竹斋的人，等日子太平下来，我们想请人，人家未必就肯来，比如这黄把头。落难了来投的人，不拉帮结派，不玩手段，心能往一处使。"

胡掌柜说："咱徽州人能吃苦，肯动脑筋，但只有抱团才能成气候，什么情况人能抱团？遇到困难的时候。"

汪小楷后来还真网罗了四五位书坊的大师傅，人人手上都有一套功夫。沧海横流之际，十竹斋工坊悄悄汇聚了一批良才，《十竹斋笺谱》的进程突飞猛进。

张笋衣出门，带回来的多是八卦。

该来的终究要来，清军将领多铎的部队打进了应天府。在清兵进城之前，弘光皇帝已经出逃，南京城内的官绅军民听说皇帝已经逃走，人心惶惶，乱成一团。是降是守？皇帝逃亡，南京城的兵权掌握在忻城伯赵之龙的手中，这"忻城伯"是当年朱棣皇帝所封，赵之龙祖上赵彝随朱棣靖难有功，得封"忻城伯"并世袭，但这位末代"忻城伯"，名字虽与长坂坡英雄赵子龙姓名仅一字之差，却完全是个贪生怕死之人，他主降。他召集留下的文武大臣在赵府开会，当众斩杀了主战的太学徐瑜，强行通过了投降提议。清军进城，一路没有遇到强劲的抵抗，虽然免不了烧杀抢掠，但相比扬州的十日屠城，这已经算施以怀柔之策。一六四五年五月十五，南京笼罩在风雨之中，据说多铎将率清军主力入城，赵之龙和南明礼部尚书钱谦益率领三十余高官显贵，剃发后打开城门，跪在城门外迎接多铎和清军入城，可是没想到，清军大部队来了，多铎却没来。清兵在城内搜索警戒之后的第三天，多铎才进入城区。多铎没亲眼目睹那一帮降将降臣的跪姿，历史却留下了记载。《南明史》记载如下：

"丙申（十五日），入南京。尚书高倬、解学龙、何应瑞，同安侯黄正陛、总兵徐枢、秦良弼、司礼太监韩赞周等死之；忻城伯赵之龙、大学士王铎、蔡奕琛，尚书钱谦益，都御史唐世济、李沾，侍郎李乔、朱之臣、梁云构、祁逢吉、张维机，魏国公徐胤爵、保国公朱国弼、灵璧侯汤国祚、安远侯柳祚昌、永康侯徐弘爵、临淮侯李祖述、镇远侯顾鸣郊、隆平侯张拱日、怀宁侯孙维城、定远侯邓文郁、成安侯郭祚永、襄城伯李世弘、南和伯方一元、东宁伯焦梦熊、宁晋伯刘允极、惠安伯张承志、大兴伯邹存义、雒中伯黄九鼎、保安伯黄调鼎、广昌伯刘良佐、襄卫伯常应俊，掌宗人驸马都尉齐赞元，将军王之纲，掌锦衣卫冯可宗、总兵杨御蕃、孔希贵、曹存性、李应宗、于永绥、王遵坦、夏尚忠、刘泽泳、张应梦、张士元、李中星、范绍祖、苏见乐、冯用，司礼太监卢九德等，畔附于清。"

前面几位以死示忠，后面的名单长达三十几位，都是弘光政权的显赫人物。老百姓只要没有性命之虞，总有胆大的人不肯错过看热闹的机会。时值仲春，倘若阳光灿烂，应天府当是春光明媚，花红柳绿，不巧的是这天大雨滂沱，既苦了那班雨中跪降的旧臣，也驱散了大明路两边的不少看客。占领者要求"剃发易服"，这班人剃了青皮，穿上马褂，在没见过世面的百姓眼中，很是滑稽。那黄豆大的雨点，砸在油亮的青皮上，宛如打在葫芦上一般响亮，降臣中毕竟有不少人年纪大了，有坚持不住的人跪着跪着就倒了，下人要冲过来搀扶，却被他拒绝，在泥水里躺一会，他又重新跪好。前排有一位老臣，是应天府的名人，钱谦益，既是礼部尚书，也是东林党领袖，算起来这一年他也已年过六旬，他抬不起老脸，任雨水浇灌头顶的一半青皮一半花白。忽然，有人撑一把雨伞冲过去，替老者挡雨。她那伞是红布伞，她身上穿的是一袭朱红长袍，她兀然独立在一帮跪着的男人间，成为雨中一道艳丽的风景。这女人在老百姓中的名气大过她的老男人，姓柳，全名柳如是，曾是江南著名歌妓，后来被钱谦益纳妾。

张笋衣把这段见闻当故事讲时，正是十竹斋灶间晚饭开饭的时刻。《十竹斋画谱》完整刻板大功将成，胡正言吃住都和坊工们在一起。钱谦益年纪和胡正言相仿，但胡正言的心目中，钱谦益是学富五车才华横溢的老师辈，想不到他也沦落到如此境地。他叹一口气，这柳氏还真是一奇女子啊，幸亏那些武夫不懂女子寓意，否则，牧斋先生跪下去了也保不住脑袋。

笋衣听不懂，说："掌柜，您讲话把话讲明白呢。"

胡正言苦笑着说："红衣红伞，这红代表的是谁家？"

听者恍然大悟，这柳氏，还真比她男人有骨气。好在这时候的清兵忙于攻城掠寨，还没顾得上给这女子的行为做注释。如果是大清一统了，汉奸文人们一帮腔，柳氏就难逃囹圄。

张笋衣见掌柜对那个柳氏的故事有兴趣，几天后出门回来，又带回一段趣闻。

清兵入城之前，早就把南京城围得水泄不通，皇帝已经出逃，钱谦益作为南明文官领袖，却不知如何是好。这位尚书大人也曾想过殉身报国，柳如是毫不犹豫地偕他同行。到了玄武湖边，钱大人用手试了试水，说："湖水太冷，是不是等水暖了再来。"这话不假，当时湖水应该是初暖乍寒，但这居然成了大人苟活的理由，柳如是听了，摇一摇头，愤然跃入水中，钱大人拼死拼活地拉住她，救下了柳如氏性命。从此之后，柳氏身还在，心已死。

这个段子后来流传千古，胡正言听了，并不当真。并非所有的武将都是不抵抗主义者，比如孝陵卫指挥使梅春，率领千余守陵士卒与清军决一死战，兵败后只剩十八人退守明孝陵，最后以十八人战死的代价消灭清军三百人，可歌可泣。胡正言不断听到文人投降新朝的消息，除了南京的钱谦益，还有北京龚芝麓等人，据说都戴上了红顶子。也并非所有的文臣都对新主卑躬屈膝，比如礼部尚书钱谦益的属下，礼部仪制司主事黄端伯，誓死不降，多铎几次劝降无果，大怒，威胁说："不降则戮！"黄端伯整肃冠履，昂首引颈受刃。再比如钱谦益的学生，国子监书生郑森，也就是郑成功，起兵抗清几十年，一度曾率兵打到南京城墙的仪凤门外，惜乎功成垂败。除了死国和投降的两类，更多的文人在明清朝代更迭之际选择了隐逸，隐逸者有两种，或进入寺庙，做了和尚、道士，或退居山野，筑园于山水之间度过余生。

多铎进城后的指挥部就设在鸡笼山东南麓的鸡鸣寺，与鸡笼山西北边的十竹斋工坊院子就隔着座山体。鸡笼山山脚下顿时热闹起来，营旗猎猎，马蹄嗒嗒，马路上人来人往，不过不是那些香客，而是带刀持枪的清兵队伍。胡正言从窗口往外看，有时也能看到囚车中押解的南明旧臣，多铎喜欢亲自审问那些不肯就犯的文官，手无缚鸡之力，开口闭口忠贤，宁死不屈，迂腐却又令人敬佩。据说多铎第一次审问黄端伯，就是在鸡鸣寺，黄端伯被杀后，多铎命清兵替他收尸并厚葬。入夜，山那边常常随风送来受刑者的哭喊声，胡正言惦记以前的朋友们，他们有的是十竹斋的作者和主顾，有的是胡正言的文友和画友，树倒猢狲散，但愿他们中的不降者，不要落入清军手中。终于，应天府城内的战火熄灭，血腥味渐飘渐远，清军以南京为大本营开始向南方进军，城内百姓开始恢复正常生活。先是冒辟疆从如皋捎来口信，他纳董小宛为妾后，原居苏州府，现在退回如皋老巢水绘园，暂且安好。接着又收到文震亨托人带来的口信，苏州被攻陷后，他避居于阳澄湖。他的墙上挂着两幅同样的画作，文震亨的《云山策杖图》，一幅是文震亨的原作，一幅是十竹斋的刊印品，画中青绿之外，更有赤橙黄蓝紫。上一次文震亨来南都，留下此画，胡正言自信饾版技术已经成熟，与老友打赌，下次启美兄来十竹斋，我一定让你分不清原作和印品。文震亨说，倘若真的能在我的眼前瞒天过海，那曰从兄的技艺独步天下，功德无量。胡正言打量着《云山策杖图》，心中怅然，不知与启美兄何时才能相会？好在已报平安，胡正言心中稍稍安慰，他可以作出自己的决定了。他既回不去老家，又无他路可走，就只能在这玄武湖边鸡笼山下终老，将遗民做到底。

其实，他不知道，在他读到文震亨的来信时，文震亨已不在人世间。清军推行剃发令，文先生自投于河，被家人救起后，不从，绝食六日后死亡。

《十竹斋笺谱》已经开始批量印刷，只是因为战乱，书籍没有市场，仓库中书籍堆积如山。《十竹斋画谱》上市后，销量火爆，书商都求着胡正言供货。倘若是小说书，用不了三五个月，市场上就会有仿印本，幸亏这笺谱的仿版短时期出不来，但是人算不如天算，战火打乱了十竹斋的销售计划。如今画谱面世，本该畅销的

"两谱"积压在手，汪小楷不由得担心，倒是胡掌柜不着急，他每天在书房，看了笺谱看画谱，看了画谱又看笺谱，永远看不厌。胡掌柜在画谱里增加了一项内容，教人画画，让初学者入门有了教程，这等于是画画的教科书。从专业上看属小儿科，不过，别小看它，有了这一块，打开销量会如虎添翼，放到今天来看，有几本畅销书的销量能超过中小学生的课本？十竹斋一直等到库存宣纸印光了，印坊才停工，只有等战事转缓，才能派人去泾县曹掌柜那里进纸。汪小楷说，纸到用时方恨少，我现在明白师父当时为什么要建自家的纸坊了。师父心中释然，说，这是老天提醒我，做事不能贪大贪全，做事情，其实缺憾也不可或缺，纸用完了，一时也弄不来，是老天提醒我该休整了，有时间为十竹斋想前想后了。

这天上午，汪小楷按惯例向胡掌柜汇报工作。胡掌柜现在足不出户，吃住都在书房。汪小楷有一天出门，清兵在街上强制行人剃发，他没来得及溜走，被强行按住剃去前半边头发，汪小楷欲哭无泪，回来后找了顶毡帽戴上，大街上一时多了不少戴毡帽的人，心照不宣，这些人都是遭了清兵的殃。汪小楷汇报完了，胡掌柜说："你别急着走，我还有事找你。"

汪小楷点头，一不小心毡帽掉了下来，露出了那截青皮。

胡掌柜忍不住笑了，说："别急着戴帽子，我看看，挺敞亮哩，这应该算是正宗手艺。听说跪迎清兵入城的那批人，自己在家预先剃了头，那发型五花八门，连清兵看了都掩嘴笑。"

汪小楷说："别人都笑话我，您也笑话我。出门的人有几个不剃发？没办法，听说接下去还不准穿汉服，出门都得是满人的打扮，真要那样，我出门的服装费只能您掏。"

胡掌柜说："那是，你出门是出公差。又是剃发，又是易服，这是不想让我这种人出门了。"

胡掌柜又说："现在，我跟你说正事。"

"虽然现在战火还没停止，清军、大顺军还有南明军打来打去，但战场离江南越来越远，估计，江南这一带将逐渐恢复正常生活。我生活过的朝代过去了，我的年纪也到了，十竹斋该交班了。"

汪小楷要说什么，胡掌柜冲他摇摇手，继续往下说："我决心已定，十竹斋书坊这一块以后交给其毅了，我这两个儿子，老二更多遗传了我舞文弄墨的爱好，其毅书生气足，经营这一块要仰仗你帮助，师父请你继续维护十竹斋。"

汪小楷慌忙跪下，说："师父，没有您把我带到十竹斋，就没有我的今天。您是我的恩人，十竹斋是我的家，您放心，我一定全心全力报效十竹斋，听命少掌柜。"

胡掌柜点头，说："这个我相信，相信你能做到，但是十竹斋也不能亏待你，我和其毅也商量过了，以后书坊销售这一块，由你全权负责。包括已经刻印的《十竹斋画谱》和将完成的《十竹斋笺谱》，按照销售的利润抽成，你个人抽三成。"

汪小楷急得站了起来，说："这可使不得，师父。"

胡掌柜说："这不仅是为了你，这样既调动了你的积极性，也扩大了书店的销量，促进了工坊的生产量。你要是觉得十竹斋值得你辛苦，你以后就加油干，把十竹斋进一步做成百年基业。"

汪小楷不再啰唆，这大概就是师父早就对他说过的"另有安排"了。

胡正言对他的二儿子胡其毅讲过一番话，老爷子说："一个人倘若有喜欢的事物，你就舍不得去使唤经营它，反而被它驱使。只有在商言商的人，才敢于藐视它，把握它于股掌之间，叱咤风云。汪小楷就是这种商界英雄。"

胡掌柜长叹一声，说："至于我本人嘛，不让出门，我就苟活在这楼上，做点自己喜欢的事，写字作画，刻闲章，不再过问这世上的任何事。"

汪小楷其实也知道胡正言素有隐逸之心，但没想到来得这么快，他说隐就隐说退就退。《十竹斋笺谱》开工，卷一就是"隐逸十种"，写了韩康、子陵、黄石公、陆羽、安期生、列子、汉阴丈人、披裘公、林逋、陶潜十位，这些人中有的逃仕而归隐，有的拒绝喧哗名重，更多的几位厌恶世事常态，而以自然山水为邻，以自然万物为友，过着超脱世俗的生活。胡掌柜一定羡慕他们的人生态度，早就盼望自己有一天也能过上他们那种日子。卷四中"韵叟八种"，写了文人著书、探梅、鸣琴、听涛、访菊、话旧、题壁、临流等八种生活方式，其实是表述了他本身对大自然的热爱，和对隐逸生活的向往。笺谱中的图像，用纯象征手法表达人们熟悉的故事或成语，往往省略人物，只用器具或衣服作为特定符号。汪小楷在雕板时常向师父请教，请师父讲解图像背后隐藏的人物故事。师父讲到隐逸人物，"陶巾"是写陶渊明退隐后，以巾滤酒，诗酒自娱；"蠡湖"说的是陶朱公功成退隐蠡湖。师父说起他们，眼神就会迷离。而有的图画则让师父扼腕叹息，如讲到"投笔"，是指班超投笔于案下，弃笔从戎；讲到"汉节"，是写苏武牧羊守节的故事。师父每每把自己和他们相比，自愧不如。胡掌柜的内心深处，或许从来就没把自己当成一个商人，他的文人情怀，他的英雄泪，才是他割舍不下的东西。如今，"两谱"大功告成，他终于可以做出抉择，他一六旬老翁，上不了战场，也无园林山庄可寄寓，只有这十竹斋可做隐逸地。汪小楷想到这里，忍不住心疼师父。但转念一想，师父这人，生就是为成就十竹斋而生，选择十竹斋为终老之地，也是天经地义。

胡正言对汪小楷说的这番话，后来被人载入文章，即："屏居一楼，足不履地者三十年。"胡正言自号"默庵老人"，都说足不履地者短寿，胡正言却活到九十一岁寿终。有朋友顾梦游曾吟诗一首相赠：

朝市由来多隐情，
老思逃世未逃名。
不将金马重寻梦，
为感铜驼只掩荆。

拾
柒

胡掌柜让人叫张笋衣上他的书房时，张笋衣心中一愣，这是晌午时间，笋衣本应该是在上工，这两天因为宣纸用完了，掌柜给大家放了假，笋衣一早起来，没进印坊，而是走进了制墨坊，墨坊工棚里也是空空如也。墨坊本来就比印坊闲，忙一季制出的墨够印坊用一年，笋衣后来又进印坊，兼两边的工，就是不愿意大半年的时光做闲人。在制墨坊待着，看到那些熟悉的工具，她会想起童年时的父亲，还有她家当年看护她的那条黑狗。墨坊一直藏着一块笋墨，那是她离开山中老屋时带出来的，她抚摸父亲留下的笋形墨，常常泪不自禁。

胡掌柜有什么事嘱咐她，一般是在晚饭那个点。最近，胡掌柜不下楼，他的晚饭都是由笋衣送上去，掌柜吃完后她再将碗筷送回灶间，这时候，他也顺便跟她聊会儿天。可今天专门叫人来找她，郑重其事，莫非这老头又看她不顺眼了？

张笋衣死活不肯出嫁，胡正言拿她也没办法。张笋衣说："我凭什么要嫁人，我挣一份工钱，自己养自己绰绰有余，为什么要去别人屋檐下看眼色吃饭？"这话放在今天理直气壮，很多不婚不育的女青年如此公开宣言。但那是几百年前，女子讲究三从四德，盛行女子做童养媳和裹小脚的时代。从今天来看，是经济独立撑了张笋衣的腰杆子，工人阶级的先进意识在张笋衣身上早早觉醒。但是，胡正言读了一辈子孔孟之道，在十竹斋工坊里每次看到张笋衣，他都仿佛如鲠在喉，这女子再耽搁下去，真的只能做女光棍了。

十多年前的某个上午，胡掌柜也是让人喊她进了二楼的书房。掌柜黑着脸，对她说："你已经被我辞退，你去账房结工钱，今天必须走人。"

张笋衣说："为什么？我哪里做得不好？是制墨坊还是印坊出了问题吗？"

胡掌柜转过身，背朝西窗，说："我是东家，用不用人，我还需要找个理由？"

张笋衣牛脾气上来，说："行，您是东家，您厉害，我走。我以后就是要饭，也不会登十竹斋的门。"

张笋衣也就是嘴硬，她哪家书坊也没去。夫人听说后，径直闯了胡正言的书房，她对老爷说："是，我知道你是为她好，逼她嫁人。可是，你把她撵出了十竹斋，你让她去哪里？是你带她来到这应天府，在这里她一个女子，举目无亲，叫天天不应，叫地地不灵，真要出了事，你怎么对得起她父亲？怎么说服自己的良心？"几天没有笋衣的音信，胡正言心里也慌了，让汪小楷去别的书坊找找看。汪小楷那时虽已有家室，娶妻生子，对张笋衣死了心，但也心疼张笋衣。可他跑了几十家书坊，都说没有雇新工人，更莫说女工。那年代，干什么都是男人优先，书坊雇了女工，算是新鲜事，想瞒也瞒不住。

胡正言后悔了。

这天夜里，胡正言住在书房，朦胧间他忽然听到了张笋衣唱歌的声音，是那支《不修不修，生在徽州》的歌曲：

> 前世不修，生在徽州，
> 十三四岁，住外一丢。
> 不修不修，生在徽州，
> 来了以后不愿回头。
> ……

这时候听见这曲子，胡正言心里不是滋味，他起身走向窗户，那歌声没了，等他重新上床，那歌声又响起。第二天醒来，胡正言疑心那只是昨天的梦景，但又觉得那是真实的一幕。胡正言问下人，昨夜可曾听到有女子唱歌？下人摇头，说没有听到有什么人唱歌。如果是真的，那说明张笋衣就在鸡笼山附近，说不定就住在这鸡笼山上。胡正言匆忙吃过早饭，就上了鸡笼山。鸡笼山不算高，明初曾改名"钦天山"，朝廷在山顶建有一观象台。到明末，观象台已一片荒芜，罕见人迹。已是深秋，张笋衣若寄宿其中，风寒霜冻，说不定还会遭遇山上豺狼之类野物侵袭。胡正言在观象台巡视一圈，还好，其间没有人吃住的痕迹。当晚入睡前，那歌声复又响起，胡正言听得真真切切，莫非是闹鬼了，胡正言不敢想下去，这样想，笋衣就凶多吉少。第二天一早，鸡鸣寺的钟声提醒了他，这鸡笼山的人气，除了十竹斋，就在鸡鸣寺。张笋衣这几天很可能就在鸡鸣寺。

汪小楷奉命去了鸡鸣寺，只过了半炷香的时间，回来报告，张笋衣在鸡鸣寺做女信众，找到她了。胡正言松了一口气，说："还好，还没来得及削发为尼。"汪小楷说："可是她不肯跟我回十竹斋，说谁把她撵走的，要她回，就得那人去亲自请她。"

胡正言笑了，这女子，恨不得要八乘大轿去抬她，恨不得要出阁婚嫁的排场。想到这，胡正言突然笑不起来了，如果接她回来，她这辈子可能就不会有上花轿的念头了。

胡正言去接张笋衣的时候，半山上的鸡鸣寺香烟缭绕，香客们完成佛事，正陆陆续续下山。寺门前，是明太祖朱元璋在洪武年间御题的"鸡鸣寺"三个大字，字迹健拔瘦劲，点画稚拙流畅，提按起伏自然超逸。三个字刻在石匾上，那刻工的刀法也了得，长画纵横，方笔切入，不留丁点雕琢之痕。胡正言正驻足瞻仰，石匾下冒出一个熟悉的脑袋，见了胡正言，立即转过身去。正是张笋衣，她早已把包袱打好，就放在脚边。

胡掌柜说："你既然铁了心回十竹斋，你就回吧。"

张笋衣，说："那我们必须说定，您以后再也不准撵我！"

胡掌柜说："这十竹斋，怕是再找不到能撵走你的人了。"

莫非这一次，老爷子脑袋又起了什么幺蛾子？张笋衣不急着见他，她想了想，快到吃午饭的时间了，她先给他做道菜，进书房时不空着手，目的是提醒他，您要撵走了我，怕是连这道菜的口福也一并没了。张笋衣做的这道菜菜名叫"臭鳜鱼"，是道徽州特色菜，说起这菜的起源其实让人伤心。徽州人外出，或读书或做工，家人总会往包袱里塞几条腌制的鳜鱼和咸豆腐，时间一长，咸鳜鱼变成了臭鳜鱼，咸豆腐长毛，变成了毛豆腐，舍不得扔掉，硬是下锅红烧蒸煮，除了臭，竟然吃出一种打嘴不放的味道。这是老家的味道。胡掌柜好此一口，尤其喜欢吃臭鳜鱼，可惜大灶上的厨师是本地人，不会做臭鳜鱼这道菜，张笋衣觉得机会来了。张笋衣出来得早，不会做可以学，就像她后来学印刷，不也成了印坊的把头？张笋衣跑遍了应天府的徽菜馆，又专门进徽商会馆向大厨讨教，功夫不负有心人，张笋衣还真学会了做这道菜。每年到了水肥鱼美的春天，张笋衣在玄武湖渔码头收鳜鱼，宰杀之后在坛子里腌制好，需要的时候取出一条，赶紧将坛子盖上，闻到臭味的工人都嫌鱼臭。什么是需要的时候，今天就是。以前大多是掌柜主动开口，不说自己馋了，而是说谁谁谁，徽州的老乡来做客，笋衣做个贡献。为什么说是"贡献"？这鳜鱼是张笋衣自己掏钱买的，胡掌柜要给她报销，人家不上当。如果让胡掌柜付了鱼钱，烧不烧鱼的控制权就不在张笋衣手里了，用今天的话来说，要想控制男人，首先要控制男人的胃，控制权绝对不能放手。胡掌柜正在铺纸，砚台上有研好的墨，他没抬头，但臭鳜鱼的味道想躲也躲不了，他一边用手抚平皱褶，一边说："咦，今天是什么好日子，张笋衣居然主动给我烧了臭鳜鱼。我说呢，怎么都过去老半天了，这人怎么还请不上来呢。"听今天这口气，胡掌柜不算严肃。

张笋衣说："掌柜，是先用餐，还是先谈事？"

胡掌柜说："先谈事吧，吃了人家的嘴短，说起话舌头更加软，再说，灶间的开饭时间还有会儿。"

胡掌柜说："用矿物做颜料的事进程如何？"

这事是书商胡贸提出来的，十竹斋的墨好是好，但毕竟不如套色效果好，印彩画，在墨中加进植物颜料，短时期没问题，赤橙黄绿青蓝紫，但十年百年后，肯定找不到颜色。有些藏家想要书籍传家，购书不计成本，胡贸建议十竹斋胡掌柜重视这批客户，他们财大气粗，你不赚白不赚，而且，时不我待，有买主就会有市场，得抢在别人前面做。胡正言觉得这主意好，十竹斋也不是没用过矿料，以前只用在刻印的单张画作上，如果整本画谱使用，成本会大幅上升，但胡正言想到他的《十竹斋画谱》，若要永久存世，当然整本书都用矿物颜料最好，至少，得有三成书的画页全用矿物颜料。胡正言做《十竹斋画谱》，尽可能尽善尽美。矿物颜料在中国绘画历史上早已有之，中国人称绘画为"丹青"，"丹"就是朱砂、丹砂，矿物学上称"辰砂"，"青"就是石青，矿物学上称做"蓝铜矿"，我们今天能看到留存的古画，都是因为画家当时作画用的是矿物颜料。

可做矿物颜料的除了辰砂和蓝铜矿，要用到的矿物还有很多，赤铁矿、褐铁矿、雄黄、雌黄、孔雀石、方解石、文石、云母等，总共有二十多种，有的在本地画料店可买到，有的还必须托书商从外地捎回。色彩富于变化，矿料的配比和配料也就跟着变化。张笋衣前一阶段在印坊就是忙这事。张笋衣说："您放心，我基本完成了试验，矿物配比辅料配比都记在纸上，我这就去取来请您过目。"

胡掌柜说："不，我不看，也不要让任何人看，包括其毅。你自己知道怎么用就够了。"

胡掌柜说："书坊这一块，我就要交给其毅。其毅从小跟着你，一直喊你姐，你在书坊管着墨坊和印坊，一直为书坊挑着大梁，其毅离不开你的帮助。"

张笋衣说："我听说了，您放心，我帮其毅就是帮我自己。"

胡掌柜说："不过，我还是要叮嘱你，你是凭手艺吃饭，你可以帮东家，不可以把底牌交给东家，哪怕这个东家是其毅，是我，也要守住你该守的原则。记住没有？"

张笋衣的眼眶红了，说："我记住了。掌柜，那您以后会去哪里？"

胡掌柜说："别担心我，我哪里也不去，就在这书房待到死。如果你惦记我了，你抬脚登楼就能见到我。"

胡掌柜说完，就再不说话，停顿片刻，提笔在宣纸上淋漓尽致地写下一幅字，是他自己的诗作：

> 溪云如有意，依我旧柴门。
> 流水不解事，潺湲过别村。
> 摊书时自得，隐儿更何言。
> 新酿谁同酌，青山立短垣。

有一天，胡正言叫人砍了一根竹竿送到他书房，十竹斋的竹子早就不止十根了，成了一个不小的竹园，向来，胡正言不准工人乱砍竹子，说竹林是十竹斋的风水。书房里已搬进去他在刻坊的工作台，工具俱全，他忙活了半天，居然制成了一支竹箫。他让人把笋衣叫来，说："你把那个老家的曲子哼一遍，我看能不能吹完整。"笋衣只哼了一遍，胡掌柜听过后，他的箫声一个音谱都没丢，笋衣由衷地说:"掌柜,都知道您是通才,书画篆刻,制墨造纸,样样在行,想不到您还精通音律,您恨不得一个人把这人世间的本事都占完吧。"

胡正言抚摸着箫说:"不是我,是这箫自己演奏的,十竹斋园子里的竹子,最早来自于我老家文昌巷门前的竹林,是它们想老家了。"

张笋衣默然。

胡正言守在"默庵"的三十年,专心编著书画书籍,精研篆刻与六书之学,出版了《印存初集》《印存玄览》和《六书正讹》等书。九十一岁而终的胡正言,成为明末清初印坛不可逾越的顶峰。

　　徽州回来，赵琼波告诉徐开阳说，她用不着每个礼拜都跑扬州了，课题组归纳的问题已经交给集团，真正的专家们全要出场了。徐开阳说："我怎么没见到那些专家？以前都藏在哪里？"赵琼波说："还能在哪里？都在他们自己的工作室里，他们都是十竹斋集团专家库成员，赵董说，遇到困难找专家，好钢用在刀刃上。"

　　徐开阳说："莫非他们比你和师爷还厉害？"

　　赵琼波："集团已经正式成立'十竹斋饾版拱花水印木刻技艺传习所'，聘请的专家来自国家图书馆、故宫博物院、国家博物馆、中央美院、中国美院，本市南京大学、南京图书馆也有专家名列其中。重刊'两谱'，赵董列为实施十竹斋品牌复兴计划的重头戏。是骡子是马，专家们该拉出来遛遛了。"

　　徐开阳说："现在的专家们多是嘴巴厉害，有几个能动手？"

　　赵琼波说："赵董他们又不傻，专家组还请来了三位国家级非物质文化遗产传承人，在木刻界名气远大过我师父，应该个个有绝活。"

徐开阳说："这传习所设在南京吗？那你的那班人马全部搬迁过来？"

赵琼波说："这是集团领导们考虑的事，后面，我们就专注学习饾版拱花技艺，你说呢？"

徐开阳频频点头。

两人这段对话是在美食街的成都火锅店，饭店当然是赵琼波指定的，人家是女性，是师父，徐开阳乐于遵命。每个城市的姑娘都有特别的嗜好，比如南京的姑娘喜欢吃"活珠子"，也就是孵化到一半的鸡蛋，里面的小鸡刚长毛，蘸上油盐咬一口，能沾一嘴的血肉和鸡毛，别人看着惊悚，小姑娘们吃得陶醉。赵琼波肯定也是"活珠子"的爱好者，但现在她换了胃口，喜欢上了成都火锅店的手撕兔头，喜欢兔头的人挺多，店门口放着椅子，排号坐等。

作为男生，尤其从小在水边长大的男生，徐开阳的食谱堪称广泛，乌龟王八黄鳝他都品尝过，吃个兔头不算跨界，何况是在赵琼波面前。一盘兔头上来，其实也就只有四只，裹着作料，面目模糊。赵琼波用舌头舔掉那些沾上的作料，一只兔子的脸呈现出完整面目。赵琼波说："其实，这世界上最美丽的印纸，是动物骨骼上裹着的那层皮，那是最富于变化的宣纸，张弛有度，或绷紧如鼓面，紧贴骨头，锋如瘦金；或舒缓可弹，丰满晕染，那一定是皮层的下面隐藏着肌肉。"

赵琼波一边用手撕扯，一边指点着兔头或瘦或肥的部位，师父这是琢磨刻印画谱走火入魔了，什么都能扯上去。

赵琼波说："你傻愣着做什么，吃，你再不吃就让我全包圆了。"

徐开阳撕下一条肉，赵琼波说："开阳，你说说看，这兔头看着像什么？"

徐开阳边咀嚼，边说："还能像什么？像兔头呗。"

赵琼波说："我撕开它那豁唇，看到那牙齿，我觉得我啃的不是兔头，是鼠头，那一排牙齿特别像老鼠的。"

成都火锅店的大厅面积挺大，摆着二三十张方桌，方桌的中间嵌着一只铁锅，下面是一只小型号的煤气罐。店里一直处于客满状态，大厅里人声嘈杂，人满为患，空气中混杂着辣椒和麻椒的气味，所有的人都油光满面，不少人一手使筷子在锅里打捞，一手用餐巾纸在额上抹汗。

赵琼波说："你也可以说像蝙蝠头，蝙蝠不就是比老鼠多长了两只翅膀。"

徐开阳扔下手中的兔头，闭上了眼睛，汗水从额头上往下淌，还没正式开吃，这汗水就钻眼眶里去了。赵琼波递给他湿巾纸，他摇摇手，说："这里面空气太糟糕，我要出去透透气。"他站起来，腰撞了一下桌子，腿又碰到了凳子，趔趄着挤到了门外。

徐开阳迟迟不回来，赵琼波慢条斯理地吃完两人的量，留着给徐开阳的两只兔头没吃，打完包，她出了火锅店，徐开阳还在门口排号的椅子上坐着，他见了赵琼波讨好地说："师父，我买过单了。"

赵琼波点头，说："我寻思你什么东西都没吃，晚上肚子肯定要饿，替你打包了。"

徐开阳打开打包盒，两只蝙蝠脑袋龇牙咧嘴地冲着他笑，他手一抖，打包盒掉到了地上。赵琼波捡起来，丢进了垃圾箱，徐开阳还愣着，脸色煞白。赵琼波说："不战胜它带给你的恐惧，你就无法跨过这个坎，关键还是靠你自己勇敢面对。"

徐开阳躺在床上，把今晚发生的事和徽州野营的事联系起来一想，看来赵琼波是发现了什么。她发现了什么也没什么，总有一天他要跟她打开窗子说亮话。徐开阳觉得自己还有戏，人家并没有嫌弃他，倒是在鼓励他帮助他，想把他从坑里拽上来。徐开阳问"圣女一号"说："这个女人，你帮我分析一下，她打的什么鬼主意？"

圣女一号说："吃药的时间过了，您吃过药了吧？"

徐开阳不耐烦地说："早吃过了，说正事，赵琼波是好人，还是坏人？"

圣女一号说："从你和我的聊天记录看，她是好人，您对她动了心。我也是好人，我是圣女一号，我对主人绝对忠诚。"

徐开阳关了她的电源，真是讨厌，有你什么事？

大约过了一个星期，他俩又约会了。这次约会的时间距前一次相隔有点久，一个星期内徐开阳被拒绝了三次，赵琼波总说忙，问急了她说她在专家组商讨"两谱"复刻技术难题。徐开阳只能默默接受她挂机，专家组的门槛高，徐开阳没资格跨进去陪赵琼波。

但是，恋人之间一日不见，如隔三秋，徐大公子终究忍不住气。这天晚上，他一不小心就走到了鸡笼山下，熟门熟路，走进了赵琼波的宿舍。他是先敲了门，没人，才敢掏出钥匙开门。他想好了怎么对答赵琼波，他真的是路过鸡笼山，"一不小心"进了院子，"二不小心"开了门，"三不小心"见到了女主人。有"一"有"二"没有"三"，徐开阳没有撞见赵琼波，他说不清自己该庆幸还是该沮丧。门窗关闭，这满屋子都是赵琼波的味道，徐开阳觉得不虚此行。他打量了一下工作台，那上面仿佛开了颜料铺，几十只小碟子，整齐列队，从颜色的深浅可以看出每一个碟子中的颜料都不完全相同，有的纯一色，有的组合色。桌上还放着木模和宣纸，有印过的宣纸被揉成一团，显然已是废纸。徐开阳原谅了赵琼波对他的态度，这些揉搓过的废纸代表了赵琼波这些日子的心情，显然，她在笺谱的印刷工序上遇到难关了。

笺纸是古人书写信件的信纸，构图均在纸页中心占很小面积，色彩也较为淡雅，纸页四周留有大面积空白。笺图外加边框，使赏阅者有清新雅素之感。这实际上就限制了笺中画的画幅，信笺中的画大的如豆腐块，小的也就邮票大小，大多用象征手法，省去人物，只以故事中的衣服、器具等实物来代表。如"俞杖"页，表达的是伯俞受杖不痛，因感觉母亲力衰而泣，只画了一根手杖。又如"投笔"页，仅画了书案下的一支毛笔，表现班超投笔从戎的情节。画幅狭小，着色浅淡，这为刻印带来了意想不到的难度。古代人讲究，写信选用信笺，先看笺图，讲究笺中图画与书信内容的映衬，图文并茂。《十竹斋笺谱》中所用的"饾版"艺术，将笺纸的艺术水准提升到了当时的最高点，首先是将画稿浓淡、深浅、阴阳向背各刻一版，多的至四五十块，然后依次套印，多至几十次。在这方寸之地完成这么复杂的工序，光是这份耐心，对当下的年轻人就是一种考验。徐开阳摊开那两团宣纸，一页是"负米"，一页是"嘉禾"，"负米"故事出自《论语》，说的是孔子的学生子路自己吃野菜杂粮，买米孝敬父母的孝行，画面上是一杖挂着一米袋。"嘉禾"取材于《尚书·微子之命》和《宋书·符瑞志》，画面上是一棵四穗并生的稻禾，古代普遍是一禾一穗或两穗，四穗禾被称为"嘉禾"，被认为是政治清明、天下太平的征兆。徐开阳拿起桌上的放大镜，看了半天，也没看出这两张图有什么破绽。

门开了，赵琼波风风火火闯了进来，见了徐开阳，也不惊讶，徐开阳准备好的说辞也没用上。赵琼波说："就是这两页，我亲自刻亲自印刷，上交给赵大志，本想讨个好，没想到挨了一顿批，说我雕刻线条尚可，着色少灵动之气。"

赵琼波说："我刚从扬州回来，我去找我师父，带了几页我的印稿，请他给我分析问题解决问题。"

徐开阳说你饭还没顾上吃吧，赵琼波说："是哩。我这有方便面，我喘口气，你给我泡上。"

赵琼波说："刘师父看了画页，说在着色上存在两个问题，一个是调色后各个色块均匀，缺少过渡；另一个是色块之间的衔接有溢色，哪怕有一点点，就破坏了色彩的自然流畅。"

徐开阳说："我用放大镜看了半天，也没看出来。"

赵琼波说："可人家赵董火眼金睛，刘师父也发现了，我不得不承认。"

赵琼波苦笑着说："刘师父开出的方子让我如坠云雾之中，他说，水印木刻画稿是基础，拓印变化、纸张选择、水分比例、色彩调配以及拓印时的轻重缓急都需要细致揣摩反复尝试，但并不算难，难的是'有悟心裁'，他这话前面还算具体，后面玄虚了。"

徐开阳说："刘师父没故弄玄虚，他讲的就是美术创作上的情境创作，美术史上研究一幅名作，首先是了解画家的创作背景和情感基础。这笺谱上的每幅画，后面不都有文字注解？我们不妨从注解入手，有人说过，一切景语皆情语。哪怕笺谱上最简单的物象，有了故事支撑，也可以让人触景生情。"

赵琼波夹面的筷子停住了，说："还真没看出来呀徐大公子，真不愧为美术史专业毕业的呢。"

她这么一说，徐开阳倒不好意思了，说："我就是胡诌一通，你别笑话我。"

赵琼波把徐开阳这个想法向专家组汇报了，专家们一致认同，技法固然重要，肯下功夫就能解决问题，难就难在"有悟心裁"。于是，传习所新开了一门课程，系统学习《十竹斋笺谱》中的注解部分，注解都是文言文，老师先做一遍翻译，再做阅读理解。有一天，赵董亲自来听了一节课，称赞之余，他说，我们重刊复印的"两谱"，不仅在国内发行，还要走向世界。我想，我们不妨在笺图的文言文注解后面，加上白话文，再加上日文和英文。赵董这个想法没有人反对，文化传承和文化传播需要新思维，何况，人家是董事长。

后来的事实证明，这一招还真的奏效了，专家们对收到的印品满意度明显提高。

又是一个星期六的早晨，赵琼波主动打来电话找徐开阳，说她在赵董面前狠狠地夸了他，夸他的思路怎么宽阔，他的脑袋怎么聪明。徐开阳说，你能不能来点实惠的，我们多长时间没约会了？赵琼波说，那你以为我一大早打电话给你，就是为了在电话里给你卖个乖？你给我听清了，二十分钟之内，你必须出现在我面前！

赵琼波约会的地点是后街，后街与美术学院一墙之隔，后街的后面就是秦淮河了，如今，秦淮河风光带打造得风光旖旎，河水清澈，河岸上是小树林和花园，中间蜿蜒的是步行绿道，再往上，就是后街了。与别的商业街不同，后街有鲜明的大学城风格，书院画廊多，茶坊和小剧场多，最著名的是这条街上的恐怖屋，在南京的大中学生中间颇有名气。也就是说，这条街主打是做大学生的生意，当然，小吃店和饭馆也不在少数，年轻人有几个不是馋嘴巴呢？因为是周六，平时上午并不热闹的后街，今天有三三两两逛街的大学生。上午茶坊不开门，徐开阳和赵琼波想找个坐的地方，沿着东街朝西街走，找到一排长椅，已经有很多人坐着，他俩也选一张空长椅坐了，抬头看，才知道是一家恐怖屋的排号椅，坐在这里的人拿着号在等着进恐怖屋。赵琼波说："要不，我们也排个号，你敢不敢？"

徐开阳没玩过这种游戏，不过他也听说过。既然是游戏，里面的妖魔鬼怪都是假的，都是店员扮演的角色。徐开阳想把上次丢的面子找回来，说："这有什么不敢的，我们去买票。"

这家恐怖屋的选题是"密室逃生"，逃生难度分成五个星级，徐开阳大胆地说，我们选五星。赵琼波却对柜台上的售票员说："不，我们选三星，太恐怖了我害怕。"

继续坐着等，徐开阳莫名地感到嗓子发干，他去买了两瓶水回来，拧开瓶盖，赵琼波小声说："少喝点，进去了一个小时计时，没时间也没地方上厕所的。"徐开阳想一想，确实是这么回事。说："看样子，你以前玩过这个呀。"

赵琼波说："你说我玩过，那就玩过吧。"

恐怖屋的门头和外墙都是大幅的广告画，人物五官变形，嘴脸狰狞，走进大堂，灯光璀璨，陈列柜里一束束聚光灯照耀着各式脸具和服装，音乐夸张奔放。推开第一个房间门，他俩就走进了一片黑暗，音乐在一瞬间消失。徐开阳感觉到赵琼波的手紧紧吊住了自己的胳膊，黑屋子渐渐有了绿色的光亮，光亮来自屋子中间的小方桌，小方桌中间有一块小屏幕，绿光就是它发出来的。借着细微的绿光，他们看到了房间里的两扇门，一扇是他们进来的门，另一扇无疑是出去的门。屏幕上的文字提醒他们，要想走出第一个房间，必须找到解码器。徐开阳说："这解码器是个什么玩意儿？看不见怎么找呀？"他话音刚落，屏幕上的绿光就灭了。这是存心为难人呢，可是，进来的人不都是为了找难受找罪受吗？徐开阳习惯性地去裤兜里摸手机，手机早就在进来前放进储物箱了。赵琼波说："用手在地上摸，这地面大概有十个平方，桌子占一个平方左右，我们以桌子相对的两条边为起点，向前摸索四米半，左右两米半。应该不会漏掉地面了。"两人坐到地面上开始了行动。

徐开阳的手触到了长长的一截树枝，他摸了摸树枝的两头，是两个球状的东西，这大概就是人的腿骨，大厅里的陈列柜见过。他继续往前探索，摸到了一个圆疙瘩，上面有些孔洞，他用手仔细捏了捏，是塑料做的，这大概就是仿制的骷髅头了。徐开阳将其扔到一边。赵琼波发出一声尖叫，说："开阳，我摸到了一条蛇。"徐开阳说："别怕，都是塑料做的。"赵琼波说："是活的，摸上去，滑腻腻。"徐开阳伸长胳膊，在空中捞了几下，抓住了肩膀，赵琼波顺着他的胳膊，一下子扑到了他怀里，浑身发抖，原来，她刚才说话时的镇静是强装的。徐开阳说："别怕，有我呢，这是家店铺，他要的是我们的钱，不是我们的命。你摸到的不大可能是蛇，有可能是黄鳝，如果真的是蛇，也只可能是水蛇菜花蛇，无毒，我小时候经常逮着玩，即使咬人也不痛，留下两个浅牙印而已。"

怀里抱着自己喜欢的姑娘，每个小伙子都能变为英雄。

解码器是赵琼波在桌子下面找到的，用胶带纸绑在桌子背面。赵琼波在徐开阳的怀里有了安全感，她说："我们刚才想的办法是笨办法，应该有更快的途径拿到解码器。"她在方桌的上下左右摸索，真的将解码器找到了，那是个铅笔盒大小的长方形，赵琼波摸到开关一按，解码器亮了，中间也是一个闪烁着绿光的小屏幕，上面有一道选择题：

下面四个选项，哪一项是正确的？

A. 达芬奇的代表作《蒙娜丽莎》收藏于意大利圣玛利亚感恩教堂。

B. 徐渭是中国大写意花鸟画鼻祖，《梅花绣眼图》是他的代表作。

C. 徐悲鸿的绘画发扬了"六朝唐宋"院体画的风格，反对欧洲写实主义。

D. 明末清初诞生的《十竹斋笺谱》对日本浮世绘乃至近代西方艺术产生过深远影响。

这选择题对普通游客有难度，但对美术学院的毕业生来说是小菜一碟，命题的人十有八九也是美院的师生，专门针对美院来的顾客。赵琼波毫不犹豫地按了"D"，屏幕上显示一行绿光字：解码是654321。回头看，铁门上有一个长方形小框亮了，是一个密码锁，赵琼波说："早知道是这六个数字，我蒙也能蒙出来。"出了这小黑屋，后面是一段长长的走廊，还是没有窗户，只有影影绰绰的暗光，就是人们说的鬼火那种，两人各自找到了一件武器，狼牙棒和长剑，拿到手，就知道是充气的塑料玩具。一路上有不少妖魔鬼怪拦截，顾客有九命，鬼怪只一条命，点到即死。徐开阳冲在前面，鬼怪们戴着面具看不出表情，只会引发恐惧，他不看鬼怪的脸，只看鬼怪的动作，过五关斩六将，赵琼波在身后不停地说："开阳，你真棒，爱死你了。"

对徐开阳来说，赵琼波说的每个字都可以核裂变一样引发爆炸力。

最后一间还是黑屋子，与前面不同的是，刚闯进去，屋子里就响起了计时的声音，提醒他们只剩下十分钟的时间。伸手不见五指，徐开阳的一只手紧紧地握着赵琼波的手，另一只手握着狼牙棒，赵琼波说："开阳，别怕。"她居然反过来安慰徐开阳。广播里传来一声接一声"叽叽"的叫声，徐开阳头皮发麻，他熟悉这个声音，赵琼波把他的手握得更牢，紧接着，有什么搅动了小黑屋的空气，仿佛无数的鸟围着他俩在旋转，徐开阳挥舞狼牙棒，朝着黑暗砍去。每砍中一个，广播里就传来夸张的哀嚎声。徐开阳用胳膊弯搂住赵琼波，说："别怕，有我在。"他陡生豪情，越来越勇，突然间，头顶上亮灯了，灯光将他俩刺得睁不开眼睛，广播里说："恭喜你们在规定时间内成功逃离密室，得分七十二分。接着，有一面墙缓缓打开，那就是胜利之门。"徐开阳抬头看上方，很多悬挂的绳子，每根绳子上挂着一只蝙蝠，蝙蝠不像是活物，他伸出手拽下一只，果然又是塑料制品，他将蝙蝠扔到地上，狠狠踩了一脚。一个声音在他头顶响起，说："破坏设施，请到前厅付赔偿款。"赵琼波冲屋顶说："放心，我们会赔偿。"

原来，他俩所有的过程都在摄像头下。他总是摆脱不了看不见的监控。连今天偶遇恐怖屋，也是赵琼波精心策划的程序，逃出密室的胜利者徐开阳情绪低落下来。

赵琼波说："这恐怖屋的设计，就像高考试卷的命题，命题后会专门请中学老师去做题，统计每道题解题的时间，所以，高考试卷上的每道题解题时间其实是有限制的，如果你长期纠缠于某道题，即使最终解出来，也占用了做别的题目的时间，得不偿失。这所有的密室，错过了规定打开的时间就会扣分。这最后一间，是以你击中蝙蝠的次数计算成绩，击中二十次就算胜利。"

徐开阳说："这最后一间黑屋子的设计，既比不出智力，也没有技巧性，完全是靠运气。"

赵琼波知道瞒不住了，说："这家恐怖屋的老板是我大学同学，最后的小黑屋是我出的主意，它只考核人的勇敢与镇定，这间小黑屋，是我专门为你定制。怎么，你生气了？"

徐开阳摇摇头，赵琼波这算煞费苦心了，想不到，有些控制能给人带来甜蜜和感动。

徐开阳说："琼波，我爱你，我决定向你求婚。"

赵琼波哈哈大笑，说："徐开阳，你当初就说过，你的恋爱不以结婚为目的，你只是在做一件自己喜欢的事情，如同喜欢雕刻。"

徐开阳一本正经地说："那时候我不够自信，给自己找借口。"

赵琼波说："完成了一次密室逃脱，就变得自信了？"

徐开阳不知道说什么好。

第二天是周日，徐开阳接到徐董的电话，让他回家吃午饭。徐金发从县城做土建起家，小富后首先在村里盖了楼，接着在县城买了商品房。进了省城，先买公寓房，接着就买下金陵合院，还是觉得不宽敞，干脆拿了块地，盖了徐府，反正自家就是开发商。母亲对徐开阳说，我要不是替你守着这个家，我早就回老家去住了。母亲总担心有人觊觎她的太太地位，担心徐少爷的家产被别人夺走。这个城里的家其实也不在城里，在城郊，前有水，后有山，专门请风水先生看过的福地，说聚山水之灵气，庇护子孙万代兴旺。徐大少爷回家，徐府上下奔走相告，徐少爷见过母亲大人之后，才移步徐老爷的书房。徐老爷的书房，书架上的书只有书脊，没有内芯，谁有时间看书呢。徐老爷直言不讳地说，这里其实就是他的吸烟室。他见了儿子，笑逐颜开，上前一把抱住儿子，徐开阳猝不及防，他还没有拥抱男人的经验。

徐老爷告诉徐少爷，他接受老家县政府的邀请，拿下了老家湖畔的一块地，打造文化旅游度假村，其中有两处交给徐开阳的公司，一处是画廊，展览徐氏集团收藏的字画，另一处是雕画馆，有石雕砖雕木雕。

徐开阳说："我公司的字画开画展不难，可是，那么多的雕刻作品到哪里搜集？"

徐老爷大手一挥，说："只要有钱，那都不是问题。"

徐开阳说："汪助理从来没跟我提过这事呀。"

徐老爷说："决策之前没必要告诉谁，需要他干活的时候他自然知道。"

徐老爷说："咱爷俩这么多天才见一面，你就没点什么好消息让我开心一下？"

徐开阳认真想了一会儿，说："谷医生说，我现在病情向好，可以减一半药量了。"

徐老爷说："这是好消息，还有呢？"

徐开阳说："我谈女朋友了，我要跟她结婚。"

徐老爷一下子从红木椅子上站起来，说："什么什么，你再说一遍。"

徐开阳说："你们不都催着我早点结婚吗？我妈见一次问一次，您不也急吼吼地嚷着抱孙子吗？"

徐老爷说："好事，当然是好事。是谁家的姑娘这么好的福气，能当上我们徐家的少奶奶，这个，得容我先考察一下。"

徐少爷生气了，说："爸，您什么意思？我从来没跟她说过我是谁，我们年轻人之间的事，你们大人不要掺和。"

徐老爷说："幼稚，你不说你是谁，人家就不知道你是谁？这南京城里能有几幢开阳大厦？"

徐开阳说："您能不能别把别人都想得跟您一样？"

徐老爷和徐少爷每次见面都是吵得不欢而散。徐老爷说："你以为我真的糊涂了？早有人告诉我，你和十竹斋一帮人打得火热，那姑娘应该就是十竹斋的人吧。你不说，我去找他们赵董打听，这点小事能难到我？笑话。"

有人，还能有谁？不就是你安插在我身边的汪助理吗？徐开阳起身说了声"拜拜"，连午饭也不愿陪徐老爷吃了。

赵琼波的原班人马从传习所结业，各自领了任务回家。徐开阳向赵琼波申请任务，赵琼波说，你就帮我分担部分。徐开阳名正言顺地找到了和赵琼波厮守的理由，赵琼波说："我告诉你，你说的那事急不得，一来我们任务紧，不允许现在分心，二来这事我不能独自做主，得听听别人的意见。"徐开阳觉得，这第一是借口，这第二，徐开阳没想到她也是个婆婆妈妈的人，简直跟徐老爷那个老封建可以比拼一番，莫非她也得听七大姑八大姨的意见？这做法不像赵琼波呀。徐开阳能怎么办？以前的姑娘，在没与你上床之前她踏，现在的姑娘，即使跟你扯了证生了娃，她敢一如既往地踏。何况这赵琼波说起来是他师父，更何况当初两人的约定是恋爱不以结婚为目的。徐开阳能做的只有一个字，等。

每过一个月，刻工们会来南京集中一次，除了交作业领新任务，每次还听一场专家讲座。这一次师父正遇上每个月不舒服的日子，命他代交作业。这梨木刻板一块不重，十块八块放一起，徐开阳抱着上楼不由得气喘吁吁。推开刻板库房门，里面已经是一屋子人，高大的刻板架子上，好多格子已经插满了刻板，见来的是徐开阳，竟整齐地笑出声来，徐开阳解释说："我替我师父来交刻板。"

王师叔阴阳怪气地说："知道，谁入行还没个师父，你以为就你有个师父？开口闭口你师父。"

这叫人怎么说话？徐开阳心里生气，其他人却爆发出雷鸣般的笑声。王师叔说："开阳，你今天得请客，少了我这一票你无所谓，要是大伙儿都投反对票，你的好事可就黄了。"

王师叔的话居然得到一致响应。

赵琼波拉了一个微信群，基本是她在扬州的那班人马，加上她的几位同学和闺蜜，只是漏了徐开阳一个人。说漏了也不确切，徐开阳是这个微信群里重要的人物，因为该微信群的群名是：徐开阳是否适合做群主的老公。每个群友先讲述徐开阳的优缺点，需举例，然后再打分。看后面的备注，还允许推荐候选人。在手机上给徐开阳展示这个微信群的人是王师叔。徐开阳请客，在金陵饭店的小包厢，王师叔毫不手软，酒是茅台，硬菜是鳟鱼和日本神户产的雪花牛排。

徐开阳说："早晓得我师父闹这一出，我今天就把大家都请过来。"

王师叔抿了一口酒说："来得及，我在群里发微信，约定时间地点。"

徐开阳说："不行，你在群里发了，我师父是群主，她肯定看得到。说不定偷鸡不成蚀把米，我这成了舞弊行为，减分。"

王师叔想了想说："有道理，我私下一个个发微信，就说公布分数结果那天，你请大家吃大餐。这话谁都能听懂，打分时会对你手下留情。"

王师叔绝对不是什么好人，他在候选人推荐栏居然写了自己的名字，真不要脸。当然，不要脸的人不止他一个，还有一帮自荐的男工。女工们推荐的候选人有周润发、刘德华等，他们的年龄，可以给赵琼波当老爸了。

徐开阳原以为，赵琼波所谓"听听别人的意见"，是听听来自家人和亲戚朋友的意见，那挺麻烦，会把徐开阳剥得一丝不挂，女人们尤其比婚姻专家还专家。想不到这个给他打分的微信群，主体是他熟悉的工友们，徐开阳自认为自己人品不差，口碑不错，及格应该不成问题。结果也确实如他所愿，赵琼波正式通知他通过考核时，王师叔早已将微信截图转发给了徐开阳。徐开阳认真研究了各项指标，他得分最高的一项居然是"富二代"，另一个高分项是"钱多人傻听使唤"。这都是些什么人哪，在这个世界上，别人都知道我是谁，只有我自己不知道我是谁，也难怪他们说我是个傻瓜。

拾玖

徐老爷很忙，忙老家的度假村项目，但项目相比较儿子的终身大事，还是小事情。徐董事长亲自去拜会赵董事长，他去礼品库取了两瓶老酒，上世纪八十年代的茅台。那是他从拍卖会上拍下的，价格不菲。

徐董让秘书和司机都留在车上，独自拎着酒进了十竹斋艺术集团的大楼。徐董有几年没来过这幢楼了，大楼的展览厅，除了十竹斋自己搞展览和拍卖会，也对外出租，给别家拍卖公司提供会场。徐董有一阵子喜欢藏老酒，追着赶酒拍的场子，搞老酒拍卖专场的公司都喜欢租十竹斋的场地。其实说穿了谁都懂，任何物品只要沾上"艺术"两个字，身价陡增，老酒凭什么待在某个角落里二十年三十年，就能卖出十倍百倍的价？是因为有个"酒文化"，酒文化从哪里来？徐董认为，是喝酒的人和炒酒的人弄出来的幺蛾子，说到底是钱作祟。那一阵子，如果酒席上不上老茅台，似乎这桌酒席就上不了档次。徐董来的次数多了，就免不了偶遇赵董，后来两人还成了朋友。儿子徐开阳的艺术公司成立，徐董想请赵董做顾问，重金聘请，赵董婉言谢绝，说自己是公职人员，不合适。徐董觉得这人不够意思，加之他对老酒的热情期过去了，不再来现场，两人就难得见面了。

十竹斋的装修挺艺术，古色古香，深色墙板打底，廊间和室内悬挂的都是书画作品，应该都是影印品，真品一旦被窃，谁能担得下责任？虽然都是复制品，但也渲染出了艺术氛围。寒暄过后，徐董直奔主题，说："无事不登三宝殿，我向您打听一个人，你们公司有没有一个叫赵琼波的姑娘？"

姓名是汪助理提供的，他怕徐董的普通话蹩脚，特意把那三个字写在名片的背面。

赵董不看他掏出的名片，说："有这个人，怎么了？"

徐董说："她是我儿子的女朋友，我想了解一下她的具体情况。"

赵董说："她谈男朋友了？我没听说呀。"

徐董说："小姑娘谈个恋爱，还得向领导汇报，这是哪家的规矩？"

赵董笑着说："十竹斋是艺术集团，当然没有这种规矩。我是说，他俩恋爱这事，是您儿子的意思，还是赵琼波的意思？"

这赵董也是搞笑，恋爱这事，一个巴掌能拍得响吗？徐董严肃地说："是徐开阳正式通知了家长，我来做一个侦察。按我们乡下规矩，我得准备请介绍人去下聘礼。我一路上寻思，这个替我下聘礼的人您最合适，这回您可别回绝我。"

赵董说："弄了半天，您是来请我当媒婆的，行，我正为难，您这两瓶老酒我是收还是不收，这下收定了，这是我做媒婆的谢礼嘛。"

赵董说："赵琼波的父母我熟，她父亲是国企的一个小领导，她母亲是师范大学的教授，赵琼波这小孩，有点叛逆，说好听点，有个性。上大学离开家正常，大学毕业后在本市上班，她宁愿租房住，也坚决不肯搬回家住。"

徐董说："徐开阳的助理告诉我，她住您单位的单身宿舍。"

赵董说："这您都知道？您这老爸对儿子的行踪掌握不少呀。"

徐董说："还得拜托您跟家长通报一声，年轻人的事，我们男方家长不干预。对方父母有什么条件，我这边都答应。"

赵董点头说："这事我是得跟女方家长汇报一下，尽管赵琼波这女孩，家长根本做不了她的主。"

徐董拱手，说："拜托拜托。"

赵董说："且慢，有一件事我一直想不明白，解铃还须系铃人。您还记得吗，当年您曾经叮嘱一件事，如果徐开阳的公司在拍卖场买下拍品，不管是否赝品，都希望我不要说什么。我当时很生气，我十竹斋一个历史悠久的国营公司，怎么会明知是赝品还拿来上拍，您说这话什么意思？您解释说，您说这话绝对不是说十竹斋，而是指某些公司。我只得说，行有行规，看破不说破，况且，我也没那么大本领一槌定音。这些年，我从没对徐开阳买下的字画作过评价。现在，我想问一下，您当初为什么对我说那句话？"

徐董说："多谢赵董，我当时的出发点，是为了鼓励我儿子。搞收藏这一块，开始总得交学费，徐开阳多交点学费不要紧，但他必须有自信，假作真时真亦假，徐开阳看上的，假的也是真的。我儿子过于单纯，这也算是培养他认识世界的窗口。"

赵董不同意，说："越是单纯的人，越是求真，大人自以为看透的世界未必是真实的世界。"

徐董不想与他扯那么远，艺术人难缠，做了小领导的艺术人更难缠。徐董此行，不就是来请赵董出面做个媒婆？他留下两瓶酒，拜拜。

"两谱"复刻的工作进入尾声，赵琼波还忙着印刷装订的事，没徐开阳什么事了。徐开阳有事没事都往十竹斋大楼跑，徐老爷在电话中告诉徐少爷说，我已经了解过你女朋友家景了，一个官员，一个教授，都有大学文凭，比你爸妈强，你俩也是大学毕业生，将来没人敢嘲笑我孙子是土老帽的后代了。徐老爷是包工头出身，很在乎别人说他是土包子，据说他后来摇身变成开发商，变成民办学校的校长，就是为了改变自己的社会地位。徐老爷得意地告诉儿子，十竹斋赵董亲自答应做你们的媒人，帮徐家去上门提亲。徐开阳才不管老爸搞的那一套，爱折腾你们去折腾，但是，这事让赵董知道了，他挺不好意思。不是说是因为迷上了"两谱"，你才热衷于复刻"两谱"这事吗？却原来是打我们十竹斋小姑娘的主意。如果赵董跟他这样说，他真是跳进黄河洗不清。

你不想遇见谁，偏偏就一定会遇见谁。徐开阳在车库停好车，打开一B楼电梯门时，电梯里空无一人，徐开阳心情大好。徐开阳最喜欢一个人的空间，每次电梯门在他面前缓缓打开，他都希望里面空空如也，如果电梯厢里挤满了人，再高的楼层，他也情愿一层层爬上去。他曾经向徐老爷提过一个要求，为他的办公室装一部单独的电梯。徐老爷没同意，不同意的理由是，电梯厢是老总与员工接触的最好空间，人与人靠得近，最适合观察人，而徐开阳尤其需要走进人群，与员工打成一片。电梯到达 A1 时，门开了，进来的是赵董，徐开阳明明看见门开时还有两位年轻人站着，却只进来赵董一个人，分明是看到领导玩"快闪"了。赵董意味深长地打量了他一眼，说："小徐总，是来找赵琼波吧？"徐开阳红着脸，一时不知道该说"是"还是"不是"，慌乱地点一下头，真人面前没办法说假话。好在赵董很快就出了电梯，徐开阳觉得电梯也变得轻快了。

徐开阳对赵琼波说："我刚才在电梯里碰见赵董了。"

赵琼波说："都在同一幢楼里，大宝天天见。"

徐开阳说："我爸前两天托赵董去你家提亲。"

赵琼波说："你爸这是搞什么搞？"

徐开阳说："赵董忙，还没去过你家吧。"

赵琼波忍不住大笑，说："赵董天天去我家，只是我不住家里，不知道情况。你们家徐老爷，我们家赵木匠，兜圈子玩。"

徐开阳说："什么赵木匠？我怎么听不懂？"

赵琼波说："赵木匠就是赵董，赵董就是赵大志，赵大志就是我爸。我爷爷是个老木匠，给儿子取名'大志'，是希望赵大志能做一个工艺木匠，能画善雕，超过做粗木匠的我爷爷，可惜赵大志都五十多岁了，远大志向还没能实现。"

赵琼波说话犹如连珠炮，轰得徐开阳晕头转向，捋了好一会儿才明白。徐开阳说："你是说，赵董就是你爸，你亲爸？他为什么没直接告诉徐老爷？"

赵琼波说："你有胆子直接去问赵大志？怎么，徐老爷和赵木匠的瞎忙活，你觉得与我俩的事有关系吗？我俩的事就是拍卖会上的一幅画，或者说，就是一个概念，怎么炒作怎么纠缠是别人的事，与作品无关。"

徐开阳当然赞同，说："你知道的，这个世界已经够复杂了，我希望我们的生活越简单越好。"

这话不假。

赵琼波说："徐老爷如果要下聘礼，我也不是不要，我要两大件，一件是《十竹斋笺谱》，一件是《十竹斋画谱》。两件相加，估价也得有十几万呢。"

晚饭后，这一次，赵琼波终于同意去徐开阳的办公室了。

关上门，徐开阳就进了自己的一方天地，圣女一号殷勤地跟主人打招呼，赵琼波惊讶地说："谁？"圣女一号说："尊贵的客人，我是圣女一号。"赵琼波循着声音看到她，说："哟，金屋藏着娇呢。"徐开阳没回答，圣女一号抢着说："我不是娇，我是主人的知音。"徐开阳不等她啰唆完，走过去关了她。

徐开阳说："琼波，今晚我想把你要了。"

赵琼波说："你是真傻还是假傻？这种事情都是突发事件，你居然来个天气预报。"

她嘴上这样说，脑袋已偎在徐开阳的肩膀上，徐开阳毫不犹豫地搂住了她，说："真人不说假话，明人不做暗事，说出来了我才踏实。"

赵琼波忍不住笑了，说："做这件事莫非还要'明做'？要不要我拍个视频全球转播？"

赵琼波差一点说出口，几年前，赵琼波读研时在电视台实习，曾经在混乱中冲上开阳大厦的顶楼，她确定，那个躺在围栏上假眠的忧郁男孩，就是此刻正式向她表白的男友。

既然预报了有暴风雨，那就让暴风雨来得更猛烈些吧。赵琼波想起有几次，本该水到渠成了，这家伙却突然打退堂鼓，莫非那是由于他觉得缺少了正式宣告的环节？男人在那样的时刻不疯狂，赵琼波甚至真的要怀疑他是不是个男人。

仪式感当然要讲究，但仪式毕竟是仪式，它不代表内核。都说良好的开端是成功的一半，但这件事好像例外。接下来，师父还是师父的角色，徒弟笨，或者说徒弟担心师父重演上次的中途抽身，任由师父手把手地施教，师父的手上有一把无形的刻刀，凿，拨，挑，发，痛感唤醒徐开阳的每一寸皮肤，突然间，师父的手中忽然换成了一把毛刷，毛刷轻扬，徐开阳直上九天欲魔欲仙；毛刷下压，徐开阳在云端坠落，堕落的快感让他的每一个毛孔歌唱。师父诲人不倦，徒弟也孜孜不倦。

中场休息的时候，徐开阳闭着眼，他的面前不再有树与藤，而是两棵比肩的修竹。十竹斋为什么要用十根竹子命名？徐开阳曾经问过圣女一号，不满足，还专门去查过资料，古人喜欢竹子的品质，其一是青春永驻，四季常青，素面朝天，脱俗脱艳，清而俊逸。二是生而有节，虚怀若谷，弯而不折，折而不断。而胡正言这个老头，则在竹子身上另外寄寓了他的一份乡愁。而此刻，徐开阳对竹子又增添了一种新的理解，那就是竹子的坚韧和相衔。当暴风雨来临，它们绝不会像藤与树那般彼此绞杀和推卸。竹竿与竹竿相互独立，却又同俯仰，共起伏。竹子平时彼此疏离的枝叶，在此刻簇拥，抱团，共御风雨。风雨考验了竹子，也赋予了竹子崭新的品质。让暴风雨来得更猛烈些吧，这也是徐开阳的呼唤。汗珠在两人的皮肤上滑落，溶化，不停地浇灌着这一师一徒的身体。

事毕，赵琼波说："徐大少爷，我不是处女，你是不是失望？"

徐开阳说："我也不是处男。"

赵琼波说："你傻呀，你是男人，你可以不说出来。"

徐开阳说："当面说出来，我们就都能接受，爱人之间不是应该赤诚相待吗？"

确实够赤诚的了，赵琼波伸手扯过被子，将赤裸的身子遮盖了。

走廊上不停地有杂乱的脚步声，赵琼波问，怎么晚上还有这么多人加班。徐开阳说："徐老爷在老家搞美术馆，装修已近尾声，这边忙着将藏画裱褙装框，徐老爷请大师选了吉日开馆，工人们怕是在赶时间。"

赵琼波估计是休息好了，说："我要去看你们徐家的藏画。"

带班的人是汪助理，见了小徐总和他的女友，很是意外。徐开阳这个公司老总从来懒得问公司的事，有时候连汪助理的周报他都不高兴听。显然，今天是他这位叫赵琼波的女友来了兴致。

由于工期紧，汪助理几乎将南京城裱画店的师傅都请来了公司，徐董发话，必须在美术馆开馆前布置好书画展。请师傅们到开阳大厦来加班，一是省得来回运输耽搁时间，二是保证藏画不会被暗中偷换，防小人也防君子。汪助理向两人汇报完，赵琼波说："南京城最好的师傅在我们十竹斋的装裱部，装裱部对外也承接业务，赶不上时间的话，我可以帮助联系。"

师傅们都埋头忙碌着，不便打扰，赵琼波参观那些已经装框的画作。她拎起一幅画，画的是几头撒欢的小毛驴，作者是黄由月。谁都知道，在当代画家中，黄由月是画驴的圣手。赵琼波问："汪助理，这幅画当时拍下的成交价是多少？"

汪助理说："这个，我一时想不起来，得去看公司底账，我马上就去。"

赵琼波将画框在灯光下变换了几个角度，说："用不着去了，反正是幅假画。"

徐开阳和汪助理都被她的话惊住了，赵琼波说："黄大师画的驴，有一个特点，毛驴身上的毛都是整个的团块，像是一朵朵乌云，而这几条毛驴身上的驴毛，都是一缕缕描上去的。"

汪助理说："还真是，小赵老师是高手。"

赵琼波走到一幅挂在墙上的大画前，看了一会儿，又用手轻轻抚摸那画纸，然后说："这一幅，我也怀疑是假货。"

赵琼波说："这幅画的年代是元朝，看山水和亭中的人物，是文人画。我爸曾对我说过，在画中加上画家主观之我，也就是文人画，大面积出现是在明清时期。宋元时期，山水画中有君王名士，有樵夫船工，却很少出现代表自我的文人形象。其次，我试了一试画纸的手感，觉得纸质不对，新火尚存。这幅画用的宣纸帘纹也有异，一般来讲，元时期的宣纸因为年代久远，应呈现灰暗的颜色，而人工做旧的古纸，则颜色鲜艳而不沉。这张画纸很明显是烟熏法做旧，纸的颜色上深下浅，色素不均匀。"

赵琼波讲得头头是道，徐开阳听得目瞪口呆，不服不行，这当师父的真有两下子。赵琼波说："我从小就在十竹斋公司长大，对，那时还称做公司，整天混在画丛中，听那些叔叔阿姨谈画，也就拾了点他们的唾沫星子而已。"

徐开阳转身对汪助理说："你肯定也记不得这幅画的成交价了，一并查了告诉我。是真还是假，你作为经手人，还有你请的顾问大师们，应该给我一个说法了。"

徐开阳说："还有多少张假的字画，你心里该有个数，实话实说，免得将来挂出来让人笑话。"

汪助理额头上沁出的汗珠，在灯光下闪闪发亮。

徐开阳走上前，一把扯下墙上的画纸，那画纸像是一张巨大的网被拎起了纲目，聚成一团。所有人都停下手中干的活，看着小徐总慢条斯理地将价值几百万的大画撕成碎片，没人吭声。

廿

汪助理躲着不见面，打电话，他都说不在南京，在协助徐董忙老家度假村的事。

徐开阳决定回一趟老家，顺便也看看他们在老家忙出了什么名堂。

度假村占了一千多亩地，徐董在依山傍水处建了花园别墅，不卖，是用来做民宿。在别墅群的后面，一幢拔地而起的高楼尚在建设中，那是未来的五星酒店，站在酒店的客房窗口，可以看到不远处的湖景。湖滩本来是泥沙，徐董让人清理干净，花大价钱专门从南海买来了几十车皮的白沙，白沙铺在湖滩上，湖滩就变成了海滩的模样。至于那清澈的湖水，一点也不输什么马尔代夫、普吉岛那里的海水。除了民俗土风系列，度假村打的另一张大牌就是艺术牌，美术馆和雕刻作品展。

徐开阳敲开了徐董办公室的门，巧的是，徐董和汪助理都在，汪助理抬头见是徐开阳，眼神里飞过一抹胆怯，他对徐董说，没有别的事，那我走了。路过小徐总面前，不忘记朝他挤了个诡笑，徐开阳说，汪助理别急着走，我还找你有事谈。汪助理回头求助地看了徐董一眼，徐董朝他挥挥手，说，你去忙你的正事。汪助理遇赦一般，紧跨几步离去。

徐董移步到沙发上，他坐下，拍拍沙发说："儿子，你坐过来。"

徐董说："有些事，现在可以开诚布公地跟你说了。你病情严重的那几年，老爸我曾经带你北上广都去看过医生，或者拜访心理诊疗大师，后来，我们条件向好，就请国内外的名医名师专程来家里给你诊治。他们有一个共同点，认为自闭症也好，抑郁症也好，医治的最好办法是让患者有一个爱好，有一个追求的方向和目标。那时的你对什么都不感兴趣，但有一个癖好，撕画册。你还记得那些日子吗？我让人买了一堆又一堆的画册，每天让送饭的阿姨带几本进你的房间，第二天，打扫卫生的阿姨能在你房间打扫出一垃圾篓的碎屑。终于有一天，你不撕画，自己作画了。我和你妈那个高兴啊，赶紧给你请教画画的老师。你没有反对，也没有赶走老师，别人家的儿子都要上大学，我儿子也要上大学，你告诉我，你要考南京美术学院。这就对了呀，可是，你因为生病，缺了好多文化课，尽管美术专业的高考文化成绩分数线低，可是对你而言还是高不可攀。那一年，可把老爸愁死了，我把公司的业务搁在一边，你妈说，儿子的事是天大的事，徐家最大的工程项目是儿子的项目。我求爹爹拜奶奶，人托人，终于认识了美术学院文院长，那时江苏有个'点招'政策，分不够，钱来补，前提是必须捐一个学校的董事会董事，我当即要捐这个董事，文院长说，不急，即使'点招'，还是有硬杠子，必须达到最低分数线，我怕夜长梦多，先捐了再说，不就五十万吗？你还记得吗？那年的专业成绩咱过关了，可文化成绩还真没达到划的那道最低线。好在那一年扩招，美术学院招三本，你达了三本线，因为师资和基建跟不上，美院的三本和二本的学生在一起上大课，挺好，不就是一样的纸上盖不同的章而已，本来咱上美院就不是冲那张纸。"

徐董喝了口茶，他扯远了，对儿子回顾这一段历史有必要吗？

徐董说："你平安无事，我就觉得时间过得快，四年后你毕业了，我不敢让你闲着。你成立文化艺术公司，老爸是打心眼里支持，可是那时搞收藏，咱徐氏集团力不从心。老爸是大老粗，不懂艺术，我就去向懂艺术的行家请教。十竹斋的赵董提醒我，企业搞收藏，也是一种风气，许多世界名作，都是被企业家收藏，一是为了增值，二是一旦遇到资金链断了，可以出手变现。所以，企业藏画都藏大画，拿一幅名作动辄几千万甚至几个亿。咱那时哪里有这样的实力，可是我又不能改变你的志向。就在这样的时刻，那大师出现了。那大师并非真的是美术学院的老师，我向文院长打听过，美术学院从来没有这个人。我也向十竹斋赵董了解过，赵董说他是害群之马，扰乱了整个艺术市场。你爸我是个粗人，我敬畏真正的艺术家，但我不怕艺术混混，我这一路走来，都得跟各种混混打交道。那大师带我参观他的公司，他养了一个作假的班子，不管书法家还是画家，有专人模仿，模仿谁就像谁。那大师给我看他公司的员工打卡表，齐白石张大千李可染，还有什么启功林散之，都是大名家，死人活人全集中到他公司了。那大师说，他的公司不需要员工的真实姓名，其实所谓的公司也是虚拟。你付钱我交货，质量高加钱，一眼能看破的货当面撕掉。有人买假货是为了当真品卖，甚至有名家的后人找上门来，他们家的印章是真的呀。有人买假货是为了满足虚荣心，挂在墙上显摆。我买他的假货，说到底是为了能如你所愿，为了治你的病。你在拍卖画册上看中的作品，汪助理在第一时间通知那大师，拍卖公司从定拍到付款交货有一个星期的时间，这一个星期也足够那大师向汪晓阳交货了。所以，如果说有错，有错的是你老爸，只怪老爸当时资金上力不从心。"

徐开阳说："爸，那就是说，您是睁着眼睛吃老鼠药，甘心买的假货，并不是上当受骗？"

徐董说："一分钱一分货，我付给那大师的价格就是假货的价格，一个愿打，一个愿挨。反正假货都在咱们仓库里放着，我们也没有拿到社会上招摇撞骗。"

徐开阳沉默不语，徐董拍拍儿子的肩膀，说："儿子，你没事吧。"

徐开阳心情很复杂，徐开阳总以为走的是自己的路，做的是自己的事业，到头来发现，如同孙悟空跳不出如来佛的掌心，他总是生活在徐老爷的云朵之下。不过，徐老爷这样做，也确实是出于对儿子的爱护，只不过他在为难之中走了下策。细品，徐老爷所做的这些也体现了一份舐犊之情，有一种柔软的东西触动了徐开阳。

儿子真的是长大了，他的肩膀已经能承担起他该挑起的重担。

四十多年前，徐金发还只有七八岁，徐金发的父亲是生产队的拖拉机驾驶员。那种手扶拖拉机，农忙时可以拖上犁铧耕地，农闲时可以挂上车厢搞运输，生产队买农药化肥，有时候生产队长上镇上开会，都会让徐金发的父亲出公差。那时候，徐金发家的日子与村里人比较，算是不错的。徐爸虽然不挣工资，但挣的是生产队最高的工分，拖拉机驾驶员毕竟是个技术活。徐爸出公差没补贴，这比不上那些在公家单位开汽车的人，但徐爸也有暗地里的收入，比如村里人盖房，买砖瓦买木料，就会求徐爸出趟私差，徐爸讲原则，公私分明，谁家用车谁家出柴油钱，至于驾驶员的辛苦费，他也不拿一分钱。当然，人家也不会亏待他，吃的喝的东西从来没少给他。但徐金发家的小日子没能过长久，徐爸在一次跑私差时出了车祸，拖拉机翻进了湖里，一车厢红砖把他压在水底，夺了他的命。这事生产队不认账，本来就是假公济私，拖拉机是公家的财产，就算你没用它挣钱你也用它挣了人情。红砖的主家也不买账，认为徐爸让他家触了霉头，新屋没盖，就先遇了人祸。虽然付了徐爸的丧葬费，却不肯再付孤儿寡母的抚恤金。徐爸死后，徐金发和母亲的生活没了保障，徐妈本来不下地，现在也只得出工当女劳力，母子糊口的基本口粮就靠母亲的工分抵换。家庭的变故，使徐金发提前懂事。应该是农田承包责任制前的最后一个年尾，按惯例，生产队会抽干所属的几个池塘，捉鱼分给家家户户过年。别看他们的村庄就在湖边，但湖和湖里的鱼属于湖管会，与生产队没有关系。村里人过大年，就指望生产队分得的几条鱼充门面，摆在桌面上算大荤，说起来也算年年有余（鱼）。生产队分鱼，大鱼按劳力分，杂鱼按户头分。按劳力分，先男后女，按户头分，先人头多的后人头少的。鱼都摆在打谷场上，一份份整齐排列，队长报到谁家，谁家就领走一份。领鱼的人大多是各家孩子，要过年了，有钱没钱，大人们多少都有点事忙活。徐金发拎着竹篮上了打谷场，父亲走后，生产队分东西，徐金发家都排在最后，劳力少，人头少，去早了也轮不上他。但他喜欢赶打谷场上的热闹，再说，那些大鱼，哪怕吃不上，看着也解馋呀。最先被领走的是最大的鱼，那些在池塘里耀武扬威的霸主，上了岸也只有瞪死鱼眼的本事，大鱼吃小鱼，小鱼吃虾米，一旦换了环境，这样的规则就不成为规则。按劳力强弱分配，按人头多少分配，貌似公平，倘若换一个场合，换另一个人群，这个分配方式也一定能改变。前提是，必须离开这个地方，离开这个人群，初一学生徐金发胳膊上挽着空竹篮，思绪却在远方游弋。

徐金发是最后分到鱼的几个人之一，排在他后面的就只有五保户或者光棍汉，他的篮子里有一条鲤鱼和十几条小鱼，鲤鱼不大，正适合做碗头鱼。本乡风俗，春节期间的饭桌上要有鱼这道菜，所谓的"碗头鱼"，必须有头有尾，大了碗小，小了碗大，都不中看，这道菜的规矩是只看不夹，客人都不会下筷子。山里缺鱼的人家干脆用木头刻的鲤鱼放碗里，做个摆设。在徐金发的老家，等到正月十五之后，没人走亲戚了，大人才允许孩子吃这"碗头鱼"，那时候，这鱼因为反复加热，已经硬得硌牙齿。真正马上能打牙祭的是小鱼，小鱼其实不小，大的有一拃长，小的也够得上一指长，有鳜鱼、翘嘴和鲫鱼。他正要回走，有人拦住了他，是陈家三兄弟，大根、双根和三根，大根说："你把鲤鱼留下，我家分的鲤鱼太大，没办法做'碗头鱼'。"这不能算是理由，要算也是强盗的理由，徐金发当然不答应，徐金发说："那你把你家分的大鲤鱼跟我来换。"大根一挥手，双根和三根就一齐扑上来抢。徐金发寡不敌众，最终鲤鱼被抢走，他挨了一顿揍，竹篮被扯烂。他捧着剩下的小鱼回到家时，装做什么都没发生，说是自己摔了一跤，把鲤鱼弄丢了。徐妈当然不相信，但她没有揭穿儿子，说，没有鲤鱼，鲫鱼也能做"碗头鱼"。这一个春节，徐金发常常独自发呆，弱肉强食，丛林法则，这种事在乡下并不稀奇，农村人想生儿子，恨不得生一群儿子，原因之一就是为了在村里占据强势。徐金发是独子，也不可能再有兄弟，他不想被欺负，就必须另辟蹊径。那时高考制度已恢复，考上大学等于跳龙门，但这对徐金发这样的乡中学生遥不可及。那时候，已经有一些农村人进城打工，白天打短工，晚上住桥洞。春节过后，十三岁的少年徐金发就退学，不顾一切地来到省城。等到他终于有了自己的公司，村里人纷纷想进城投靠他时，他主动留下了陈家三兄弟，大根觉得自己从前对金发有愧，双根三根也向金发忏悔。徐老板说，那都是小时候的儿戏，陈谷子烂芝麻，还记着做什么？其实徐金发从没忘记那件事，他是真的感谢他们，是他们促使徐金发迈出了走向城市的第一步。他需要时常看到陈家三兄弟，看到他们在自己面前唯唯诺诺点头哈腰的模样，他就有莫名的愉快。

徐金发在城里最初只能做个小流浪汉，他捡破烂，在小饭店洗菜洗碗，最多就能填饱个肚子，这不是他想要的城市生活，但这一阶段的磨炼他还是有收益，他学会了观言察色，学会了遇人说人话，遇鬼说鬼话。他也很奇怪，以前他在村里，从不肯轻易向人低头，像一只骄傲的小公鸡，为什么进了城，他就变成一条断了脊梁的哈巴狗，可以解释成，是因为人在屋檐下不得不低头，最主要的原因，是因为他的潜意识里觉得城里人比农村人高人一等，哪怕他遇见的只是城市穷民闲散二流子，他都服气他们的牛皮哄哄。徐金发一旦觉悟，就决定从头再来，他在与小饭店老板一次争吵后，主动丢掉了饭碗，重新又住到了桥洞下。桥洞下居住着一帮专偷自行车的流浪汉，徐金发坚决不肯做小偷，但愿意加入他们的销赃行动，他自我安慰，反正自行车不是我偷的。销赃也有市场，定点定时，十二点后在城西某黑市，各种牌子的自行车都有，飞鸽、长征、金丝，当然少不了凤凰、永久这种名牌，价格低，出手快。来买自行车的人都是贪便宜。徐金发有一回碰到了一位大客户，开口就要十辆永久自行车，这是要组织自行车队吗？徐金发在一部叫《小兵张嘎》的电影里看到过，汉奸队伍就是人手一辆自行车。徐金发当然不能管那么多，做这种生意的人最好是哑巴。但客户不省事，他从徐金发的蹩脚普通话里听出了乡音，老乡见老乡，嘴上的闸门就都闸不住了，原来真是同一个县同一个乡的人，客户姓胡名山风，胡庄人，胡庄与徐金发家所在的村庄就隔着一座山。胡山风带着一帮村里人在电视机厂做房屋维修，电视机厂的总务处长曾是胡庄的下放知青，这处长念旧情，胡山风和村里的年轻人就一股风进了城。电视机厂在市中心，胡山风他们在城里租不起房，住在中山门外的城墙脚下返城的知青们搭的违建里，租金便宜。但每天去电视机厂干活，转两趟公交车，来回的车费加起来也令大伙心痛，几个月的公交车费就可以在黑市买到一辆自行车。自行车一次付出后，就只需要出点蹬车的力气，乡下人缺钱，不缺力气，何况春节时把这自行车带回村里，那会让村里村外的人羡慕得淌口水。胡山风们看样子有点实力，一式的永久二八杠，这队伍即使在城里驰过也够拉风的。徐金发收了定金，偷车贼们按图索骥，很快就凑齐了十辆货。这是徐金发销赃最大的一笔生意，也是他最后一笔销赃生意。交接过后，他就和这批永久自行车一起加入了胡山风的队伍。

跟着胡山风干，除了能填饱肚子，徐金发还能挣一份工钱。胡山风没读过书，他带的那帮山里人也没人读过书，徐金发毕竟上过一年半初中，胡山风办事都带着他。凭良心说，胡山风待他不错，除了能跟着在外面蹭好吃的，胡山风年底还悄悄给徐金发发了奖金。徐金发独自在工棚里点纸币，一遍又一遍，他可以衣锦还乡了，这是替家里买年货的钱，这是替妈妈买新衣服新鞋子的钱，这是拜年给老人送礼的钱。他将钱分成几份，每份钱有每份钱的使命。这种喜悦不能跟别人分享，谁知道别人有没有拿到奖金，再说有奖金也分多和少。徐金发认为自己拿的奖金是最多的。胡山风这一招徐金发后来学会了，当老板的徐金发每到给工人发年终奖时，也不公布，各自来老板办公室领一个信封。电视机厂遇上了发展的好时机，除了修补房屋，建个厕所、盖个简易仓库之类，总务处长也交给胡山风干。胡山风胆小，但硬着头皮把活儿接下了，活儿干完，居然也顺利通过了验收。胡山风开始自信起来，拉起一支施工队，自己当上了包工头，先是挂靠在人家的建筑公司名下，后来干脆自己注册了建筑公司。水涨船高，徐金发的年终奖也翻倍往上涨，但徐金发付出的也多，他既要陪同胡老板交际应酬，在文字方面为老板保驾护航，又要负责现场施工，尤其是琢磨工程预算决算。建筑利润不在会干而在会算，这是徐金发在实践中的领悟。说他在胡山风的建筑公司挑大梁，不如说他在这里成长为人才，如果吹牛，也可以说他已经是搞建筑工程的全才。容易满足的徐金发变得不容易满足了，他起了二心，与其帮胡老板干，不如自己干，在胡老板手下拿再多，自己也只是个高级打工仔，自己干，哪怕挣不了钱，那也是当了一回老板，闯一场，他才能死心。大不了，他回到桥洞里再做流浪汉。

徐金发另起炉台另开灶，但他没有从胡山风那里带走一个人，没有带走一张图纸。这些年，胡山风的公司已经给他提供了平台和人脉，招兵买马只需要把旗杆竖起，他就不担心拉不起队伍，何况那几年正是农村建筑大军占领城市建筑业的黄金时机。徐金发直接注册了自己的公司，他是亲眼目睹了胡山风那颗芝麻大的胆子，怎样一步步肥大起来的，徐金发的步子迈得更大更快，只三四年时间，他的公司就发展壮大，他一不小心成了胡老板的竞争对手。

双方的冲突起于金陵电子大学的教学大楼竞标，那几年，几乎所有的省城都在兴建大学城，南京也不例外。大学城是所有建筑公司眼中的肥肉，资金有保障，楼盘的难度系数小，工期短，而且那时代的知识分子们，不会拖欠和赖账。徐金发参加了招投标，他的想法是碰碰运气，一般来说，建筑公司投标前都做了不少外围工作，至少与甲方的关键领导混了个脸熟，徐金发的方法是听天由命，广泛撒网，十网九网空，说不定有一网成功呢。还真让他撞了大运，他公司的预算方案这次真中标了。开标后的当天，公司的管理人员在食堂聚餐庆祝，胡山风带着一帮老兄弟闯了进来，徐金发赶紧站起来上前招呼，前东家板着脸，一屁股在椅子上坐下，露出了腰间的斧头柄。胡山风说："见过忘恩负义的，没见过你这种恩将仇报的，你本事大，敢抢我到嘴的肉了。"原来，胡山风盯着这幢教学楼有两三年了，他用的还是徐金发当年使用的老套路，从上到下一条线搞定，首先是使一把手有意，然后让分管的副职有心，但是，大领导从不轻易表态，还必须做通基建处人员的工作，处长副处长到工程师们。议标的时候，下面的人异口同声赞成某家公司，从会议记录上看，大领导完全是为了尊重民意而拍板。这种路子当然费时费力费金，等于是下一盘大旗，将帅和兵卒一个都不敢疏漏。但时过境迁，那方法只能用在议标时代，随着招标制度健全，甲方领导手中的权力有限了。胡山风显然还用的是老套路，鱼饵投下去不少，却一无所获，恼羞成怒，他才带着斧头上门兴师问罪。徐金发请一帮人落座，敬烟敬酒，主动向胡山风请罪，说我们真的是盲投，没想到得罪了老东家。胡山风说，那你得给我一个说法。徐金发说，如果你能说服他们更改结果，我可以考虑退出。胡山风说，一言既出，马也难追。徐金发说，行，不追不追，咱先喝酒。徐金发在心里冷笑，什么时代了，上我的门还一个个腰里揣着斧头。这斧头，当年徐金发的腰带上不是没有揣过，刚开工地时常有地痞流氓偷盗或者敲诈，掏出斧头也就起个吓唬人的作用。

胡山风头脑简单，谁也没有那么大的胆子更改公开招标的结果。胡山风气恨难消，把电子大学教学楼失手的这笔账，记在徐金发头上。

接到老婆说儿子失踪的电话，徐金发想到的第一个人就是胡山风。徐金发安慰老婆说，一个多年的老朋友，刚建了一个豪华庄园，非要让我带儿子去享受几天，司机回来接儿子时，巧了，儿子就在村口玩，司机就直接把儿子带回来了，怪我，我忘了跟你说一声。在外面闯荡的男人都是骗子，骗父母，骗妻儿，乡下人赤手空拳进城，哪一个不是满腹辛酸满身伤痛，是男人谁都打掉牙齿往肚子里咽。这事的罪过确实在他这个父亲，他不想让老婆惊慌。每遇大事，他首先强迫自己冷静。儿子在哪里？有几种可能，一种是在胡山风的工地，一种是在胡山风老家的村庄，第三种可能是扣押在某个隐蔽的地方。徐金发的预案，一个是报警，没有证据，警察也未必相信徐金发，一个是打上门去，砸烂胡山风的办公室和工棚，搜出儿子。徐金发现在的实力比胡山风强，称得上兵强马壮。但这两种方法都不可靠，说不定反倒耽误了儿子。胡山风一个文盲，最多算得上一个流氓，他在城里打下的江山已到末年，徐金发何必与他拼个鱼死网破，徐金发后面的日子比他长远多了。徐金发单枪匹马去了胡山风的办公室，胡山风正躺在沙发上抠脚丫，见是徐金发，没顾得上穿袜子就赤脚站起身，随即，他的手下就堵住了门。徐金发说："无事不登三宝殿，胡总，金发今天来有一事相求。"听徐金发的口气，这小子认㞞了。徐金发说："电子大学的教学楼我想让，上面的领导不准让，我若干，又担心自己力量不足，思来想去，我还是决定向胡总求助，能不能把大楼的水电工程接过去？"做建筑，水电工程的油水高于土木工程，如果这个项目是条大鱼，徐金发这是把鱼腩让出来了。胡山风将信将疑，徐金发从皮包里掏出分包合同，请胡山风签字落笔，胡山风才握住徐金发的手，仰天大笑，说："毕竟是我带上道的兄弟，懂规矩。"

已是中午饭点，胡总留徐金发用餐，徐金发没有推辞，说："好久没见过那些老兄弟了，胡总把他们都喊上，一起叙个旧。"胡山风说："我这庙太小，哪里还留得住他们？他们全学你，出去攀高枝了。"徐金发心里思量，这是树倒猢狲散的前奏啊，水电工程是赚钱，可胡山风做分包，想在徐金发手中轻易拿到钱，怕是做梦了。徐金发在饭桌上儿子的事没提一个字，胡山风也装作没事人一样，酒兴酣畅。喝过酒后的节目是去洗脚城，徐金发刚躺下，手机"叮咚"响了，是短信："你儿子在山里迷路了，人在村后乌龟山山洞里。"来电号码被隐藏了。徐金发向胡总请假，说："家里有点事急着处理，我先走一步。"徐金发走到大厅换鞋，听见身后胡总和手下一群人放肆的笑声，他不敢耽搁，恨得差点咬碎了自己的牙齿。

胡山风当然没在他这里讨到好果子吃，做完这个水电工程，他就滚出了南京建筑市场。大浪淘沙，这些年被淘汰出局的老板不要太多，何况胡山风这样一个蠢货。儿子是救回来了，徐金发毫不犹豫地把老婆儿子接进了城，但是，徐开阳人在他身边，魂却似乎丢了。人的想法是奇怪的，当初徐金发生下儿子，和所有父亲一样，他当然视儿子为徐家的希望和未来。等到他终于当上了小老板，他的目的很明确，要为儿子创造最好的条件，让他在自己的肩膀上起飞。等到有一天，他成了大老板，手下有几千号人，他自己当上了老爷，让儿子也当上了少爷，他忽然迷茫，一不小心失去了奋斗的动力。怎么说呢，儿子不愿意当这个所谓的少爷，他能理解，一茬人有一茬人的追求，但是，他徐金发吃苦受罪，熬出了头，不就是为了儿子不重复自己走过的路，不受二茬罪吗？他徐金发的家产，够儿子过十辈子好日子了。尤其当儿子得了那个抑郁症后，他对儿子的要求就是没要求了，就让儿子做一个普通人，或者说，做一个普通人羡慕的人，开开心心地过日子，反正他想要什么就有什么，他喜欢什么那就追求什么吧。

徐金发购买的开阳大厦，原来属于一家外资公司。他改名为开阳大厦，以儿子的名字命名大厦，暴露了他对儿子曾经的期待。徐金发并不想做一个张狂的暴发户，但作为一家公司，门面就是脸面，这楼有点旧，但地段好，徐金发不惜代价装饰一新。他刚拉起队伍接工程时，曾经几次在甲方那里吃瘪，后来打听到原因，甲方领导说，出来谈事情，连个像样子的小车都没有，这样的老板谈得上有什么实力？人看衣裳马看鞍，老板出门看座车。他接到第一笔工程款，就给自己买了一辆高档车，别人笑话他，打肿脸充胖子，他内心清楚，在这个俗不可耐的世界，你只有比别人更俗气，俗人的眼光才能注意到你。开阳大厦不仅是给自己争脸，也给他的集团争取了不少机会，在南京城，没有人敢小看他了，楼在新街口戳着呢。他自己的办公室位于楼的高层，二百七十度敞开式玻璃墙。他常站在玻璃墙前，俯首看楼下的风景，最热闹的是总统府，近在咫尺，人来人往，游客络绎不绝。

徐金发在一个心情不错的下午拜访了总统府，哪怕是近邻，他也得乖乖买一张门票。从徐金发的办公室看，这总统府也就是个方寸之地，但从门楼边侧的小红门走进来，却是别有洞天。徐金发请一个导游为自己解说，导游是个小姑娘，一个人请个导游，这样的游客不多。小姑娘十分殷勤，一木一石，讲出很多故事，徐金发这才知道，这块地皮上发生的故事太多，在这里住过的历史人物除了孙蒋两人，更有许多王侯枭雄，徐金发开了眼界。这里在明朝是王府，清朝是康熙和乾隆行宫，太平天国时期为洪秀全天王府，太平天国亡，这里又做了清朝两江总督署。民国时期，孙中山在此就任临时大总统。穿过院落，进入大堂，小姑娘向徐金发介绍了四壁悬挂的六幅油画，分别是《天国风云》《敕治两江》《共和肇始》《国府西迁》《国共和谈》《煦园曙光》，画中重现了总统府不同时期的历史风云人物，徐金发没有耐心听小姑娘详细的讲解，他打断小姑娘，说："现在这里属于谁？"姑娘笑着说："当然属于人民，现在是国有资产，再有钱的人也买不到的。"

徐金发回到办公室，再也不敢小看这脚下的方寸之地。多少风流人物，俱往矣，我徐金发算根什么毛？别说这幢开阳大厦，别说他徐氏这点产业，天下的江山都如流水。徐开阳学的东西确实没什么用，徐开阳喜欢做的事真不能指望它赚钱，但是，一代人有一代人的病，一代人也有一代人治病的药。徐金发们穷怕了，金钱和权力是他们的药，而儿子徐开阳们有病，能治愈他们的药看不见摸不着。有一点徐老爷明白，能治愈精神病的只能是精神，是文化，这东西应该是一种高级的趣味，否则，为什么有钱有势的人最后都要把自己打扮成文化人。徐金发忽然间释然了，我一生的奋斗，就是为了让儿子拥有喜欢什么就是什么的自由和快乐，儿子做一个纯粹的文化人，他自己觉得幸福就值得。

徐金发沉浸在回忆中，徐开阳知道老爸的思绪又飘远了，看来他是真的进入老年了。徐开阳说："爸，谢谢您，儿子让您费心了。我有一个请求，咱这次美术馆的开馆展览暂停，行不行？"

徐老爷爽快地说："美术馆归你的公司管辖，你的地盘你做主。"

走到门口，徐开阳回头说："爸，有件事我得告诉您，赵董就是赵琼波的爸爸，琼波亲口说的。"

徐老爷在沙发上一跃，差点落地，说："这个老狐狸，逗我玩呢，满口答应替我做媒，居然装得那么像。他这是使的缓兵之计，给自己留一段考察权衡的时间，当领导的都是这套路。"

徐开阳这一夜就住在度假村，这里有几幢装修好的民宿，暂时供管理和技术人员使用。徐开阳坐在沙发上，湖风从窗户吹进来，带着一股他熟悉的湖水味道。他要不要把这件事跟赵琼波讲呢？徐开阳的世界里，没有什么真正是属于他的，赵琼波也不算属于他，但是，也就只有赵琼波离他最近，彼此可以说心里话。但徐开阳又怕赵琼波听后会嘲笑他，嘲笑徐氏集团。该不该告诉她，徐开阳一时拿不定主意。他打开电脑，有网，现代人做事，不是粮草先行，而是网络先行，工地上也不例外。他打算先在网上溜达一番，开机，屏幕亮了，出来一个老先生，童颜鹤发，古风打扮，老先生对着徐开阳说："小子，你终于开机了。"

徐开阳打量了一遍房间，没有他人，就是老先生在跟他说话。

老先生说："你最近怎么失踪了，既没去找过汪小楷，也没去找过张笋衣。"

徐开阳明白了，老先生是十竹斋的先辈。徐开阳说："我的病已痊愈，不再吃那些药片，我想去找他们也去不成了。"

老先生哈哈大笑，说："你应该知道我是谁，我是胡正言，你小子，把我身边的人当朋友，把我脚趾缝里的灰尘都扒出来曝光，就是从来不找我玩，也太不仗义了吧。"

这位才是大师，从历史中走出来的大师，徐开阳恭恭敬敬地说："我一无名晚辈，能得聆听您教诲，三生有幸。"

胡正言说："好，'两谱'重刊复刻就要开发布会，我想看看我的'两谱'被刻成什么模样。你不肯见我，我就来见你，拜托你带我去发布会现场。"

徐开阳说："你要从电脑中走下来？"

胡正言将了将下巴上的长须，说："你以为我是什么人，是你那圣女一号的新机型，还是 AI 换脸机器人？都不是，我就是胡正言，你别忘了，我是医生，西医药片能达到的药效，中医药材里更加高效全面。你让我想想，我该以什么样的面貌出现在你这个时代。"

一会儿，屏幕上的老头变成了一个八九岁的儿童，他对徐开阳说："麻烦你闭上眼，老夫这就下来了。"

出现在徐开阳面前的是一个稚气的男孩，头顶一个萝卜头发型，上身是对襟布褂，里面穿的红肚兜隐约可见，下着灯笼裤，元宝鞋。胡正言说："回想我九十年的人生，我最幸福的时代是在童年时代，这个年纪，我既用不着在家背医典，也用不着去书院诵书经，无忧无虑。如果我有机会再做选择，我情愿选择永远活在这个年龄段。"

徐开阳说："那可不行，中国文化艺术缺了'两谱'，缺了饾版和拱花，缺了十竹斋，那中国文化艺术史就是一部不完整的历史，您是天选之人，不可或缺。"

胡正言说："一般意义上说，每一个生命，都是天选。从艺术角度来说，每一位热爱艺术并为之奋斗的人，都是天选之人，你我一样。"

徐开阳说："我可不敢与您并论，不过有一点我与您相同，我最幸福的年代也是童年和少年时期，我和我妈妈留守在这湖边的小村庄，我那时自由自在，可以上山下湖，逮鸟捕鱼，所有美好的记忆都停留在这块土地上。"

胡正言又伸手去捋他的胡须，他忘了此刻，他的下巴上没有长胡子。他说："听你这话的意思，我的朋友似乎对现状不满呀？不妨说来我听听。"

徐开阳忍不住说出了自己收藏赝品的糗事，这事说出来既恼火也挺难为情。

胡正言听罢，说："这种事三四百年前就不稀奇，我的'两谱'面世后，市场上很快就出现仿刻本，大张旗鼓公开署名的就多达十几家书坊，汪小楷也没有办法。不过，现在你们不是有那个知识版权法吗？怎么还有这么多的赝品出现？"

徐开阳说："怎么说呢，这赝品市场是地下市场，见不得光，不巧的是我踩了狗屎，中彩了。"

胡正言说："我估计你是手痒痒，又想撕画了，这可够你撕一阵子。"

徐开阳说："您怎么什么都知道呢，我就是这样想的。"

胡正言说："其实也有别的思路，比如说，书展画展其实在神州已经是遍地开花，你这美术馆可以另辟蹊径，展览的时候咱既挂真品，也挂赝品，有比较才有差别，配合展览，同时开设字画鉴赏培训班。这样一来，假货也发挥了假货的教育意义。"

徐开阳心中十分钦佩，胡正言就是胡正言，这些年，随着大家物质生活向好，民间的收藏热形成气候，一大批买家都急需提高自己的鉴别能力。

胡正言说："你不是在犹豫要不要告知女朋友吗？我认为，你没必要对她隐瞒，诚实是你的加分项，现在，你可以顺便告诉她你的主意了。"

徐开阳说："这明明是您的想法，我怎么能掠人之美？"

胡正言说："你告诉她是一个三百年前的小孩出的主意，她肯定不会相信。说假话有说假话的代价，说真话有说真话的成本。"

小朋友胡正言在沙发上刚坐下，又跳了起来，眼光停留在桌子上打开的一册书页上，徐开阳介绍说："这就是我们复刻重印的十竹斋'两谱'，我也刚拿到手不久。"

胡正言说："可以让我看看吗！"

徐开阳说："当然可以，这本来就是您的呀，普天之下，对这本笺谱最有发言权的就是您。"

胡正言迫不及待地去拿书，臂短手够不着，他直接踏上了椅子，他一页一页地翻看，喃喃自语，说："漂亮，比我那时印的还漂亮。"

徐开阳说："可是，赵琼波总觉得还是缺了点什么，纸，墨，包括装订的麻绳，我们都遵照故版，可怎么做也跨越不了三百多年的历史鸿沟，看上去漂亮，越漂亮越不像。"

胡正言说："为什么非得做旧像旧呢？如果我生活在你们的时代，有你们现在的条件，那十竹斋的'两谱'也应该有更好的品质。"

徐开阳没办法跟一个三百年前的老头，不，应该是三百多年前的小毛孩，把大道理小道理说得清楚。徐开阳说："我们的想法是，能不能让这新版的'两谱'看上去有点历史感。"

胡正言沉吟了一下，说："有办法，你们可以把一部分做成毛边书。"

这当然是个好主意。他怎么就没想到这一招呢？说起来，徐开阳也算个"毛边党"。所谓"毛边书"，就是指印刷的书装订后不切光，"三面任其本然，不施刀削"，页与页之间相连，看书时，需要一边看一边用裁纸刀裁开连页。最早是他大学时的一位老师喜欢搜集毛边书，老师说，这样边读书边割书有仪式感，就如西方人吃牛排，自己下刀自己吃，有姿势，也有滋味。徐开阳觉得，更好的比喻在他这里，小时候一帮小伙伴逮到鱼，就在岸边上捡树枝烧烤，从半生不熟开始，大家就抢着撕扯，往自己嘴巴塞，这样吃鱼，比吃盘子里烹调出的鱼香多了。据说对毛边书最钟情和痴迷的当属鲁迅先生。他曾说过："我喜欢毛边书，宁可裁，光边书像没有头发的人——和尚或尼姑。"他编的《莽原》《奔流》等杂志多采用毛边的装订形式。有一个阶段，徐开阳也喜欢上了，曾经让汪助理收购过一些毛边书，还专门购买过毛边书配套裁纸的竹片刀。只不过，徐开阳玩过一阵子后，就置于脑后了。

胡正言说："我做书的时代，倘若做成毛边书，会被书商排斥，工艺差，懒人懒活。但一个时代有一个时代的审美，每个时代的读者需求不相同。你们复刊重印的两谱，价格不菲，市场销售的对象属于小众，买书的目的多用于收藏传家，在书籍普遍讲究精美的大背景下，把一部分'两谱'做成毛边书，是返璞归真，也是推陈出新，至少能受到部分购书者的欢迎。"

胡正言说话的神态与稚嫩的面容完全不匹配，但智者说的这番话不带一点水分。徐开阳说："可是据我了解，这毛边书最初始于欧洲，是西方书籍文化的一种体现。"

徐开阳说这话的意思是，毛边书是外来文化，洋为中用不妨，但用在"两谱"上是否合适？胡正言笑着说，我给你讲段我的往事吧。我在国子监读书的时候，我的同生，按现在你们的称呼是"同学"，我的同学中有一些日本国和高丽国的留学生。他们也热爱读中国的小说话本，热爱我们的雕版印刷工艺。有一回，汪小楷向我报告，有两位日本人悄悄溜进了我们的工坊，向师傅们探东问西，他俩以为穿我们的衣服，说汉语，我就认不出他们的小鼻子，能瞒得过我的眼睛？掌柜，要不要把他们赶出工坊？我说，他们想看就让他们看，想学就让他们学吧。据说这几位回国后也弄起了书坊，在日本首创墨色以外的颜色创作，称为"红绘"，后来逐步发展为"锦绘""役者绘"，"役者绘"中的"武者绘"代表作《水浒传》，在当时的日本就曾经引爆了《水浒传》的风潮。而饾版技艺的引进，使日本书画印刷的色类更为丰富，"浮世绘"作品中多彩的画面、飘逸的线条，与十竹斋"双谱"中的画面分明异曲同工。日本人认为，浮世绘作品的传播，直接影响了法国印象派的美术创作，换句话说，我们十竹斋的雕版印刷术为全世界的艺术创作贡献了力量。而你们这一代美术学院的学生，在学习西方油画创作时，印象派画作成了中国新一代画家的必修课。这么说吧，艺术的传播与传承本来就不受时间空间的限制。

胡正言的谈兴上来了，说："你听说过丘吉尔与毛边书的故事吗？"

丘吉尔是个狂热的"毛边党"，徐开阳听大学老师讲过丘吉尔不少关于毛边书的轶事，据说他的裁纸刀都是象牙制成。但看到胡正言的眼神如小学生一般热切，徐开阳说没有听说过，他愿意在小学生模样的先辈面前做一回小学生，洗耳恭听。

胡正言说："丘吉尔喜欢毛边书，他自己的著作出版时也要求做成毛边书。毛边书有一个特点，就是送书人在未裁的翅页上可以写下赠言。丘吉尔有一位女友，是一位贵妇，她有幸得到了丘吉尔所赠的毛边书著作，当然还有他的签名。这位贵妇在开罗有一幢度假别墅，欧战时丘吉尔到开罗开会，就借住在贵妇的这幢别墅里。丘吉尔在女主人的书房里，一不小心看到了自己送她的那本书，他把书从书架上抽出，书页根本就没裁开。丘吉尔生气，觉得对自己著作的不在乎，就是对自己的不尊重。他在翅页上写了一段批评贵妇的话，大意是指责她不喜欢读书就应该不接受赠书，受书而不读，既是对作者的辜负，也是对书的怠慢，此书是明珠暗投了。战后一个偶然的机会，丘吉尔在伦敦拍卖行的拍卖场看到了这本书，这本书被人以高价拍走了。原来，贵妇发现了丘吉尔在书页上的留言，没有生气，反而大喜，因为丘吉尔战后的身价抬高了书价。试想，如果不是毛边书，丘吉尔就不会发现贵妇没有读书，如果没有翅页，丘吉尔就没有空间洋洋洒洒发挥，他写在翅页上，是认为贵妇开始读书，翅页必然裁去。毛边书不仅给读书人提供了动手的乐趣，还给作者与读者、读者与读者提供了故事发展的空间。我建议你把这个故事讲给赵姑娘听，她一定也赞成做毛边书的想法。"

胡正言不仅是一本百科全书，还有着跨越时空的胸襟。

徐开阳正心中感慨时，胡正言说："时间不早了，我不耽误你跟女朋友视频聊天了，拜拜。"

他轻松一跃，如风一般飘出窗口。

大明万历十二年的秋天，也就是公元 1584 年的秋日，休宁县文昌坊胡家宾客盈门。胡家世代业医，到了胡仰宁这一代，虽说扳起指头数一数，在休宁本地杏坛，胡家也排得上前五，但仰宁公心里并不服气。要说药到病除的本领，胡家不输别家医馆，医馆里病人痊愈后送的葫芦挂满了几面墙壁。葫芦又称"壶"，"悬壶济世"

是指医者救人于病痛，人生在世，食五谷者难免有病患之灾，医者仁心，普济众生，医者盛放药材的葫芦就是医者的标志。而且，"葫芦"的谐音是"福禄"，寓意财富，所以大明时代，病人感谢医家治病救命之恩，是给医馆送葫芦，祝福医者"悬壶济世，福禄双全"。若干年后，病人给医生送锦旗，送感谢信，与那时的送葫芦是一个道理。不过胡家收到的葫芦再多，也很难提升胡家在医界的地位，专业有专业的评价标准，胡仰宁缺什么呢，他缺的是学术著作，这就像现代人评职称一样，得有论文发表，最好是有砖头厚的著作。比如说本县的程嗣生，凭撰写的一本《素问发明》著述，就在杏林立于不败之地。比如说在休宁城西门开医馆的汪昂，编著有《素问灵枢类纂约注》《医方集解》等书籍，这种书拿一本摆桌上，胜过成百上千的葫芦。就像当今教师评职称，你书教得再好，拿不出著述，连初级职称也评不上。这两位说起来都是半途出家，中途学医，这让出身在医学世家的胡仰宁情何以堪？胡仰宁有一个愿望，他要出版一本自己写的医书，不，不止一本，要有三本四本，甚至七本八本。胡仰宁在问诊医疗时，坚持做一个有心人，积累案例，潜心分析。功夫不负有心人，自他开始，胡家的医学著作一本接一本面世，甚至超过了七本八本。除了胡家的医术水平，这当然还得归功于胡家后来开的书坊。年轻的胡仰宁除了接二连三地撰写医书，还接二连三地制造儿子。乍一看，这两件事根本不相干，但从几百年后的后人来看，仰宁公青史留名，这二者缺一不可。

胡仰宁这天提前从医馆下班，今天是他第二个儿子胡正言的"周岁宴"，亲朋好友都聚在胡宅祝贺胡正言一周岁的生日。胡宅的门联是红木镌刻：悬壶济世，赤胆方施扁鹊针；守德医人，丹心愿作华佗手。这门联是胡正言的爷爷胡老先生亲手所书，老爷子虽一辈子从医，却打小读四书五经，通儒学，擅诗文。这对联既是胡家在医术上精益求精的方向，也是前辈对后辈的勉励和期望。时近黄昏，胡宅的大门两侧点上了大红灯笼，一早燃放的爆竹和鞭炮，红纸屑仍然铺在门前，隐隐散发着硫磺香，这喜庆的气氛让路人忍不住驻步，探头朝大门内张望。老爷子早端坐在大堂之上，和宾客们笑语应酬。一位老先生说："胡府人丁兴旺，老爷子又添一孙，恭贺胡家医业后继有人。"老爷子谢过，说："有一必有二，有二必有三，多多益善。胡家医业发扬光大，自然需要后继有人，但是，世界大千，我也不要求后辈都承祖业，他们可以有自己的选择，开创自己的天地。"众人都呼应，在徽州，读书取仕是第一选择，从商为富也属百姓人家追求的康庄大路，老爷子思域开阔，对孙辈要求不拘一格，令众宾客赞叹。胡仰宁进门，跟大家一一寒暄，老爷子指着儿子说："胡家的繁荣，担子都在他的身上，如果他生出十个八个儿子，胡家还能不兴旺发达？"众宾客都点头称是。胡仰宁没听清老爷子说的话，也随众人一起颔首。

吃过喝过，重头戏当然是"抓周"。堂上的八仙桌已挪到堂屋正中，桌上四角摆着八样物品，毛笔、算盘、笛子、印章、直尺、葫芦、木剑、稻穗。这八样东西各有说法，毛笔用来写字，代表做文章当文人；算盘用来算账，经商不可缺；笛子属管乐，代表将来爱好文艺，最差也能在喜丧乐队中混个肚子圆；印章代表权力，那是指将来飞黄腾达，坐衙门乘官轿；直尺泛指工匠类，徽州大匠云集，有一门手艺走遍天下；葫芦当然指医药业，仁医厚德；木剑代表刀枪，将来建大业当大将军；稻穗自然是代表农业，以农为本，勤奋换得五谷丰登。胡正言被抱到桌面，坐在桌子中间，他眼睛明亮，凸额隆鼻，一脸的聪明相，实在讨人喜爱。一周的孩子已能呀呀发声，他笑嘻嘻地拿起那只小葫芦，大家都说，这孩子，真不愧是医学世家之后。没想到，小家伙摇了几下就把葫芦给扔了，他转身拿起木剑，木剑无锋无刃，大家还是担心他往嘴里塞，却没有，随手一扔，木剑扔到了桌下。这小子，耐不得大家屏声静气的寂寞，干脆伸手一扫，把桌面上所有东西都扫下了桌面。众人愣神，这抓周该怎么个说法呢？说他抓了，又什么都没抓。爷爷首先开了口，我这孙子什么都看不上，他的眼光不在这桌面上。众人醒悟过来，说，爷爷说的对，能成大气候者不受方寸之限，物象所囿。

作为家中老二，前有哥，后有弟，胡正言的童年时代有一段属于自己的快乐时光。胡正言七八岁时，大哥胡正心已在书院就读，弟弟胡正行还在襁褓之中，家人无暇顾及胡正言。阳春三月，胡正言常常独自出门，他喜欢在齐云山下游荡，看山，看树，看树丛里的鸟群，他也喜欢坐在田埂上发呆，嘴里含一根草茎，看耕田的水牛，看水田里的鹭鸟。别人家的孩子都在割猪草或者捡柴火，只有胡正言游手好闲，他最喜欢做的事是捡一块土坷垃朝鸟儿们袭去，然后看着张开翅膀的鸟儿们奔向远方的天空。八岁就要上书院读书了，这小小的人总定不下神，焐不热板凳，这让胡仰宁生气。这一天，到吃晚饭的点了，老二依然没有归家，胡仰宁去田野上找儿子，儿子正独自坐在田垄上发愣，连父亲走到身边了也没发现。父亲说："想什么呢？"胡正言说："别打扰我，我在背《汤头歌诀》呢。"《汤头歌诀》是中医基础科目，胡家人学医打小从背诵《汤头歌诀》开始，《汤头歌诀》整整二十章，胡仰宁不相信老二肯下这苦功夫，他在老二身边坐下，说："那背出声来，让我听听背到哪里了？"胡正言只得发出声来："百合固金二地黄，玄参贝母桔甘藏，麦冬芍药当归配，喘咳痰血肺家伤……小建中汤芍药多，桂姜甘草大枣和……"父亲说："你这是从百合固金汤窜到小建中汤，漏掉了第八目补肺阿胶散。重背。"胡正言不干了，说："为什么要背这口诀，书上不都写着吗？人手一本，需要时打开书本看一眼不就有了？"胡仰宁说："这是我们医生的工具，就如农民的铁锄铁镰。诀不离口，有典可凭，医生才能对症下药，保障病人生命安全。"胡正言狡辩，说："爹，你看这水牛，长得多么健壮，可它被一根绳子牵着，在这水田里团团转，它长得再健壮又有什么用？"胡仰宁不知道老二的小脑瓜里想的都是些什么乱七八糟的东西，说："世间万物生来都有使命，农民种地，先生教书，我们胡家治病救人，这都是使命。"胡仰宁的这番话，小小的胡正言听不懂，说："我要是当牛，就不做这被牵着鼻子的牛，去做一条长着翅膀能飞起来的牛。"

老二年龄还小，胡仰宁的那番话等于是鸡同鸭讲，胡正言听不懂父亲的教导，儿子的话，胡仰宁也根本听不进去。三百年后，有一个叫周树人的年轻人，弃医从文，思路与胡正言的童言童语如出一辙。

回到当下，童颜的胡正言刚走，徐开阳的手机上已经有赵琼波的三个微信，第三个就只发来一个"？"，徐开阳直接开了视频，他跟赵琼波说了那些赝品的处理方法，赵琼波对他竖起了大拇指，在视频里对他连送了三个吻。徐开阳做出响应的姿态，有点无可奈何。他不赶紧接了，这三个吻一不小心会被送给三百多年前的白发老头。

第二天上午，汪助理带他去了雕刻馆，雕刻馆设在一座山洞里，总共分成三个馆，依次是木雕砖雕和石雕，不论是馆内，还是三馆之间的石径，所到之处都是灯火辉煌，洞内如同白昼。展品都将摆在玻璃柜中展览，汪助理向小徐总介绍馆内的防湿系统，介绍激光射灯照明系统，小徐总似听非听，他的目光停留在石壁上。石壁上居然是一幅幅石雕作品，有书法，有山水人物画，汪助理介绍说，这些都是光雕作品，塑造洞内的整体艺术氛围。徐开阳当然看出来了，他也是一名刻工师傅了，光雕作品刀法圆润线条曼妙，不像手工雕刻，有凿痕，有刻工各自的刀法特点。一个刻工，对光雕作品有着天生的厌恶。

回到住处，他忽然很想与胡先生说点什么，打开电脑屏幕，他真的在。原来不论古人今人，一旦接触到了电脑手机，就没有人不是电脑迷手机控。

彼此打过招呼，胡正言说："看脸色，你情绪不高嘛！"

徐开阳发完牢骚，胡正言说："这件事情，如果再过三百年看，你就会是另一种看法。你知道，我是开书坊的，试想，如果当时有影印技术，我肯定不会选择刻印，如果当时有激光雕刻，我肯定不会选择手工雕刻。从历史发展来看，光雕在人类雕刻史上也有里程碑的意义。"

徐开阳不得不承认他说的话有道理。

胡正言说："看样子你真的走出这个山洞了，我还以为你又被往事打败了。"

徐开阳被他提醒了，那个溶洞居然是当年待过三天三夜的山洞，现在打造的状态与以前相比，真的面目全非了。洞口前的树林，那棵被紫藤缠绕的大朴树，统统消失了，小树林被削为平地，成为一个铺着地砖的开阔广场。这么说，徐老爷为了儿子也是煞费苦心，他想把儿子在洞内洞外的记忆都彻底抹去，这个目的，他今天算是达到了。

徐开阳说："按照您的思路，我是否可以在三馆之外再设一馆，光雕馆，把溶洞建成中国雕刻发展史展馆？"

胡正言说："人一旦冷静下来，脑子就开窍了，好，为你点赞，这次可是你自己的想法。"

徐开阳说："没您的铺垫，我也不会这样想，还是您的功劳。"

胡正言说："教你一招，晚上向女朋友汇报时，她追问你怎么想出的好点子，你可以这么说，是梦中有高人指点。从前有一位胡仰宁，在徽州一带行医，常用秘方给人治病，有人打听秘方从哪来，仰宁公曰：梦中得秘密语而学。你我相遇，不也恍如梦境？"

徐开阳读过相关史料，仰宁公就是胡正言的父亲大人。胡正言说："今天我就不下来了，我似乎进入另外一个世界，就会眩晕，不知你是否也有过这种眩晕？我休整一阵子，等到十竹斋发布会召开，我再来，请你带我去现场。"

不等徐开阳回答，屏幕上已恢复屏保。

公元 2019 年 8 月，《十竹斋笺谱》复刻重刊成功发布会在南京十竹斋大楼召开，来自全国各地的嘉宾云集，这中间有来自北京的部委领导，有本省本市的文化官员，当然也有一批享誉国内外的名家，赵琼波的原班人马也悉数到场。赵琼波今天是现场工作人员，她的嘉宾证正好被胡正言用上了。

领导发表贺词后，赵董事长向大家介绍十竹斋艺术集团发展状况以及"两谱"复刻重刊的过程，赵董说："本集团是以'十竹斋'品牌为核心的，集艺术经营、拍卖、投融资、艺术介入、教育传播于一体的艺术品全产业链。"胡正言仰头问徐开阳："什么叫产业链？"徐开阳说："就是把相关项目整合在一起，环环相扣，产业相依。"

发布会最重要的一项是展示成果，长长的会议桌上摆着一套套印书，一种是以前复刻重刊的画谱，一种是今天重点展出的笺谱。此时的胡正言小个子，短胳膊，好不容易拿到一册，是崭新的毛边本。他很想一页页翻看，可手边没有竹片刀，桌上连美工刀也没放。他一遍遍抚摸，禁不住泪如雨下。工作人员赶忙提醒他：你是谁？这是谁家的小朋友？别弄脏了新书。胡正言轻轻放下书，说，我不是小朋友，我是胡正言。嘉宾们都笑了，一位教授说，小朋友也知道胡正言，我们的文化艺术后继有人。

接下来，与会人员走出十竹斋大楼，乘车参观各个展示窗口，从南京大学、南京民俗博物馆到城南老门东、甘熙故居，十竹斋集团都设有饾版、拱花技艺传承班，来学习的人员有大中小学生，还有普通市民，当年十竹斋的看家本领已经进入寻常百姓人家，胡正言一路都感叹：好，好啊，真是好。他终于忍不住混在一帮小学生中，将雕刻和印刷的工序复习了一遍。他朝徐开阳挥动沾着颜料的手掌，孩子般的笑容在他脸上没有丝毫违和感。

徐开阳悄悄地对赵琼波说："我们的雕刻馆也需要设一处饾版、拱花传承班，回去后你能不能替我跟你爸申请一下？"

赵琼波说："不行，你公司的事情你自己去找赵董。对了，你这是把谁家的小朋友带来了?"

胡正言发现有摄像机对着他,他用手指梳理了一下头发,又整理了一下衣服,对赵琼波说:"小赵姑娘,我是自己找来的,我是胡正言,真的是胡正言。我知道,你一直把我想象成一个糟老头,我还年轻,如同我今天看到的新'两谱'一样年轻。"

赵琼波差点笑出了眼泪,说:"原来您是胡老前辈,您这模样,当然年轻,不,应该是年幼。"

胡正言老腔老调地说:"有你们在,十竹斋就会走向繁荣兴旺,老夫我可以放心了。"

这一段被人制作成小视频,居然有了几万的流量。大家都说,这个小孩少年老成,演老头演得真是神了。那神态,那说话的腔调,胡正言见了也会笑喷。

2023 年 8 月 18 日一稿
2023 年 8 月 25 日二稿
2023 年 10 月 26 日六稿于城南枫景

十竹斋笺谱纪年

汲古：

1621 胡正言将其在南京的居室命名为"十竹斋"，从事篆刻、制笺、书籍出版工作。

1627《十竹斋书画谱》历时 8 年刊刻完成，闻名于世。

1644《十竹斋笺谱》结合饾版拱花技艺成书，开创了古代套色版画的先河。

1759《十竹斋书画谱》传入日本，传入次数不少于 19 次，传入数量不少于 91 套。同随后拱花也传到了日本，被谓之"空摺"（郑振铎《中国代木刻画史略》）。

1933 鲁迅开始研究《十竹斋笺谱》，33 年，鲁迅、郑振铎开始着手准备十竹斋复刻工作。郑振铎在上海将王孝慈藏本给鲁迅看，鲁迅至为赞赏。

1934 鲁迅致信郑振铎："如先生觉其刻本尚不走样，我以为可以进行。无论如何，总可以复活一部旧书也。"翻印《十竹斋笺谱》

由此正式开始。

1935 第一卷翻刻即耗时一年多完成，由王荣麟画稿，左万川雕刻、崔毓生、岳海亭印制，鲁迅亲撰《〈十竹斋笺谱〉翻印说明》。

1941 全书四卷翻刻工作功成，前后历时七年之久。

1985 复原明代刀法，镌刻、分版，历时两年，再版《十竹斋书画谱》三百部。

1987 为纪念十竹斋三百六十周年，南京市文物商店十竹斋举办"纪念十竹斋书画谱刊行 360 周年学术报告"会与十竹斋古今水印木刻展览。

1989《十竹斋书画谱》豪华本代表中国参加德国莱比锡国际图书展览会，荣获"国家大奖"，为当时我国出版界在国际上获得的最高荣誉。

1990 年，为恢复十竹斋传统艺术，木版水印木刻工作室经过一年的努力，试制出"餖版"套色印刷术，十竹斋艺术研究部设计的十竹斋笺谱信封，深受客户欢迎。青山杉雨与傅益瑶合作的书画笺谱，畅销日本。

惟新

2007 南京十竹斋餖彩拱花技艺入选第一批江苏省非物质文化遗产名录。

2014 聘任陈佩秋为十竹斋画院首任名誉院长。

2016.04《十竹斋笺谱》研讨会在南京柴门召开，来自国家省市艺术界共计 50 余位专家学者参加会议，正式启动《十竹斋笺谱》重刊学术研究。

2016.05 十竹斋画院新出了三套《十竹斋彩版信笺》。

2016.09《十竹斋笺谱》全球巡展首站在伦敦拉开帷幕。十竹斋向伦敦市文化部长、副市长和中国驻英大使馆文化处公使衔参赞项晓伟先生赠送了《十竹斋笺谱册页》作为珍藏。

2016.10 "十竹斋短版拱花水印木刻传习所"在南京正式揭牌，理事会同时成立。

2017.02 十竹斋短版拱花水印木刻首度亮相南京博物院。将传统套色印刷技艺介绍给广大市民，并让大家亲自体验手工印刷信笺的全过程。

2017.12 十竹斋画院，专家学者设计师及出版界人士共同探讨《十竹斋笺谱》解读本出版事宜。

2018.01《笺歌行》十竹斋笺谱北京创作展成功举办，是南京十竹斋复业后，首次举办以"十竹斋笺谱"为主题的展览活动。

2018.05《十竹斋笺谱》技术论证会在南京举行。国家艺术基金 2018 年度传播交流项目《十竹斋笺谱》复刻作品展暨研讨会在宁举办。

2018.06 "一带一路"青年创意与遗产论坛代表汉娜用"十竹斋信笺"习总书记写信并获回信，其信稿被新华社、人民日报等国内外权威媒体记载，"十竹斋信笺"引发全民热议。

2018.06 文笺舒卷——《十竹斋笺谱》复刻作品展在金陵美术馆开展。

2018.07《十竹斋笺谱》全球巡展巴黎站启幕，笺谱时装设计亮相巴黎高定时装周。

2018.10 十竹斋代表南京向联合国教科文组织捐赠精美的《十

竹斋笺谱》册页。

2018.11 在国家图书馆举办《十竹斋笺谱》复刻新闻发布会。

2019.03 十竹斋笺谱技艺亮相《国家宝藏》现场。

2019.04 举办《十竹斋笺谱》重刊雅集暨《十竹斋笺谱图像志》全球首发仪式。

2019.07 十竹斋笺谱全球巡展东京站暨十竹斋东方文化艺术周启幕活动在东京举行。

2019.08 十竹斋笺谱全球巡展北京站启幕。22 日，以"经典回归　光华再现"为主题的《十竹斋笺谱》复刻重刊成功发布会暨国家图书馆收藏仪式在国家图书馆典籍博物馆举行。

2019.09 十竹斋笺谱全球巡展南京站启幕。

2020.04《十竹斋笺谱》获得国家出版总局批准，由国家图书馆出版社出版。

2020.05《十竹斋笺谱》全球发行九百九十部。

2020.09《十竹斋笺谱图像志》荣获英国 D&AD graphic design 木铅笔奖、金牛杯·优秀美术图书金奖"、2019 台湾金点设计奖等七项大奖、被《莱比锡的选择—世果最美的书 2019—2004》列"入围名单"。

2021 十竹斋笺谱巡展 60＋城市，十竹斋品牌体验中心、驻外办事处，"艺术＋"空间等品牌阵地，相继在每个城市中心风雅绽放。

2022.05 十竹斋全球首发非遗级《十竹斋等谱》系列数字藏品探索发行世界首版《十竹斋笺谱》和十竹斋 IP 系列数字藏品项目。

2023.02 昕夕博古—吴同利手绘十竹斋画笺雅集展在十竹斋人

文空间举办，吴同利先生在十竹斋画笺上创作的作品七十余件。

2023.03 聘任高云为十竹斋名誉院长。

2023.05 纸上传奇—萧平花笺书法专题作品展在十竹斋人文空间举办，展览作品纹样由萧平先生特制手绘并结合十竹斋饾版套色传统技艺印制而成。

2023.05 聘任国家级非遗传承人陈义时为十竹斋传习所名誉所长。

2023.06 十竹斋携百年瑰宝《十竹斋笺谱》以及"饾版拱花"独门绝技走进南京大学图书馆，为南大师生带来了一场精彩的"十竹斋彩印"课程。

2023 十竹斋画院启动《十竹斋新画谱》编撰工作。

大事记

崇祯年间，京师陷，南都仓促立君，金陵聚集一大批士大夫，福王尤不热衷国事，粉饰太平，在这种背景下，胡正言兄弟三人定居南京鸡笼山下，并在寓所开设"十竹斋"古玩铺，兼营刻书业，声名鹊起，出版的《十竹斋书画谱》《十竹斋笺谱》受到各个层次读者的欢迎，销量居高不下，"自十竹斋后先叠出，四方赏鉴，轻舟重马，等运邮传，不独江南纸贵而已。"（李克恭叙）经手此二谱的刻工汪楷因此巨富起来，故当时即有人翻刻以牟利，就如胡正言所声明的："原版珍藏素遻真赏。近有效颦，恐混鱼目，善价沽者，毋虚藻鉴。"而后国事大变，下一代主人胡静夫与王槩、王耆、王臬三兄弟"一居城北一城南①"，直接影响了《芥子园画谱》的创作。

十竹名斋，历尽朝代更迭与国家苦难，几经沉浮而又生生不

---

① 王槩，方文之婿，在其所刻方文的《嵞山续集》卷二中有《胡静夫见访草堂有赠》七古诗云："胡郎父子故风雅，君更登坛称作者。一居城北一城南，容易何能共盉斝。"

息。作为中国传统文化的重要代表之一，见证了一段血泪斑斑的中华民族历史。在每一个重要的历史节点上，都以自己的方式见证着中国的变迁。从明清时期到现代，一直伴随着中国的历史进程，见证了中华民族的磨难和苦难，也见证了中华民族的奋斗和拼搏，记录这个伟大的国家的兴衰沉浮。而今，十竹斋的意义早已超出其本身，不仅蕴含着历史的积淀和中华民族的智慧，更代表着东方人文美学，成为中华民族文化对外交流的稀世珍品。

在中国历史的长河中，十竹斋是一个闪耀的光点，它的美浸染了无数的心灵，传承了中华文化的精髓，保存了无数珍贵的文化遗产。一代一代十竹斋人，用自己的生命和心血，将中华文化的火种保持了下来，又传承下去。十竹斋的复兴，是一个充满坎坷和曲折的历程，也是一个充满希望和美好的故事，正是因为经历了这样的历练，才有了十竹斋现如今的绝美光华，现将 1962 年南京十竹斋复业以来大事记梳理如下，请君赏鉴。

年份	月份	事件
1962	10 月	江苏省文化局恢复"十竹斋"品牌，由郭沫若题写店名。
1963	1 月 1 日	明代《十竹斋》老店在南京恢复开业，内设经营部和水印木刻工作室。
	5 月 3 日	省文化局通知南京市文化局，决定《十竹斋》金石书画社收归省文化局管理。
	6 月	张舞铭师傅到泰州和兴化开展文物收购工作。在泰州收到李鱓的花鸟和原《十竹斋》主人胡正言摹刻的《印存玄览》二卷，在兴化收到八大山人与与李鱓册页一册。 重印旧版木刻《金陵锁志》八种，木刻版连插图共 284 片，两面刻计 560 面。其印行 500 部，成本 3500 元。

年份	月份	事件
1964	12月22日	省文化局研究决定，将十竹斋划归南京市，由南京市研究安排。
1965	1月15日	十竹斋品牌移交南京市文化局管理，并融合市商业局下属的佩珍厚珠宝古玩店、市供销社下属的和平古玩店，成立了南京市文物商店，致力于传承和保护"饾版"、"拱花"、水印木刻这一历史非物质文化遗产。
1966	2月	春节在南京十竹斋举办迎春书画展览。参展的有北京、上海、南京、扬州、苏州等地书画家的作品。
	5月	按照省文化局指示，我店陈新民师傅去北京鲁迅纪念馆，帮助复制文物。
1987	1月10日	《十竹斋》复业，市人大常委会主任徐智、副市长徐英锐剪彩。参加复业庆典的还有省、市领导机关的负责人和美术界人士。全国的一些知名人士和著名书画家：方毅、赵朴初、江渭清、张耀华、林散之、谢稚柳、陆俨少、肖娴、武中奇、费新我、沈柔坚、亚明、宋文治、魏紫熙、孙其峰、秦岭云、杨仁恺、张辛稼、李琼久等人为庆贺《十竹斋》复业题字作画。同时，在三楼举办了本店文物藏品展览。开业前一天，举行了新闻发布会，参加会议的有省市有关报社、电台、电视台的记者。
	3月3日	为继承和发扬十竹斋优秀的传统艺术，党支部经理室研究决定：增设十竹斋艺术研究部，直属经理室领导。
	10月21日	隆重纪念《十竹斋书画谱》刊行360周年。21日上午在市人民政府礼堂召开纪念大会，参加纪念会的有省市负责同志，全国各地和香港和日本的专家、学者、教授，还有省市文化艺术界知名人士共200多人。
	10月22日	在华侨大厦举行了十竹斋艺术研讨会。
	10月23日	在市政协礼堂举行了学术报告会，由版画家李平凡和日本朋友尤本弘之主讲题为《中国水印木刻和对外文化交流》。最后还成立了十竹斋艺术研究学会，亚明、李平凡、沈柔坚担任名誉会员，徐纯元任会长，吴俊发、尉天池为副会长，张尔宾任秘书长。同时在十竹斋还举办了古今木版水印展览和店珍藏文物展览。

年份	月份	事件
1990		为恢复十竹斋传统艺术，正式成立木版水印木刻工作室。经过一年的努力，试制出"饾版"套色印刷术，十竹斋艺术研究部设计的十竹斋笺谱信封，深受客户欢迎。青山杉雨与傅益瑶合作的书画笺谱，畅销日本。
1992		南京市文化工会同意我店工会兴办"南京十竹斋商社"。
2000		十竹斋艺术品经营部为加强同艺术界人士的交流，扩大十竹斋的影响，与市文联共同举办了"第一届南京市中青年篆刻作品展"和篆刻研讨会。
	9月26日	为迎接"第六届中国艺术节"，在十竹斋艺术品经营部举办书画精品展，并印刷出版了《十竹斋画库》第一期"十竹斋藏画册"，为艺术家提供了良好的艺术展示阵地。
2002	7月12日	南京十竹斋邀请南京几所高校的著名文史、园林、旅游专家、江苏省美术馆的书画家，以及市文物局、市规划局的有关领导举行了"十竹斋重建专家论证会"。
	7月20日	向市人民政府呈报《关于重建南京十竹斋方案的报告》
2006		时任江苏省人事厅、江苏省文化厅授予南京文物公司"江苏省文化系统先进集体"荣誉称号。参加第二届中国深圳国际文化产业博览交易会，并被授予"优秀组织奖"。
2007	3月24日	南京十竹斋饾彩拱花技艺入选第一批江苏省非物质文化遗产名录。
2013		南京文物公司（十竹斋）转企改制，受南京市委宣传部和南京市文化投资控股集团领导。
2014	7月9日	成立十竹斋画院，要从事经营非遗保护传承、艺术经纪、艺术推广、艺术研究和艺术教育等，通过展览展陈、艺术介入、出版发行等多种形式挖掘、培养和推广青年艺术家，关注青年艺术家成长，推动艺术品市场向大众化消费，助力中国艺术消费市场发展，实现艺术与生活的相促相融。

年份	月份	事件
2015	3月20日	成立南京十竹斋艺术品投资公司。主要结合市场动向，为客户提供精准的艺术品综合服务、IP运营服务、文旅事业服务等文化领域的综合性解决方案。依托专业稳健的经营策略、灵活机动的运作模式、丰富优质的实操经验，现已发展成为相关领域国际知名、国内领先的大型综合文化机构。
2016	4月27日	《十竹斋笺谱》研讨会在南京柴门召开，来自南京文化艺术界五十余位专家学者出席会议，讨论《十竹斋笺谱》复刻事宜。
	7月	《十竹斋笺谱》做出第一批三页样张。
	9月24日	在伦敦双城客厅，十竹斋画院向伦敦市文化部长、伦敦市副市长 Justine Simons 女士和中国驻英大使馆文化处公使衔参赞项晓伟先生赠送了《十竹斋笺谱册页》作为珍藏，南京市委常委、市委宣传部长徐宁在现场亲切见证。
	10月16日	"十竹斋饾版拱花水印木刻传习所"在南京正式揭牌，理事会同时成立。
2017	2月11日	十竹斋饾版拱花水印木刻首度亮相南京博物院。此次活动，十竹斋不仅将传统套色印刷技艺介绍给广大市民，并让大家亲自体验手工印刷信笺的全过程。
	12月4日	十竹斋画院，专家学者设计师及出版界人士共同探讨《十竹斋笺谱》解读本出版事宜，并拟书名《笺话》。
2018	1月2日	笺歌行——十竹斋笺谱北京创作展启幕，《笺歌行》是十竹斋1962年在南京复业后，首次在北京举办以"十竹斋笺谱"为主题的展览活动。
	1月8日	《"人美——十竹斋"合作计划》签约仪式暨《十竹斋笺谱》研讨会在中国美术出版总社举行。中国美术出版总社、南京市文化投资控股集团、南京市文联的领导以及北京、南京、两地的专家、学者、艺术家代表出席了研讨会。
	2月7日	《十竹斋笺谱》复刻作品展获得国家艺术基金立项。

年份	月份	事件
2018	3月24日	《十竹斋笺谱》惊艳南京书展。书展现场，十竹斋展位古朴典雅的文化氛围和丰富有趣的文献资料，吸引了7万余人次的参观，更成为各大媒体采访拍摄的主要场景。展期内，十竹斋分别举办了饾版水印木刻以及传统手工拓裱两种工艺体验活动。观众参观展览，翻阅笺谱，体验饾版水印，自己动手裱画，展区热闹非凡。
	5月12日	《十竹斋笺谱》技术论证会在南京举行。国家艺术基金2018年度传播交流项目《十竹斋笺谱》复刻作品展暨研讨会在宁举办。
	5月19日	《十竹斋笺谱》专家讨论会再度举办，薛冰出任十竹斋饾版拱花水印木刻传习所所长。
	5月25日	国家艺术基金2018年度传播交流项目《十竹斋笺谱》复刻作品展览"饾版拱花技艺"惊艳2018南京南京历史文化名城博览会，与各国青年非遗研究专家和爱好者互相交流。
	5月29日	国家艺术基金2018年度传播交流项目《十竹斋笺谱》复刻作品展览——中外专家研讨会。来自法国、加拿大等国的博物馆、艺术馆专家对《十竹斋笺谱》中的中国传统文化与文人情怀的表达感到非常震惊，他们就印刷、传播、交流、推广等多个角度提出了不同的见解，就当今以笺纸为载体，应如何创新、发扬进行了热烈而充分的交流和探讨。
	6月	埃塞俄比亚姑娘汉娜·格塔丘作为"一带一路"青年创意与遗产论坛代表给中国国家领导人写了一封信，汉娜所用的彩色信笺引起世人瞩目，它是由明代版刻彩印《十竹斋笺谱》衍生而来。
	7月3日	巴黎高定时装周携手《十竹斋笺谱》时空穿越。
	9月15日	国家艺术基金2018年度传播交流推广资助项目《十竹斋笺谱》复刻作品展览开幕研讨。
	9月28日	南京艺术基金2018年度传播交流推广资助项目《笺歌行——十竹斋笺谱创作展》

年份	月份	事件
2018	10 月 25 日	十竹斋中国版画艺术馆馆长陈卫国参加巴黎·南京双城博物馆文化创意产业论坛，并与来自巴黎当地的学生、设计师与发言嘉宾进行交流互动。
	11 月 29 日	《十竹斋笺谱》复刻新闻发布会在国家图书馆举行。
	12 月 5 日	国家艺术基金 2018 交流推广项目《十竹斋笺谱》复刻展座谈会在京召开。
	12 月 14 日	国家艺术基金 2018 年度传播交流项目《十竹斋笺谱》复刻作品展杭州展览活动在杭州开幕
2019	1 月 4 日	光明日报副刊刊登薛冰文《经典重生光华再现十竹斋笺谱复刻》。
	1 月 28 日	中国·秦淮灯会亮灯仪式携手《十竹斋笺谱》复刻作品展。
	2 月 3 日	范景中为《笺话》更名《十竹斋笺谱图像志》并题书名、作序。
	3 月	李致忠、薛冰完成《重刊十竹斋笺谱序及后记》、范景中、韦力完成《十竹斋笺谱图像志序》。
	3 月 12 日	国家艺术基金 2018 年度传播交流推广资助项目"复兴中国传统文化再现历史艺术经典"《十竹斋笺谱》复刻作品展览在南京开展。
	3 月 29 日	你好历史！十竹斋笺谱技艺亮相《国家宝藏》现场。
	4 月 12 日	在南京图书馆举办的"家国书运——八千卷楼藏书特展"现场，南京图书馆收藏了一套己亥重刊《十竹斋笺谱》，成为文化界一桩盛事。
	4 月 27 日	《十竹斋笺谱》重刊雅集暨《十竹斋笺谱图像志》南京首发。中英日文版大型图书《十竹斋笺谱图像志》由凤凰美术出版社出版发行，在南京锦上美术馆举办开幕式，四十余位来自全国各地的专家学者与会。《十竹斋笺谱图像志》出版后，得到业内外广泛好评，除了英国 D&AD graphicdesign 木铅笔奖之外，《十竹斋笺谱图像志》还荣获过"金牛杯·优秀美术图书金奖"、"金牛杯·优秀装帧设计奖"、"莱比锡的选择"

年份	月份	事件
2019		优异奖、DFA 2019 亚洲最具影响力设计奖铜奖、2019 台湾金点设计奖、平面设计在中国 GDC 设计奖 2019 优异奖及 2020 日本字体设计协会 Applied Typography 30 年度优异奖，共七项大奖。
	5 月 29 日	世界知名漫画家南京驻地计划代表：格林·狄龙、尼古拉斯·卡拉米达斯、斯蒂芬诺·卡西尼、胡蓉、王可伟、左马和王宁等三十余位中外漫画家们与《十竹斋笺谱》同框。
	6 月 3 日	华翰出新源——中国艺术研究院研究生院《十竹斋笺谱》艺术创作展开幕。
	7 月 9 日	《十竹斋笺谱》东方文化艺术周在东京举办访问、交流及展览活动。东京大学收藏己亥重刊《十竹斋笺谱》第一百十三号、东京国立博物馆收藏己亥重刊《十竹斋笺谱》第五号。
	8 月 22 日	以"经典回归光华再现"为主题的《十竹斋笺谱》复刻重刊成功发布会暨国家图书馆收藏仪式于 8 月 22 日在国家图书馆典籍博物馆举行。发布会后，于 8 月 23 日下午 4 点在北京国际书展举办《十竹斋笺谱》图书分享会。
	8 月 30 日	己亥重刊《十竹斋笺谱》应邀参加第二届江苏（南京）版权贸易博览会。
	9 月 8 日	《十竹斋笺谱》回家暨十竹斋艺术集团成立仪式发布会在南京举行。
	9 月 29 日	十竹斋（北京）拍卖公司成立，公司经营范围包括：从事拍卖业务；从事互联网文化活动；销售食品；组织文化艺术交流活动等。
	11 月 15 日	坐观江南《十竹斋笺谱》海南行系列活动。
	12 月	《十竹斋笺谱》获评送给南京建城 2500 周年百件礼物第一期第一件。《十竹斋笺谱》所用封面洒金粉蜡笺和内页笺纸获国家知识产权局专利证书。
	12 月 21 日	冬至有江南——《十竹斋笺谱》沈阳大展在宋雨桂艺术馆开幕。

年份	月份	事件
2020	3 月	十竹斋艺术数字化转型启动，十竹斋艺术展拍平台正式上线，一个月内成交额突破 500 万元。
	4 月	《十竹斋笺谱》获得国家出版总局批准，由国家图书馆出版社出版。
	5 月 30 日	《十竹斋笺谱》全球发行九百九十部，重刊云发布。《十竹斋笺谱》重刊发行发布会通过网络直播形式在北京南京杭州联机播出。
	6 月 21 日	《十竹斋笺谱》的"武林秘笈"的直播活动，为使读者进一步了解就有关图书及复刻重刊工作的细节，南京十竹斋画院执行院长卫江梅将作客扬子鉴藏直播间，揭开《十竹斋笺谱》所蕴藏的"武林秘笈"。8 月，十竹斋北京品牌中心落成。
	9 月 22 日	《十竹斋笺谱》走入南京大学系列活动，并于 23 日下午在南大图书馆艺术图书馆举办了"《十竹斋笺谱》智与美"专题讲座。十竹斋南京品牌中心（十竹斋人文空间）落成。
	9 月 26 日	《十竹斋笺谱》长安行系列活动在西安举办。2020 年，《十竹斋笺谱》六期雅集陆续举行，成为中国优秀传统文化的成功传播者和载体。
	10 月 18 日	十竹斋（北京）拍卖会首拍告捷，打响十竹斋品牌在全国文化艺术市场关键一役。
	11 月	十竹斋复业暨南京文物公司成立 55 周年文献展开幕。18 日，成立南京文投艺库典当有限公司。依托深厚的艺术品经营底蕴和强大的金融服务能力，深耕艺术品金融垂直领域，开展艺术品典当融资业务。
2021	4 月	《十竹斋笺谱》重刊工作完成。
	4 月 16 日	"文賸舒卷"《十竹斋笺谱》作品 4.16—5.16 在南京园博园展出。
	4 月 25 日	十竹斋拍卖"厦门首届艺术品拍卖会"圆满落槌，布局全国"3＋N＋X"模式。

年份	月份	事件
2021	5月18日	十竹斋文博公司成立，立足于十竹斋艺术产业链资源及经验丰富的专业运营管理团队，致力于为美术馆、博物馆、文化馆等文博艺术场馆及文商旅融合机构提供专业的第三方托管运营服务。
	5月30日	南京知乎城市空间首场活动《十竹斋笺谱》展览暨"壮游雅集"
	7月9日	由南京文投集团指导、十竹斋艺术集团主办，十竹斋拍卖事业部承办的"首届十竹斋艺术季"圆满落幕，取得了总成交超6亿元的佳绩，活动辐射11城，累计曝光量超1200万人次。
	8月6日	盐城翰墨丹青文化发展有限公司成立。秉承"担当文化传承使命创新文化运营业态"的企业愿景，专注于文旅运营领域的运营与开发，建立起一套行之有效的产品体系和清晰高效的工作流程，面向国有文化场馆提供一站式整体运营解决方案。
2022	2月	作为国内首批打造抖音全新传播＋直播体系的国营文物商店，南京文物有限责任公司携手抖音平台，强强联手，如虎添翼，升级全新抖音直播间和店铺，新增钱币直播间。
	3月	3月10日—3月14日，十竹斋开展"2022十竹斋艺术季·序曲篇"——2022春季文物艺术品拍卖与文物展销会，首场"云上同步拍"告捷。
		3月10日，南京文物有限责任公司2022春季库出文物展销会精彩开启。
		3月13日，南京十竹斋2022南京文物季拍专场拍卖会——南京文物·春季季拍专场举槌。
		3月25日，南京十竹斋饾版拱花技艺入选拟扶持省级非遗代表性项目，并位列榜首！
		4月22日，中央电视台综合频道CCTV-1文化类专题节目《品读中国·南京》中，百年瑰宝十竹斋风雅亮相。

年份	月份	事件
2022	5月	5月18日，十竹斋全球首发非遗级《十竹斋笺谱》系列数字藏品。十竹斋艺术集团强化与国内主流数字平台合作，探索发行世界首版《十竹斋笺谱》和十竹斋IP系列数字藏品项目。正值国际博物馆日，首批"凤子、卿云、探梅、柳下、杏燕、义竹、邺架、达旦、环佩"等共计九款数字藏品正式在阿里拍卖平台发行。
		5月15日，《中国文化报》第4版刊发特别报道，《鲁迅先生的"笺谱"朋友圈》，再述十竹斋百年传承故事。
		5月，十竹斋以艺术视野创新打造泛文化类场馆"Culture‐EPCO模式"！组织策划《重塑TA的一万种可能——"生态·科技·人"中国当代生态艺术展》展览。
	6月	6月，南京文投融资租赁有限公司成立。主要聚焦影视传媒、文物艺术品、演艺会展、文化创意、数字文化等领域重点开展服务，全力构建"文化＋金融"的健康发展模式，助推实体经济发展，发挥国有文化金融企业的引领示范作用。6月24日，2022南京玄武国际城市休闲旅游节正式拉开帷幕，开幕式上，玄武区端出了异彩纷呈的暑期文旅消费"大餐"，开幕仪式上，十竹斋艺术集团荣获"文旅融合先锋奖"。
	7月	7月10日，南京十竹斋2022南京文物季拍专场拍卖会——南京文物·夏季季拍专场举槌。
		7月21日，十竹斋携手南京卓美亚酒店共同打造喻慧个展VIP私享会，将艺术展搬进城市生活空间，走进人民群众生活，在扬子江畔绽放新生命力。
		7月31日，十竹斋联合海峡股份"长乐公主"轮共同举办的"十竹斋·长乐公主轮"主题海上珍品拍卖会圆满落幕，"3＋N＋X"全国战略布局迈出海上版图。

年份	月份	事件
2022	8 月	8 月 12 日，南京十竹斋 2022 春季文物艺术品拍卖会正式举槌，首日成交额近 5000 万！
	10 月	10 月，十竹斋艺术集团入选国企改革三年行动典型案例。国企改革三年行动实施以来，十竹斋艺术集团围绕文化传承、体制机制、产业生态、人才队伍等方面，全面实施品牌复兴工程，持续优化资产资源，完善产业链，推进市场化改革，实施创新驱动，促进各项业务转型升级，老字号品牌焕发出新活力。
		10 月 31 日，央视记者探访"2022 南京文学之夜·云上文学会"第一"微"现场（南京世界文学客厅）。十竹斋空间以中华艺术四大老字号名义，再次向全国人民展现四百年风雅魅力。
	12 月	12 月 23 日，由中共南京市委宣传部、南京市文化和旅游局、南京市文投集团、十竹斋艺术集团主办，南京十竹斋文化投资有限公司执行的 NAFI 2022 南京国际艺术季暨南京国际艺术博览会于南京国际展览中心 A、B 馆拉开帷幕。
		12 月 23 日，十竹斋艺术集团荣获"文化企业十强"称号。由市委宣传部、市文旅局和市统计局指导，南京文化产业协会组织开展的 2022 南京市第十届文化产业"金梧桐奖"颁奖典礼拉开帷幕，旨在全面展示南京文化产业发展成就，表彰在 2022 年度改革创新、跨界融合、转型发展、做大做强等方面取得的突出成绩的文化企业。